COBALT-SERIES

後宮麗華伝

毒殺《どくごろ》しの花嫁の謎咲き初める箱庭

はるおかりの

集英社

後宮麗華伝

毒《どく》殺《ごろ》しの花嫁の謎咲き初める箱庭

目次

イラスト／由利子

高学律《こうがくりつ》

豊始帝《ほうしてい》。朝廷はいまだに
父、太上皇（崇成帝）の支配下にある。
実権を握りたいとはさほど思っていないので、
父の意向に従って政をしている。
武人らしく、野性的な雰囲気。女好き。

太上皇《たいじょうこう》

崇成帝《すうせいてい》。長男の高善契に譲位した。
永乾帝《えいけんてい》＝善契の死後、高学律が豊始帝となる。
いまだ朝廷への強い影響力を保持しており、
誰も太上皇を無視した
判断はできない。

戻露珠《れいろしゅ》

16歳、牡丹色の髪と
翡翠色の瞳を持つ美人。
泥蝉《でいせん》国の王女として
生まれたものの、赤髪ゆえに
朶薇那《だびな》と名付けられ
狼＝神の花嫁になるべく
隔離されて育つ。
凱軍侵略の折、助けてくれた
透雅のことをずっと想い続けているが……。

高才業《こうさいぎょう》

崇成帝の皇子。封土は持たない。
病弱で皇位争いからは遠ざかっている。

高垂峰《こうすいほう》

崇成帝の皇子。傲慢な性格で、
皇位への野心をいまだ捨てていない。

登場人物紹介

高透雅《こうとうが》
崇成帝《すうせいてい》の皇子、示験王《しけんおう》。生母は亡くなっており、呉荘太妃《ごそうたいひ》に養育された。様々な思惑が渦巻く宮廷に暮らすうち、誰のことも信じられなくなる。以来、表面的には優しく幾つもの浮名は流すものの、こと恋愛には距離を置いており厭世的。

高秀麒《こうしゅうき》
崇成帝の皇子。王妃である念玉兎《ねんぎょくと》を迎えてから人当たりがよくなり、親族とも親しく付き合っている。

宝倫大長公主《ほうりんだいちょうこうしゅ》
豊満で妖艶な美女で、強い色香の持ち主。大勢の男妾を持つ。

波鳥歌《はちょうか》
太上皇の命令で、整斗王《せいとおう》に嫁いで整斗王妃となる。露珠とは妃嬪時代からの友人。

柳青艶《りゅうせいえん》
曲酔の老舗、香英楼《こうえいろう》の売れっ子妓女。美貌の持ち主だが、やや高慢なところがある。

角蛮述《かくばんじゅつ》
司礼監掌印太監付きの掌家を務める高級宦官。香英楼の上客で、透雅と親しい。

凱王朝宗室　高家　家系図

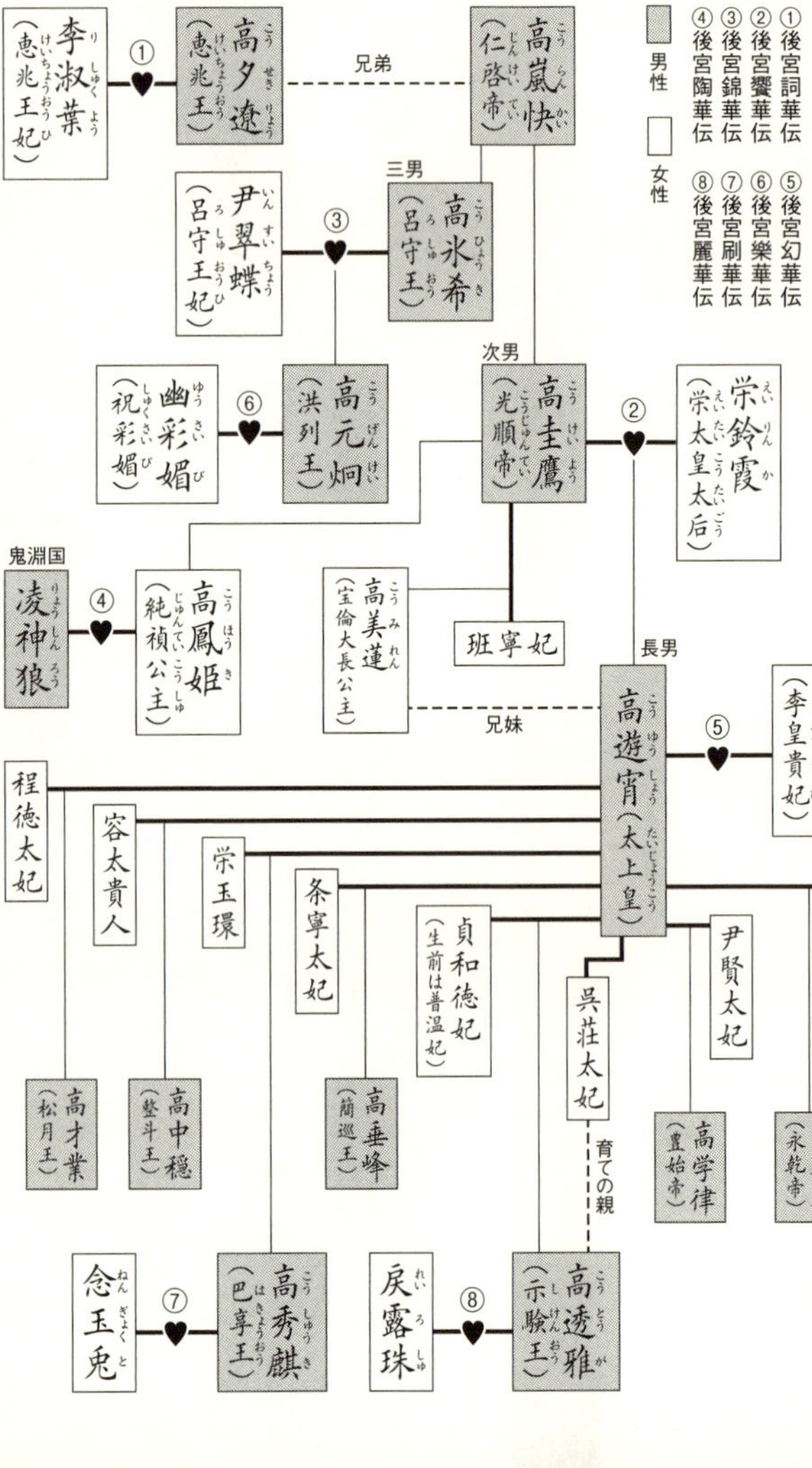
①後宮詞華伝
②後宮饗華伝
③後宮錦華伝
④後宮陶華伝
⑤後宮幻華伝
⑥後宮樂華伝
⑦後宮刷華伝
⑧後宮麗華伝
男性
女性
高嵐快《こうらんかい》（仁啓帝《じんけいてい》）
兄弟
高夕遼《こうせきりょう》（恵兆王《けいちょうおう》）
①
李淑葉《りしゅくよう》（恵兆王妃《けいちょうおうひ》）
三男
高氷希《こうひょうき》（呂守王《ろしゅおう》）
③
尹翠蝶《いんすいちょう》（呂守王妃《ろしゅおうひ》）
次男
高圭鷹《こうけいよう》（光順帝《こうじゅんてい》）
②
栄鈴霞《えいりんか》（栄太皇太后《えいたいこうたいごう》）
高元炯《こうげんけい》（洪列王）
⑥
幽彩媚《ゆうさいび》（祝彩媚《しゅくさいび》）
高鳳姫《こうほうき》（純禎公主《じゅんていこうしゅ》）
④
鬼淵国
凌神狼《りょうしんろう》
高美蓮《こうみれん》（宝倫大長公主）
班寧妃
兄妹
長男
高遊宵《こうゆうしょう》（太上皇《たいじょうこう》）
⑤
李緋燕《りひえん》（李皇貴妃《りこうきひ》）
程徳太妃
容太貴人
栄玉環
条寧太妃
貞和徳妃（生前は普温妃）
呉荘太妃
尹賢太妃
念貴太妃
高才業（松月王）
高中穏（整斗王）
高垂峰（簡巡王）
育ての親
高学律（豊始帝）
故人
高善契（永乾帝）
高秀麒《こうしゅうき》（巴享王《はきょうおう》）
⑦
念玉兎《ねんぎょくと》
高透雅《こうとうが》（示験王《しけんおう》）
⑧
戻露珠《れいろしゅ》

後宮麗華伝

毒《どく》殺《ごろ》しの花嫁の謎咲き初める箱庭

第一章

人でなしの恋

朶薇那《だびな》は走っていた。牀榻《しんだい》用の靴《くつ》のままで必死に駆けていた。炎のような呼吸が喉《のど》を焼き尽くそうとしている。心臓は張り裂けんばかりに脈打ち、何度も転びそうになる。

泥蟬《でいせん》国の都の外れに位置する瑠弥麗火宮《るみりかきゅう》。

〈聖女の箱庭〉を意味するこの離宮に侵略者がなだれこんできたのは、ほんの寸刻前のこと。彼らは城門を打ち破り、園林《ていえん》の花々を踏み荒らして、宮殿のいたるところにちりばめられている銀漢翡翠《ぎんかんひすい》に群がった。

異国の兵士だということは、彼らの言葉がみじんも聞き取れないことから予想がついた。まるで獣の咆哮《ほうこう》のようだ。下卑《げび》た笑いを含む野太い声が方々から聞こえてくる。

どうしてこんな事態になってしまったのか、瑠弥麗火宮の外に出たことがない朶薇那に分かるはずもなかった。朶薇那の知る世界は、〈聖女の箱庭〉だけだ。そこには口数の少ない使用人たちにかしずかれ、季節の花を愛《め》でる穏やかな日々しか存在しない。

城門が破られる直前、異変に気づいた朶薇那は真っ先に乳母《うば》を探した。続いて侍女《じじょ》を探した。

厨房《ちゅうぼう》係や洗濯《せんたく》女を探した。薬師《くすし》や楽師《がくし》を探した。誰もいなかった。親しくしていた庭師でさえ、姿が見えなかった。彼らは一足先に逃げ出したのだ。朶薇那を置き去りにして。

（異人に捕まってはいけない。私は戊流弩《ぼるど》さまに嫁《とつ》ぐ身なのだから）

戊流弩は泥蟬の守護神である。美しい漆黒《しっこく》の毛並みの巨大な狼で、未来を見る目と善悪を聴き分ける耳を持ち、逞《たくま》しい四肢《しし》で三千里を駆け抜けて禍《わざわい》を食らうという。

泥蟬王女・戻《れい》朶薇那は、この世に誕生した瞬間、戊流弩の花嫁になることが決まった。なぜなら赤髪だからだ。赤い髪の娘は朶薇那と名付けられ、十六になったら戊流弩に嫁ぐ。朶薇那は今年で十二。四年経てば、純白の花嫁衣装を着て祖国の守護神に嫁ぐはずだった。

（逃げなきゃ……逃げなきゃ……でも、どこへ？）

加速する恐怖が朶薇那の足をもつれさせた。前のめりに転び、真紅の髪が地面に散る。纏足《てんそく》靴《ぐつ》に押しこんだ三寸（約十センチ）の足がじくじくと痛みを訴え、目尻に涙がにじんだ。

（足手まといになるから……置いていかれたんだ）

朶薇那の足は五歳の頃から布でかたく縛《しば》られている。

小さく縮まった両足は歩きにくく、園林を一周するだけで悲鳴を上げてしまう。もし一緒に逃亡していたら、纏足していない乳母たちの足手まといになっただろう。

置き去りにされたことは悲しいけれど、彼らが迅速《じんそく》に逃げるためには仕方なかったのだ。そう自分に言い聞かせて、起き上がろうとしたときだ。視界に濃い影がさした。

血に飢《う》えた野獣の目をした異国の兵士たちが生臭《なまぐさ》い息を吐いて朶薇那に手を伸ばしてくる。骨を砕《くだ》くような力で腕をつかまれ、衣服をはぎとられる。血まみれの男がのしかかってきたとき、渾身《こんしん》の力で抗《あらが》ったつもりだった。しかし、体は小刻みに震えただけだった。

戊流弩の花嫁になることこそが生まれてきた意義だと教えられてきた。朶薇那が戊流弩に嫁げば、泥蟬は数十年安泰《あんたい》でいられるのだと。それなのにここで辱《はずかし》められたら、使命を果たせなくなってしまう。戊流弩に嫁げないなら、生きている価値はない。

(……今すぐ死んでしまえたらいいのに……!)

いっそ死んでしまいたい。屈辱《くつじょく》を受けて生き恥《はじ》をさらすよりはましだろう。死を願ってぎゅっと目を閉じた刹那《せつな》。のしかかってくる血なまぐさい重さがふっと消えた。

「――――」

誰かが異国の言葉で何事か言った。思いがけず優しげな響きだ。縮こまって震えていると、やわらかい布が体にかけられた。そして突然、浮遊感に包まれる。

反射的に目を開け、朶薇那は息をのんだ。

視界に飛びこんできたのは、見目麗《みめうるわ》しい青年だった。結い上げられた髪は墨《すみ》よりも黒く、髪と同じ色の瞳は金の砂を閉じこめたようにきらめく銀漢翡翠よりも美しい。

再び彼が何事か言った。意味は分からなかったけれど、不思議な安堵《あんど》が胸に広がった。きっと彼の声があたたかかったからだ。園林の花たちと戯《たわむ》れる春風みたいに。

青年が野蛮《やばん》な兵士たちに背を向けて歩き出す。朶薇那は彼の腕の中で小さくなっていた。

（……もしかして、あなたは戊流弩さま？）

戊流弩は狼の神だが、人間の青年になることもある。人の姿をした戊流弩は魂を抜かれるほどの美貌《びぼう》と、黒々とした髪の持ち主だという。

青年は戊流弩に似ている。許嫁《いいなずけ》に抱かれているような気がして、朶薇那はまぶたをおろした。


凱《がい》王朝、永乾《えいけん》元年末。

皇帝が病の床《とこ》に就《つ》いた。死期を悟った皇帝は遺詔《いしょう》をしたため、一度も龍床《りゅうしょう》に侍《はべ》っていない妃《ひ》嬪侍妾《ひんじしょう》に良縁を下賜《かし》すると命じた。これは異例の沙汰《さた》である。情け深い永乾帝がほどこした最後の慈悲《じひ》は、皮肉にものちの波乱の火種となった。


豊始帝《ほうしてい》が即位して四年目の正月十日。今年も元宵《げんしょう》の華やぎが始まった。都には色とりどりの灯籠《とうろう》があふれ、愉快な音楽は十里先まで響き渡り、雑劇や奇術が夜の街を騒がせる。

都一の花街《かがい》・曲酔《きょくすい》の老舗《しにせ》妓楼《ぎろう》、香英楼《こうえいろう》も無数の灯籠で飾られていた。灯籠ひとつひとつに描かれた大輪《たいりん》の紅牡丹《べにぼたん》が艶《なま》めかしく輝き、妓女《ぎじょ》たちがまとう脂粉《しふん》の香りや、古箏《こそう》の音色と交わる恋歌と相まって、さながら仙界の楼閣《ろうかく》のような趣《おもむき》をたたえている。

「は⁉　別室で寝たんですか⁉　初夜なのに⁉」

酒杯を干した角蛮述《かくばんじゅつ》が思いっきりむせた。一見して壮年の美男だが、蛮述は内廷《ないてい》を管理する宦官《かんがん》二十四衙門《がもん》の首《おびと》、司礼監《しれいかん》に籍を置く高級宦官である。

「しょうがないだろう。花嫁が気を失ってしまったんだから」

示験王《しけんおう》・高透雅《こうとうが》は長椅子《ながいす》に身を投げ出した。銀煙管《ぎんきせる》をくわえて紫煙《しえん》をくゆらす。

香英楼の一室。朱塗りの調度品《ちょうどひん》で埋め尽くされた客間には、いまだ妓女の姿はない。

「なるほど。気を失うほど激しいコトをなさったってわけですね？」

蛮述がニヤニヤしながら揚げ饅頭《まんじゅう》をかじった。甘党の蛮述は四六時中、甘ったるそうな菓子を食べている。酒の肴《さかな》が黒胡麻餡《くろごまあん》たっぷりの揚げ饅頭とは、理解しがたい味覚だ。

「してないよ。帯を解くどころか、口づけすらしていないんだから」

「え？　じゃあ、なんで花嫁どのは気絶なさったんです？」

「夫婦の契《ちぎ》りを結ぶことが怖かったんじゃないかな。彼女は凱の軍兵に襲われそうになったことがある。未遂《みすい》ではあったけど、あのときの恐怖が染みついていても不思議じゃない」

一応、初夜くらいは夫の義務を果たすつもりでいたが、花嫁がそれを望まないのなら無理強《じ》いはできない。彼女を閨《ねや》に残して、透雅は別室でやすんだ。

「残念でしたねえ」

「別にそうでもないよ。もともと望んでした結婚じゃないんだし」

先帝、永乾帝の侍妾・戻露珠《ろしゅ》を娶《めと》れと命じられたのは、ちょうど半年前だ。命じたのは異母兄の豊始帝ではなく、父——太上皇《たいじょうこう》（崇成帝《すうせいてい》）である。

『泥蟬遠征で戦功をあげたおまえにふさわしい花嫁だろう？』

父帝が上機嫌で縁談を打診《だしん》してきたとき、透雅は即座にその意図を悟った。

四年前、凱は西域《さいいき》の大国・泥蟬に大軍を送った。これは三度目の西域遠征であった。戦《いくさ》のきっかけは、先々代の泥蟬王が朝貢《ちょうこう》に応じなくなったことである。仁啓帝《じんけいてい》の御代には凱の援助を受けて敵国の侵略を食い止め、その大恩に報いてきた泥蟬だが、周辺の小国を征服して領土を広げるごとに増長し、事もあろうに王が皇帝を僭称《せんしょう》し始めた。

皇帝は天下にひとりきりでなければならない。泥蟬の慢心を許せば、他の朝貢国も凱に従わなくなり、勝手に天子を名乗り始めて、凱皇帝の権威が失墜《しっつい》する。天下の混乱を避けるため、崇成帝は泥蟬遠征を命じた。第一次遠征は凱の大敗に終わった。第二次では両国が善戦し、痛み分けとなった。第三次にしてようやく、凱は泥蟬を滅亡に追いこんだ。

戦乱の果てに泥蟬王は自害し、六人の王妃と妙齢《みょうれい》の王女たちは殉死《じゅんし》した。王子たちの多くは戦死し、残りは凱軍に囚われた直後に父王の訃報《ふほう》を聞いてあとを追った。傍系《ぼうけい》の王族も同様の末路をたどったが、たったひとりだけ生き残った者がいた。

それが泥蟬王女・戻露珠こと戻朶薇那である。

朶薇那は離宮で暮らしていた。凱軍が離宮になだれこんだとき、そこにいたのは彼女だけだった。使用人たちは齢《よわい》十二の姫君を置き去りにして避難していたのだ。

朶薇那は凱に連れ帰られ、官婢《かんぴ》の焼き印を捺《お》されて皇宮に入れられた。

時の皇帝は永乾帝・高善契《ぜんけい》。崇成帝の長子で、透雅の異母兄である。

永乾帝は官婢として働く朶薇那を見初《みそ》め、六侍妾《りくじしょう》の第三位・佳人《かじん》とし、露珠という名を与えた。しかし、戻佳人が寵愛《ちょうあい》を受けることはなかった。善契は十二の少女を枕席《ちんせき》に侍らせるような好き者ではなかったし、彼女の成長を待てるほど長命でもなかった。

永乾帝が崩御《ほうぎょ》し、太上皇は一度も夜伽《よとぎ》をしていない妃嬪侍妾《ひひんじしょう》に良縁を与えた。

透雅が戻佳人の花婿に選ばれたのは、父が言うように泥蟬遠征で戦功をあげたためでもあるだろう。蛮族《ばんぞく》を滅ぼした王侯が褒賞《ほうしょう》として亡国の姫を娶るのは珍しいことではない。だが、主たる目的は透雅を皇位争いから脱落させることだ。

(父上は俺を玉座から遠ざけるおつもりだ)

親王は後宮こそ持たないが、大勢の妻妾を娶ることができる。王妃は正妻なので一人だ。側《そく》妃《ひ》は九名。それぞれを元妃《げんぴ》、静妃《せいひ》、康妃《こうひ》、真妃《しんぴ》、恵妃《けいひ》、恭妃《きょうひ》、貞妃《ていひ》、裕妃《ゆうひ》、平妃《へいひ》という。その下には選侍《せんじ》という位があり、六つに分かれている。保林《ほりん》、才林《さいりん》、晶林《しょうりん》、令林《れいりん》、媛林《えんりん》、奏林《そうりん》。合わせて六選侍《りくせんじ》と呼ぶ。各位階一名ずつの側妃と違い、選侍には定員がない。

太上皇は戻露珠を王妃として迎えよと命じた。側妃や選侍として——ではなく。

先帝の侍妾であった女性を親王が賜《たまわ》るにあたり、正妃以外の低い位に据えるのは礼儀に反するからだ。理屈は正しいが、これで透雅が玉座にのぼる可能性は皆無になった。

蛮族の姫を正妃にした皇子が登極《とうきょく》することは、まずありえない。皇帝の正妻たる皇后は国母《こくも》という尊《とうと》い位なので、蛮人の女性は決して立后《りっこう》されないのが伝統だ。新帝即位とともに皇后が立てられなくなってからも、その不文律《ふぶんりつ》は破られていない。

もっとも、異母兄である豊始帝・高学律《がくりつ》は今年で二十五になる壮健な男子だし、これから皇子も生まれるだろうから、玉座が透雅に回ってくる見込みはない。

ただ、透雅の養母・呉荘太妃《ごそうたいひ》の実家である呉家は、透雅を帝位につけることを夢見ていたので、今回の結婚にはたいそうご立腹だった。透雅自身も、この結婚には乗り気ではなかった。野心は持ち合わせていないが、過去の経験から結婚への意欲や幻想も抱いていなかった。

本音を言えば断りたかった。生涯《しょうがい》、独り身で通すつもりだったのだ。とはいえ、齢二十四の男が縁談を断るのは至難《しなん》の業《わざ》だ。泥蟬王女の再嫁《さいか》を断れば、野心があるとみられる恐れがある。いずれ皇位につくため、蛮人の正妃は迎えたくないのだと。父帝は透雅を試したのだろう。透雅は野心がないことを示すために、泥蟬王女を王妃として迎えるしかなかった。

「そりゃあ強制された結婚ですけど、花嫁が泥蟬王女ってのは悪くないですよ。泥蟬王女は芳《ほう》紀《き》まさに十六。お人柄は温和で従順、純真可憐《かれん》な赤髪の美少女。うるさい親類はいないし、先帝の侍妾だったたっていう輝かしい経歴付き。官婢上がりってのが玉に瑕《きず》ですけど、柔肌《やわはだ》に残った焼き印の痕ってのもまた乙《おつ》なものだ。おいしくいただかないでどうします?」

「泥蟬王女にケチをつけるつもりはないよ。彼女は愛らしい花嫁だ」

牡丹色の髪と翡翠《ひすい》色の瞳。鳳冠《ほうかん》をかぶった清艶《せいえん》な花嫁姿が目に焼きついている。

「だったら、早く帰って床入《とこい》りなさるんですね」

「床入りは当分しないだろうな」

「赤髪の美姫《びき》はお好みじゃないんですか？」

「好みの問題じゃない。俺は単に結婚というものが嫌いなんだよ」

「なぜです？」

「茶番だからさ。夫だの妻だのと勝手に役を割りふられて台本通りの演技をする。中には真情で結ばれた夫婦もいるだろうが、大半の夫婦は上辺だけ整えた猿芝居を続けている。その手の茶番を演じたくないから、この年まで結婚しなかったんだ。そんな男が命令されて妻を娶ったからと言って、急に良き夫にはなれないよ」

「はあ……分かりませんねえ。泥蟬滅亡後には、わざわざ兵士たちの乱暴狼藉《ろうぜき》から泥蟬王女をお救いになり、官婢にするのは忍びないから身柄を王府で引き取りたいとまで申し出られた。てっきり泥蟬王女に一目惚《ひとめぼ》れなさったのかと思ってたんですけどねえ」

「彼女は当時十二の少女だ。色恋の相手じゃない」

「じゃあ、どういうわけで助けられたんで？」

「かわいそうだったからだよ」

透雅は長い溜息をついて煙管の灰を落とした。

「あの離宮には、泥蟬王女しかいなかった。使用人や兵士はさっさと逃げ出していたんだ。纏《てん》足《そく》をした、か弱い少女を置き去りにしてね」

逃げた離宮の使用人たちや兵士たちはほぼ全員、凱軍が捕らえたが、連中は不様に這《は》いつくばって命乞《いのちご》いをした。置き去りにされた戻露珠は、自分を見捨てて逃げた者たちの安否を気遣うことしかしなかったのに。

「泥蟬王女が不憫《ふびん》だった。いったん王府に引き取って、おいおい良縁を見つけようかと思っていた。あいにく力及ばず、彼女は朝廷の命令で官婢にされたわけだけど」

「確かに泥蟬王女は不運な方だ。でも、悪いことばっかりじゃないですよ。先帝陛下に見初められて侍妾に出世なさり、夫を亡くした後は殿下に再嫁されたんですから」

露珠は十二で戻佳人になり、同じ年で夫である永乾帝を亡くした。本来なら、たとえ御手がついていなくても、髪を切って女道士《おんなどうし》になり、先帝の供養《くよう》に余生を費《つい》やすはずだったが、永乾帝の慈悲のおかげで再び夫を持つことになった。それが幸運だと、どうして決めつけられるというのか。もしかしたら彼女は、誰にも嫁ぎたくないと思っていたのかもしれないのに。

そうであればいいとひそかに願った。戻露珠は透雅に愛されることを望んでいないと。さもなければ、透雅は彼女を苦しめてしまうから。

「俺に嫁いだことを幸運だというのは早計だよ」

自分が理想的な夫になれるとは到底思えない。今まで衣を着替えるように恋人を替えてきたが、そのたびに自分が相手に何の熱情も抱いていないことを思い知らされた。胸が焼けるような想いなど知らない。誰かに恋い焦がれて眠れぬ夜を過ごしたことなどない。愛《いと》しいという感情を抱いたこともない。透雅にとって、色恋は単なる暇つぶしにすぎなかった。

どうやら自分には愛情というものが欠落しているらしい。

（彼女には、幸せになってほしかったのに）

透雅は彼女を愛せないだろう。他の誰も愛せないのと同様に。

同日同時刻、戻露珠は都大路に面した高楼《こうろう》で友人の波鳥歌《はちょうか》と灯籠《とうろう》見物をしていた。

「こなたは大馬鹿者じゃ。よりにもよって、初夜に気絶してしまうとは……」

露珠は窓辺に寄りかかって溜息をついた。開け放たれた窓からは、七色の灯籠に染め上げられた夜景が一望できる。胸がときめく絶景も、今夜の露珠には墨絵《すみえ》に見えた。

「なんで肝心《かんじん》なときに気絶なんかしたのよ？　情熱的な口づけをされたわけでも、荒っぽく押し倒されたわけでもないんでしょ？」

元宵《げんしょう》団子をがつがつ食べながら、鳥歌が形のよい眉《まゆ》をはね上げる。鳥歌は南方の女王国・哀魯《あいろ》の王女である。健康的な褐色《かっしょく》の肌に、青い瞳と波打つ黒髪の美姫だ。黙っていれば人形さながらの美人だが、食べ物を前にすると筋肉隆々の大男のようにがっつく癖《くせ》がある。

「緊張しすぎてしまったことが原因だと思う……。いろいろと期待していたからの」

「どんなふうに口づけしてもらえるかとか、どうやって触れてもらえるかとか？」

鳥歌があけすけに言うので、露珠は耳まで真っ赤になった。

「好きな殿方《とのがた》と結ばれる夜なのだもの。期待に胸をふくらますのは仕方ないであろう」

「つまり、桃色な妄想をして興奮しすぎたせいで、口づけされる前に気絶したってわけね」

図星である。返す言葉もなくて、露珠は無言で元宵団子を一口食べた。

半年前、示験王・高透雅に嫁げと命じられたときには夢を見ているのかと思った。四年前の邂逅《かいこう》からずっと、露珠は――朶薇那は示験王を恋い慕《した》ってきたのだ。

（示験王殿下はこなたの恩人じゃ）

荒くれ者の兵士たちから救い出してくれた後、示験王は朶薇那を自分の天幕に連れて行った。彼は朶薇那に新しい衣服と、食べ物や寝る場所を与えた。もちろん、乱暴なことはされていない。示験王が兵士たちに命令を下したらしく、彼らに襲われることも二度となかった。

『殿下はあなたの身柄を示験王府で引き取れるよう、朝廷に申し出るとおっしゃっています』

朶薇那は凱語《がいご》が分からなかったから、凱軍の通詞《つうじ》が示験王の言葉を通訳してくれた。亡国の女性王族は官婢として皇宮に入れられる決まりだ。しかし、纏足では過酷《かこく》な労働に耐えられないだろうから、示験王府で面倒をみられるように交渉するというのだ。朶薇那はてっきり近いうちに敵国人として処刑されるのだろうと思っていたので、心底驚いた。

『なぜそこまで私に親切にしてくださるのでしょうか？』

示験王から見れば、朶薇那は敵国の王女。滅びた国の姫がどうなろうと知ったことではないはず。なにゆえ、朶薇那の身を案じてくれるのだろうか。

『あなたに同情したからですよ、泥蟬王女』

示験王は気だるそうに紫煙《しえん》をくゆらせた。出会ってから数日経っていたが、朶薇那は彼が笑ったり、怒ったりするところを見ていなかった。会うたびに彼は物憂《ものう》い表情をしていて、億劫《おっくう》そうな黒い瞳は、どこか冷めた色をたたえていた。

朝廷は朶薇那を引き取りたいという示験王の申し出を退けた。亡国王家の生き残りは必ず官奴婢の焼き印を捺《お》されなければならなかったのだ。官婢に身を落とすことで示験王を恨みはしなかった。彼が助けてくれなければ、もっとひどい目に遭《あ》っていた。腕に官婢の刻印を焼きつけられるのはつらかったけれど、軍兵の慰《なぐさ》みものになるよりは、はるかにましだ。

焼き印を捺されるよりも苦しかったのは、官婢の仕事そのものだ。

十二年間、瑠弥麗火宮で使用人たちにかしずかれて暮らしてきた朶薇那は、地面に這いつくばって働くこと自体が初めての経験だった。

朝から晩まで懸命に働いた。桶《おけ》をひっくり返して上役に怒鳴られ、粗末な食事を抜かれた。同輩たちからは髪の色や纏足をからかわれた。嘘のやり方を教えられて、大失態を演じたこともあった。薄い布団を捨てられ、氷のような床で寝た夜もあった。

幸せとは言いがたい毎日に耐えられたのは、いつか一目でも示験王の姿を見られるかもしれないという希望があったからだ。待ち焦がれた日は官婢となって三月後にやってきた。

その夜、朶薇那は先輩官婢に命じられ、とても一人で掃除《そうじ》するのは無理だったが、後宮内のある殿舎《でんしゃ》の清掃をしていた。何棟も建物が連なった広い殿舎で、とても一人で掃除するのは無理だったが、朝までに全室を磨《みが》き上げておくようにと厳命された。体は使い古しの雑巾のようにくたくただった。大きな木靴《きぐつ》に端切《はぎ》れを押しこんで履《は》いていたから、両足は腫《は》れ上がっていた。苦しくてたまらなかったが、命令通りにしないと罰を食らう。どんなに疲労困憊《こんぱい》していても体を動かすしかなかった。

這いつくばって床を拭いていたときだ。誰かが朶薇那の前に立った。

こわごわ視線を上げ、朶薇那は小さく声を上げた。目の前にいたのは、再会を待ち焦がれていた示験王その人だった。うろたえる朶薇那に、示験王は食盒《じゅうばこ》を差し出した。黒漆《くろうるし》塗りの食盒には、蒸したての包子《まんじゅう》が入っていた。示験王はにこりともせず、軽くうなずいてみせただけだったが、食べていいと言ってくれたのだと分かった。

朶薇那が食べ終わるのを待った後、示験王はつたない泥蟬語で言った。

『明日の深更《しんこう》、綺羅園《きらえん》の池のそばにある四阿《あずまや》に来てください』

なぜなのかと尋ねたが、彼は何も言わずに立ち去った。不思議に思いつつも、朶薇那は言われた通りにした。もしかしたら、また彼に会えるかもしれないと期待したのだ。

　しかし、そこに来たのは示験王ではなかった。時の皇帝――永乾帝だった。

　永乾帝は朶薇那を見初めて侍妾に召し上げたことになっているが、慈悲《じひ》深い永乾帝が朶薇那の境遇を哀れんで官婢の仕事から外してくれたというのが実情だ。永乾帝は朶薇那を六侍妾の第三位・佳人とし、露珠という凱風の名と、何不自由ない暮らしを与えた。

（示験王殿下はこなたが先帝のお目にとまるように、取り計らってくださった）

　永乾帝への感謝もさることながら、永乾帝の視界に入る機会をくれた示験王にますます敬慕《けいぼ》の念がこみ上げてきた。戻佳人になってから、露珠は本格的に凱語を勉強し始めた。示験王と再会する機会があれば、凱語でお礼を伝えたかった。独学したせいか、古めかしいしゃべり方が身についてしまったけれど、なんとか習得できたのは示験王のおかげだ。

　純粋な尊敬の気持ちがいつの間に恋情へと姿を変えていたのだろうか。示験王に会いたいと思わない日はなかった。彼の花嫁になれたらと夢見たことも一度や二度ではない。永乾帝が崩《ほう》御《ぎょ》した後でさえ、亡夫に申し訳ないと思いつつ、示験王への想いが夜ごと胸を熱くした。

　それほどまでに恋い焦がれた男性と結ばれる夜。花嫁衣装に身を包んだ露珠は、今にも体がふわふわと浮かびそうなほどに舞い上がっていた。どうやって恋心を伝えよう。どんな言葉で彼への気持ちを言い表そう。彼は露珠のことをどう思っているのだろうか。どきどきする胸をおさえながら待っていると、とうとう示験王が洞房《どうぼう》（新婚夫婦の部屋）にやってきた。

　どういう会話を交わしたか、ほとんど覚えていない。

示験王が花嫁の綾絹を取り去った瞬間、露珠は気絶してしまったからだ。

「姉者はどうだったのかえ?」

鳥歌は露珠より一つ年上の十七歳。露珠は親しみをこめて彼女を〈姉者〉と呼んでいる。

「整斗王《せいとおう》と素晴らしい夜を過ごしたのであろう? 話してくりゃれ」

同じく永乾帝の佳人だった鳥歌は、整斗王に再嫁《さいか》した。整斗王は崇成帝の皇子で、齢《よわい》十九の青年である。真面目《まじめ》で誠実な男性だと聞いている。

「〈素晴らしい〉の反対よ。最悪の初夜だったわ」

大きな丼《どんぶり》いっぱいの元宵団子を食べ終わり、鳥歌は唇を尖らせた。

「整斗王ったら、ずーっと建築の話をなさっていたのよ。拓《たく》王朝時代の造園技術がどうのこうのとか、南澄《なんちょう》の都城《とじょう》遺跡に行ったときのこととか、梧《ご》の後主《こうしゅ》が寵姫と過ごした楼閣式《ろうかくしき》の塔《とう》には面白い仕掛けがしてあってーとか、退屈な話ばっかり」

「そういえば、整斗王は建築がお好きだったの」

「お好きもお好き、建築と結婚したくてたまらないような勢いよ。一晩中つまらない話を聞かされそうだったから、あたし、整斗王を押し倒したの」

「なんと……! それで、どうなったのじゃ?」

露珠が興味津々《しんしん》で身を乗り出すと、鳥歌は再び元宵団子にがっつき始めた。

「体が結ばれるのは、心が結ばれた後じゃないとだめだって、くそ真面目な顔で言ってたわ。

だから、焦らずにゆっくりとお互いのことを知り合おうだってさ」

「評判通りの誠実な御仁《ごじん》だの」

「ばかみたいに堅物《かたぶつ》なのよ。お互いのことを知り合うには、床入りして体の相性を確かめるのが一番なのに。くだらないおしゃべりをするより、よっぽど有意義よ」

鳥歌の祖国・哀魯では、十六歳以上の未婚の女性には、誰であれ夜這《よば》いしてよいのだという。女性に気に入られなければ、夜這いした男性は引き下がるしかないが、気に入られれば即座に床入りする。一月ほど二人の仲が続いたら、婚礼を挙げて正式に夫婦になるのだそうだ。

「初夜が失敗だったから、次の日に夜這いしたんだけどね、それも失敗だったの。とびっきり色っぽい衣を着て、殿方をくらくらさせる甘い香をつけていったのに、整斗王ったら怒り出すのよ。なんてはしたない恰好《かっこう》をしてるんだーとかなんとか」

「姉者は夜這いまでしたのかえ。勇気があるの」

「あなたもやってみたら？」

「えっ⁉　こ、こなたが、夜這いを⁉」

「示験王は閨《ねや》に来てくださらないんでしょ？　だったら、自分から攻めるしかないじゃない」

露珠は口ごもった。初夜を最後に、示験王が閨を訪ねてきていないのは事実である。

（……婚礼の夜に醜態《しゅうたい》をさらしたので、呆《あき》れてしまわれたのであろう）

朝餉《あさげ》の席では顔を合わせるものの、露珠は緊張して食事の味も分からない有様だ。示験王が話しかけてくれれば嬉しいのだが、彼も黙っているのでこちらも押し黙っている。

「でも……女子《おなご》から夜這いするなんて、恥ずかしいもの」

「恥ずかしがってちゃ、いつまで経っても床入りできないわよ。あたしは今夜も整斗王の寝込みを襲うつもり。諦めないわよ。整斗王があたしの魅力に屈服するまでね」

「こなたも、姉者のように積極的になれればよいのだが……」

「なりなさいよ、露珠。あたしたち、先帝のお慈悲がなかったら、一生処女のままで道観《どうかん》暮らしだったのよ？　だけど、先帝は遺《のこ》されるあたしたちを哀れんで良縁を与えてくださった。新しい夫と幸せに暮らせとご下命なのよ。先帝のご遺志に従って、お互い頑張りましょ」

露珠はうなずいた。失敗を嘆《なげ》いても仕方ない。幸せをつかむには、行動あるのみだ。


翌日の夜、露珠はさっそく行動を起こした。示験王に夜這いすることにしたのだ。

（……とはいえ、やっぱり勇気が出ぬ）

はしたないと叱《しか》られるかもしれない。その気になれないと追い帰されるかもしれない。悪い想像ばかりが浮かんできて、示験王の臥室《しんしつ》に近づくことさえできない。

緊張をほぐすため、とりあえず園林《ていえん》の散歩でもすることにした。後宮には及ばないものの、王府の園林も仙境《せんきょう》さながらに美しく整えられている。

暗がりを淡く灯すように咲く素心蠟梅《そしんろうばい》、雪化粧《ゆきげしょう》されていっそうつややかに色づいた紅梅《こうばい》、池の傍《かたわ》らで芳香《ほうこう》を放つ水仙、気品をまとう椿《つばき》、可愛《かわい》らしく夜を彩る寒木瓜《かんぼけ》、春を招くように枝垂《しだ》れた迎春花《げいしゅんか》。どの花もそれぞれの色彩で見る者の目を楽しませてくれる。

物心ついた頃から、露珠は何よりも花が好きだった。色鮮やかな花を見ていると、どんな憂《うれ》いもたちまち晴れていく。おのおのの魅力をいかんなく発揮して咲き競う花たちが励《はげ》ましてくれるからだろう。瞳を染める花の色が心にまで映って、うきうきしてくるのだ。

「これは浜萱草《はまかんぞう》じゃな」

露珠は緑の葉をつけた鉢《はち》植えの前に屈みこんだ。浜萱草は藪萱草《やぶかんぞう》や野萱草《のかんぞう》と同じ種類の多年草で、夏に百合《ゆり》に似た橙《だいだい》色の花を咲かせる。葉は厚く、弓状に反り返って垂れる。冬には葉が枯れてしまう藪萱草《ぼうゆうそう》や野萱草と違って、冬でも葉を残すのが特徴だ。

萱草は別名を忘憂草という。凱では古くから、これを帯びれば悩み事や心配事を忘れられると言い伝えられてきた。萱草の蕾《つぼみ》は金針菜《きんしんさい》（黄花菜《こうかさい》）と呼ばれ、食用にされる。薬効としては利尿《りにょう》、通経《つうけい》（月の障りの不順を正す）、催乳（母乳の出をよくする）、解熱などがある。

「早く夏にならぬかの」

まだ蕾もないが、夏になれば艶《あで》やかな大輪《たいりん》の花が咲くのだと思うとわくわくしてくる。

「そこで何をしているんですか、戻佳人」

ふいに、後ろから声をかけられた。露珠はびくっとして振り返る。

示験王が雪景色を背景にしてこちらを見ていた。龍鳳《りゅうほう》文を織り表した銀襴《ぎんらん》の長衣《ちょうい》に、毛皮で縁取られた外套《がいとう》を羽織《はお》り、黒髪は無造作《むぞうさ》に背中に垂らしている。凍える月明かりが整った容貌《ようぼう》を玲瓏《れいろう》と照らし出しているせいか、紫の雲間から現れた天人のように神々《こうごう》しい立ち姿だ。

（殿下は本当に戊流弩さまのようじゃ）

示験王は戊流弩に似ていると会うたびに思う。瑠弥麗火宮の礼拝堂には、青年の姿をした戊流弩の絵が飾られていたが、まさに示験王と瓜二《うりふた》つの美男子だった。背に流れる艶《つや》やかな黒髪、夜陰を溶かしたような瞳、高い鼻梁《びりょう》と薄い唇、逞《たくま》しくしなやかな長軀《ちょうく》。画中の戊流弩は毛皮の衣を着ていたので、今夜の示験王はますます祖国の守護神を思い起こさせた。

「え、ええと……ええと……あっ、おはようございます」

「おはようございます。夜ですけど」

しまった。うろたえるあまり、挨拶《あいさつ》を間違えてしまった。

「こ、こなたはその……さ、散歩をしていたのじゃ」

「こんな時間に？　外套も羽織らず？」

露珠は夜着しか着ていない。外は冷えるので外套を着たかったが、侍女《じじょ》の平児《へいじ》が「汚れていたので、洗って干しています」と言って出してくれなかった。

「こなたは寒さに慣れておりますゆえ、外套はいりませぬ」

本当は凍えるくらいに寒いけれど、笑顔でごまかす。

「殿下も散歩なさっていたのかえ？」

「いや、俺は家廟《かびょう》で母の供養《くよう》をしてきたところです。今日は忌日《きにち》なので」

「忌日？　でも、呉荘太妃《ごそうたいひ》さまはご存命では……？」

「呉荘太妃さまは俺の養母です。実母は貞和徳妃《ていわとくひ》ですよ」

　示験王を産んだ貞和徳妃は、呉家とゆかりのある普《ふ》家の出身である。普氏は出産直後、産褥《さんじょく》熱《ねつ》のために薨去《こうきょ》した。生前は温妃《おんひ》という位だったが、薨去後に徳妃を追贈された。

「ご尊母《そんぼ》さまの忌日とは存じ上げず、申し訳ございませぬ」

「お気になさらず。いつもひっそりと供養してるんです。特に大掛かりな祭祀《さいし》はしないので」

「なぜひっそりと供養を？　凱では、父母の忌日には、大勢の親族を招いて一日がかりで祭祀を行うとうかがっておりますが」

「義母上《ははうえ》がご健在ですからね。皇宮の規則では、亡母の位が義母より低い場合、亡母の供養は客人を招かず、ひそやかに行わなければならないんですよ」

　位の低い生母を位の高い義母より敬《うやま》うことは、礼儀に反するのだ。

（今月は貞和徳妃さまの忌月なのだな……）

　父母の忌月には婚礼などの祝い事を控えるものだ。本来ならば婚儀も延期したかっただろうに、予定通りに行ったのは義母たる呉荘太妃に憚《はばか》ってのことだろうか。

　示験王が床入《とこい》りに積極的にならないのは、貞和徳妃のために身を慎《つつし》みたいからだろう。

（……こなたは自分のことばかり考えていた）

露珠は自分を恥ずかしく思った。示験王が亡き母を偲《しの》んでいるときに、床入りのことで悶々《もんもん》と悩んでいたとは。恋心に囚われるあまり、周りが見えなくなっていた。

「そろそろ部屋に戻ったほうがいいですよ。夜着一枚では体が冷えます」

うつむいた露珠の肩にあたたかい毛皮がかけられた。示験王が自分の外套を脱いで露珠に着せてくれたのだ。

「おやすみなさい、戻佳人《かじん》」

ぬくもりが残る外套に体を包まれ、露珠は深く頭《こうべ》を垂れて彼を見送った。


三年前、永乾帝の妃嬪侍妾《ひひんじしょう》は道観に入った。夜伽《よとぎ》をした者は髪を切って女道士《おんなどうし》になり、夜伽の経験がない者は客人として遇《ぐう》された。露珠は鳥歌と同じ道観に入っていた。

鳥歌は質素倹約《しっそけんやく》を旨《むね》とした道観の暮らしに退屈していたが、露珠は園林を手入れしたり、女道士に分けてもらった花の苗を育てたりして、充実した日々を送った。道観時代に育てた花の鉢植《はちう》えは、輿入《こしい》れとともに持ってきたので、王府でも毎日世話をしている。

露珠は牡丹《ぼたん》の鉢植えに水をかけた。これは祥雲《しょううん》という品種の牡丹だ。三月ごろになれば、浅紅色をした八重咲《やえざき》の花をつけるが、今は葉が落ちており、あるのは枝と芽だけだ。

（殿下に嫁《とつ》いだのだから、殿下の母上をこなたの母として敬いたい）

婚儀の翌朝、示験王に伴《ともな》われて呉荘太妃に挨拶をした。皇族に嫁いだ身として礼儀を尽くしたつもりだったが、示験王の生母たる貞和徳妃のことを不敬《ふけい》にも失念していた。

（貞和徳妃さまのために、こなたにできることはないかの）

今朝方、家廟に足を運んで拝礼した。しかし、それだけでは到底足りない。

（こなたにできることといえば……花を差し上げることくらいじゃ）

貞和徳妃の祭壇《さいだん》に供えるなら、萱草がいい。梧王朝の皇帝が母である皇太后に贈ったことから、萱草は慈母《じぼ》という寓意《ぐうい》を持つ。母に贈る花としてこれほどふさわしいものはない。

だが、萱草は夏の花。咲き始めるのは五月からだ。

「五月まで待てぬ」

一日も早く咲かせよう。露珠はさっそく準備に取りかかった。


枝垂《しだ》れ梅が薄紅の雨を降らせる内院《なかにわ》に、憎らしげな声が響き渡った。

「太上皇さまは何をお考えになっているのか。殿下に蛮人《ばんじん》の女をお与えになるとは」

呉荘太妃の実父・呉鋭桑《えいそう》は憤然として茶杯《ゆのみ》を卓に置いた。亡き母、貞和徳妃・普氏は呉鋭桑の姪《めい》なので、透雅にとっては母方の大伯父《おおおじ》にあたる。がっしりとした長軀には、仁啓帝《じんけいてい》の御代に皇后を出した呉家の栄光が漲《みなぎ》っており、ぎらつく両眼は野心を隠しきれていない。

「胡人《こじん》というだけでも汚《けが》らわしいのに、妓女《ぎじょ》のようなみっともない足をしている。あんな下賤《げせん》の娘が示験王妃とは、我が一族も軽んじられたものだ」

凱では、纏足《てんそく》は妓女《ぎじょ》の証である。花街《かがい》の女たちは逃亡を防ぐ目的で纏足されるからだ。

「戻氏は神に嫁ぐ身だったと聞いていますよ。下賤の娘とはいえないでしょう」

紫煙《しえん》を吐いて、透雅は枝垂れ梅を見やった。母亡き後、大伯父は透雅の後ろ盾になってくれたが、何の親しみもなければ、親族の情もない。

「下賤の娘ですとも。蛮族《ばんぞく》の王女など、往来の花売り娘にも劣りますぞ。側妃《そくひ》ですら分不相応、最下位の選侍《せんじ》――いや、家妓《かぎ》で十分ですのに、どういうわけで王妃におさまったのやら」

「先帝の侍妾を務めた女人を貶《おとし》めては無礼ですよ、大伯父上」

「侍妾に召し上げられたのも、あの娘が卑《いや》しい手口で色目を使ったからでしょう。胡人の女は生まれながらの売笑婦《ばいしょうふ》。貞節《ていせつ》という言葉さえ知らず、淫《みだ》らな手練手管《てれんてくだ》で男を惑わす毒花です。殿下もゆめゆめご油断召さるな。蛮国の妖婦に毒されてはなりませんぞ」

大伯父は孫娘を透雅に娶《めあわ》せたがっていた。むろん、孫娘を使って透雅を操るためだ。自分の手駒《てごま》が座るはずだった王妃の椅子《いす》を奪われたので、腹の虫がおさまらないのだろう。

「ところで、大伯母上のお加減はいかがですか」

呉鋭桑の正夫人は、崇成帝の異母妹、宝倫大長公主《ほうりんだいちょうこうしゅ》の従姪《じゅうてつ》である。

母方の従姪なので姓は班《はん》だ。四年前、班氏は十八で呉家に嫁いできた。当時、鋭桑は六十だったから、祖父と孫ほどの年の差があったが、大伯父は美しい若妻にすっかりまいっているらしい。昨年末に班氏が娘を出産した折には、子どものようにはしゃいでいた。

「もうずいぶん元気になりましたよ。じきに娘を連れて殿下にご挨拶にまいります」

鋭桑はほくほく顔で言った。

「親の欲目かもしれませんが、娘は玉のような美貌《びぼう》の持ち主ですぞ。まるで仙女の赤子です。母親に似たのでしょうな。ゆくゆくは牡丹と見紛《みまが》う美人になるに違いありません。娘が年頃になりましたら、ぜひとも殿下に差し上げましょう」

「その頃には、私は四十路《よそじ》ですよ」

「結構、結構。男はいくつになっても、若い妻を迎えられます。年を重ねて貫禄《かんろく》を身につければこそ、男の魅力が増すというものです。それに、班家といえば、仁啓帝の御母堂《ごぼどう》であらせられた孝熙皇后《こうきこうごう》のご実家。宗室に次ぐ宰《さい》家にも並ぶ由緒《ゆいしょ》正しい家柄ですぞ。班家の流れをくむ娘ならば、殿下に嫁がせるのに何の不都合もございません」

「それほどの美姫《びき》ならば、主上《しゅじょう》の後宮に入れるべきでは？　一親王にすぎない私に嫁がせるより、よほど将来有望ですよ」

後宮には、后妃《こうひ》侍妾に同姓なしという定めがある。ひとつの氏族《しぞく》が複数の美姫を使って寵愛《ちょうあい》を独占しないよう、後宮に入れる娘は各氏族につき一名と決まっている。

すでに今上・豊始帝の後宮には呉家出身の呉麗妃《れいひ》がいるので、呉麗妃が廃されるか、薨去するかしない限り、班氏が産んだ鋭桑の娘を入宮《にゅうきゅう》させることはできない。

ただし、どんな法にも抜け道はある。鋭桑の娘を他家の養女にすればよいのだ。姓さえ変われば、同じ氏族からの入宮とはみなされない。

「何をおっしゃいます。殿下は一親王で終わる御方ではございません」

「不用意な発言はお控えください。人に聞かれれば、主上に叛意《はんい》ありと誤解されます」

「叛意など、みじんもございませんとも。ただ、主上がご即位なさってから、後宮には不幸が続きました。主上のご威光を疑うわけではありませんが……順風満帆《じゅんぷうまんぱん》とは言いがたいかと」

兄帝の後宮には何人か懐妊《かいにん》した妃嬪がいたが、いずれも流産か死産だった。

「有昭儀《ゆうしょうぎ》と凌婉儀《りょうえんぎ》がご懐妊中でしょう。じきに祝い事が続くようになりますよ」

「吉報を耳にしたいものですな。お世継《よつ》ぎの誕生は天下万民の願いですから」

鋭桑は上機嫌で顎髭《あごひげ》を撫《な》でた。そんなことはありえないと言いたげに。

豊始帝の後宮で不幸が続くのは、呉家が世継ぎの芽を摘《つ》み取っているからだと噂《うわさ》されている。呉家は今もって、後見する透雅を玉座に据えることを諦めていない。陰謀《いんぼう》を張りめぐらせていても不思議ではないが、権力の亡者は何も呉家だけではない。その証拠に、呉荘太妃の異母妹である呉麗妃も流産している。呉家の権勢を削《そ》ぎたい一派もいるのだ。

（くだらない）

透雅は皇宮の権力争いから距離を置いている。他人が言うほど、皇位が輝かしいものには見えない。むしろ、嫌悪さえ感じる。玉座のせいで透雅の母は死んだのだから。

惣気話《のろけばなし》をして帰っていった大伯父を見送った後、透雅は書斎に戻ろうとした。回廊《かいろう》を渡っていると、枝垂れ梅の雨の中を危なっかしい足取りで歩く戻露珠が見えた。王妃らしい丈の長い衣服ではなく、筒袖《つつそで》の粗末な襦裙《じゅくん》を着ている。水の入った桶《おけ》を運んでいるらしい。ずいぶん重そうで、何度も転びそうになるので、見過ごせなくなった。

「戻佳人、手伝いましょうか」

「でっ、殿下⁉」

近づいて声をかけると、露珠はなぜか慌てふためいた。桶をひっくり返しそうになるので手をそえる。桶の中身は水ではなく、湯だった。

「これをどちらに運ぶんです？」

「あ、あちらに……」

戻露珠が指さした先には、小さな子どもがすっぽり入りそうな箱があった。全面紙張りで、ちょうど灯籠《とうろう》を大きくしたような形である。中には何か入っているようだ。

「あれは何ですか？　初めて見るものですが」

「そ、その……な、内院《なかにわ》の飾りじゃ」

「戻佳人が作ったんですか？」

露珠がうなずくので、透雅は軽く片眉《かたまゆ》を上げた。この細腕で木枠《きわく》を作ったというのか。

「祖国ではよく作っていた。花の……いや、庭飾りを」

「湯は何のために必要なんです？」

「えっ、に……庭飾りをあたためるために」

露珠はしどろもどろになって答えた。明らかに何かを隠しているようだ。桶一杯の湯とへんてこな庭飾りにどんな秘密が隠されているのか興味をひかれたが、詰問《きつもん》はやめた。

「湯が必要なら、下男にそう命じてください。細腕で運ぶのは大変でしょうから」

桶を庭飾りのそばに置き、透雅はその場を立ち去った。


後宮には人の手が入っていない場所がない。海と見紛う湖も、延々と広がる林も、見晴らしのいい丘も、清流をたたえた滝壺《たきつぼ》も、緑が生い茂る浮島も、およそ目に映るものはすべて人工物である。この緩《ゆる》やかな渓谷《けいこく》もそうだ。

「赤髪の新妻とはうまくいってるのか？」

豊始帝・高学律が川面に釣り糸を垂らしたまま声高に問うた。日に焼けた頑健な体軀《たいく》にまとうのは、天子の象徴たる漆黒《しっこく》の上衣下裳《じょういかしょう》ではなく、膝丈の胡服《こふく》だ。深緋《こきひ》の生地に五爪《ごそう》の龍が刺《し》繡《しゅう》された豪華な衣だが、釣り竿《ざお》を持つ姿に帝王のいかめしさは感じられない。

「まあ、うまくいってるんじゃないかな」

透雅は釣り竿片手に煙管《きせる》をくわえた。

太上皇（崇成帝）・高遊宵《ゆうしょう》は譲位《じょうい》とともに皇宮内の灯影宮《とうえいきゅう》に居を移した。呉荘太妃も灯影宮で暮らしているので、定期的に顔を出している。父帝に挨拶《あいさつ》した帰りに学律を訪ねたら、「久しぶりに兄弟水入らずで釣りをしよう！」と半ば無理やり後宮に連れこまれた。後宮内の渓谷で学律と釣りを楽しむのは、幼少時代からの習慣だ。それぞれの後ろ盾である呉家と尹家は犬猿の仲だが、透雅と学律は年が近いこともあって友人のように育ってきた。

「恥ずかしがらずに惚気話をしてみろ。時間が許す限り聞いてやるぞ」

「別に話すほどのことはないよ。毎日、朝餉《あさげ》の席で顔を合わせているだけだし」

「は？　まさか本当にそれだけじゃないだろう？　夜は？」

「夜はほとんど会わないな。ときどき姿を見かけることはあるけど。内院で何かの作業をしているようだから、邪魔しないように声はかけないことにしてるよ」

「作業？　まさか間男《まおとこ》と密会してるんじゃないだろうな？」

「内院に湯を運んだり、木枠を組み立てた変な箱の中に入ったりしてる」

「箱の中？　そこに間男がいるのか？」

「彼女ひとり入るのが精いっぱいの箱だよ。箱の中で何してるのか知らないけど、ひどく骨の折れる作業みたいだ。朝餉の席ではいつも眠そうに目をこすっているな」

いったい何をしているのだろう。泥蟬の習わしに関係することだろうか？

「妙だな。どんな女にも興味を示さないおまえが泥蟬王女にはいたくご執心らしい」

学律は意味ありげにニヤリとした。

「そんなに注意深く泥蟬王女の様子を観察しても分からないなら、こっそり箱の中身を見てみればいいじゃないか」

「いやだよ。他人の秘密は無理やり暴くものじゃない」

「他人じゃないぞ。相手はおまえの王妃だ。夫なら多少は強引なことをしても許される」

「そこまでして暴きたくない。彼女には手荒なまねをしたくないんだ」

国を滅ぼされ、身分を剝奪《はくだつ》され、最初の夫を亡くした少女。彼女からは何も奪いたくない。

「よほど惚れこんでるらしいな。色恋を解さぬ無風流者がとうとう恋の滋味《じみ》を知ったか」

「俺は泥蟬王女に同情しているだけさ」

「女人に情を感じた瞬間、恋が始まっている」

「ばかばかしい。同情を恋と解釈するなら、国中の赤子から老婆《ろうば》までが全員恋人だよ」

同情とは、偽善者を酔わせる美酒だ。生まれたときから貧しい生活を強《し》いられている者、肉親を亡くして天涯孤独になった者、濡れ衣で刑場へ引っ立てられる者、友人に裏切られて無一文《むいちもん》になった者――他人の不運は自分の不遇を慰める妙薬になる。それがどれほど下劣な行いか痛いほど自覚しているから、透雅は誰かに同情するたびに吐き気を催《もよお》す。

「惚れたのなら、大事にしてやれよ」

学律は水晶の粉をまき散らしたような川面に視線を落とした。

「おまえにはそれが許されているんだから」

透雅は何も言い返さなかった。兄が言外に匂《にお》わせた真意を聴き取ったからだ。

皇位につくことは天下を取ることだと人は言うが、大きな間違いだ。

至尊《しそん》の位にのぼることは、何かを得ることではない。何かを失うことなのだ。


透雅は朝日が嫌いだ。なぜなら連中は人の眠りを妨げる悪党だからだ。今日も朝日に叩き起こされて床《とこ》を離れ、顔を洗い、身支度《みじたく》をして、朝餉を摂《と》るために食堂に向かった。

「殿下！」

回廊の向こうから、軽やかな鈴の音色が近づいてきた。筒袖の襦裙を着た戻露珠が駆けてくる。鈴の音の出どころは彼女の纏足靴《てんそくぐつ》だ。金鈴鞋《きんれいあい》と呼ばれる纏足靴は底の凹《へこ》みに小さな鈴が取りつけられているので、歩くとりんりんと涼やかな音がする。

「お見せしたいものがあるのじゃ。一緒に来てくりゃれ」

露珠は透雅の袖をつかんで引っ張った。たおやかな頰《ほお》は桃花で染めたように上気していた。嫁いできてから緊張した顔しか見せなかった彼女が年相応にはしゃいでいるのは珍しい。

「見せたいものとは何ですか？」

「特別なものじゃ。とにかく早く来てくりゃれ」

早く早くと袖を引っ張られる。拒《こば》む理由もないので、彼女についていくことにした。連れて行かれたのは、件《くだん》の謎の箱がある場所だった。

「今朝、とうとう咲いたのじゃ」

露珠は謎の箱の戸を開け、中から鉢《はち》植えを取り出した。百合《ゆり》に似た赤橙色《せきとうしょく》の花は、忘憂草《ぼうゆうそう》とも呼ばれる萱草《かんぞう》だ。しかし、萱草は夏の花である。二月初旬に咲くはずがない。

「あなたが咲かせたんですか？　どうやって？」

「まず、このような紙で目張りした密室を作る。次に、地面に穴を掘るのじゃ。穴の上に竹を組んで置き、その上に鉢植えを置く。鉢植えの土には硫黄《いおう》などの肥料《ひりょう》を混ぜておく。そして、熱いお湯が入った桶《おけ》を穴の中に置けばよい。湯気が立ち上ってくるから、あおいで微風を送る。あとはお湯が冷めたら取りかえて、同じように湯気で花があたたまるようにする。そうすれば花がしだいに和《やわ》らいでいき、本来の花期より早く咲かせることができるのじゃ」

苗から育てて、およそ一月かかったという。

（謎の箱の正体は、花を育てる小部屋だったのか）

頻繁《ひんぱん》に湯を運んでいたのは、小部屋の中をあたためて花の生長を促すためだったのだ。

（……いったい何のためにそんなことを？）

夏になれば放っておいても咲く花を、なにゆえわざわざ苦労して早く咲かせたのだろうか。

「この萱草を貞和徳妃さまの祭壇《さいだん》にお供えしてもよいかえ？」

朗《ほが》らかな笑顔を向けられ、透雅は目を見開いた。

「忌日《きにち》に何もできなかったゆえ、せめてものお詫《わ》びになればよいと思うての」

「詫びていただくようなことでは」

「そうはいかぬ。こなたは殿下に嫁《とつ》いだ身。殿下のご尊母《そんぼ》さまは、こなたの母上。こなたは母と離れて暮らしていたので、どうやって母に孝行してよいか分からぬが、花をお供えすることはできる。萱草は一日花。朝に咲いて夕方には萎《しお》れてしまうから、すぐにでも家廟《かびょう》に持っていきたい。鉢植えのままで祭壇に供えては礼儀に反するだろうか？　無礼になるのなら、手折《たお》って瓶花《へいか》にしてもよい。なれど、一輪だけでは寂しいので、他の花も加えて……」

　透雅が黙っていたせいか、露珠の花顔に不安げな影がさした。

「ひょっとして……貞和徳妃さまは萱草がお嫌いだったかの。もしお嫌いならば、萱草はやめて違う花にしよう。牡丹《ぼたん》はいかがかえ？　牡丹の花語《かご》（花言葉）は天下無双の美女。姿絵に描かれた貞和徳妃さまの麗姿《れいし》にふさわしい花じゃ。今の時期からなら半月ほどで咲くであろう。玫瑰《まいかい》（浜梨）ならば、少し時間がかかるの。木香《もっこう》は香りがよいし、月季《げっき》は縁起がよい。薔薇《しょうび》は婦人部屋のそばに植えられる花だから……」

　早口でまくし立てる声から徐々に力が失われていく。

「……ご迷惑ならば、無理にとは申しませぬ。貞和徳妃さまは崇成帝にお仕えになった高貴なご婦人であらせられるのだから、こなたのような異邦人《いほうじん》が育てた花では喜んでくださらぬでしょうの。朝から騒ぎ立てて申し訳ございませぬ。許してくりゃれ」

露珠はしょんぼりと肩を落とした。鉢植えを抱えて立ち去ろうとする。呆然《ぼうぜん》としていた透雅は慌てて彼女を呼び止めた。

「ありがとう、戻佳人《かじん》」

苦労して萱草を咲かせてくれた。彼女にとっては他人である透雅の母のために。

「とても綺麗《きれい》な萱草だ。母も喜んでくださるでしょう」

笑顔を返したいのに、表情は動かなかった。最後に笑ったのはいつだっただろう。

「こなたは戻佳人ではございませぬ。今は殿下の妃《きさき》じゃ」

露珠ははにかんだ。春が来たみたいに、白い頬に赤みがさす。

「そうだったね。まだ馴染《なじ》まないから、言い間違えてしまう。これからは戻妃と呼ぼうか」

「露珠と呼んでくだされば嬉しい」

恥ずかしそうに萱草の陰に隠れる。可愛《かわい》いな、と思った。口には出さなかったけれど。

「じゃあ、名で呼ぶよ。朝餉の前に萱草を供えに行こうか、露珠」

鉢植えを受け取ると、露珠はこくりとうなずく。憎らしい朝日が彼女の赤い髪をつやつやと輝かせていた。さながら朝露に濡れた紅牡丹の花びらのように。

この日を境に露珠と顔を合わせる機会が増えた。

『殿下のお部屋に花を飾ってもよいかえ?』

家廟に萱草を供えた後、露珠がおずおずと切り出した。部屋に花を飾る習慣はないが、頑《かたく》なに拒むほどのことでもない。いいよと透雅が言うと、露珠は朱唇をほころばせた。

（嫌われているわけではないらしいな）

婚礼の夜以降、会うたびに露珠が緊張している様子だから、透雅とかかわるのがいやなのかと思って距離を置いていたが、誤解だったようだ。

毎朝、露珠は瓶花や花盆《かぼん》を持って執務室にやってくる。春花のように明るい表情からは、怯《おび》えている様子も、不快そうな気配も感じられない。その事実に透雅はひどく安堵《あんど》していた。なぜか分からないが、露珠にいやな思いをさせたくないのだ。

「今日は水仙か。いい香りだね」

露珠が花盆を持って部屋に入ってきたので、透雅は書き物をする手を止めた。見慣れた黄色の水仙ではなく、白い花びらの中央にある副花冠《ふくかかん》が朱紅色に縁取られているものだ。

「口紅水仙《くちべにずいせん》じゃ。一足早く咲いていたので、殿下に見ていただきたくて」

露珠は窓辺の几架《つくえ》に口紅水仙の花盆を置いた。花盆とはいわゆる植木鉢のことだ。主に陶器《とうき》で、さまざまな形があり、宮廷で使われる花盆はとりわけ華麗に彩色されている。

「水仙だけではちょっと寂しいの。蘭が咲いていれば隣に飾ったのだが」

「蘭？」

「凱語では、『蘭』と『郎《ろう》』は音が似ているであろう？『郎』は男子の美称。水仙は婦人を表すから、水仙のそばに置くのなら蘭がよい」

　蘭と水仙の意匠《いしょう》は夫婦永諧《えいかい》（夫婦が末永く仲睦《なかむつ》まじい）を象徴するという。どこかで聞いたことがあるような気がするが、花には関心がないので覚えていない。

「蘭は待女花《たいじょか》とも呼ぶそうだの。女子が世話をするとよく香るというのが由来だと書物に書いてあったが、本当だろうか。殿方《とのがた》が育てた蘭の香りをかいだことがないので分からぬ。そうじゃ。殿下は蘭を育てていらっしゃるかえ？　もし育てていらっしゃるのなら、こなたが世話をした蘭と香りを比べてみたい」

「あいにく、花は育てていないんだ」

「そうか。残念じゃ」

　可愛らしく肩を落とす露珠に、透雅は視線を吸い寄せられた。

　青い菫《すみれ》が咲き香る玉緑《ぎょくりょく》の上襦《じょうじゅ》。ひだを寄せたくるぶし丈の裙《くん》は優しげな梔子《くちなし》色。細腕にかけた披帛《ひはく》には五彩の胡蝶《こちょう》文が躍り、胸のすぐ下で結んだ帯は日差しにきらめきながら長く垂れている。深紅の髪は頭の後ろで二つの輪を並べる百合髻《ひゃくごうけい》に結われていた。造花の木香薔薇と玻璃《はり》を連ねた金歩揺《きんほよう》が陽光と戯《たわむ》れ、初々《ういうい》しい装いを春の気配で染め上げている。

「君は本当に花が好きなんだね」

「大好きじゃ！」

　露珠はぱっと面《おもて》を上げた。玉のかんばせに紅梅《こうばい》色が散る。

「だって花はこなたの友人だもの」

「友人？」

「泥蟬にいた頃、瑠弥麗火宮には同じ年頃の子はいなかったから、人間の友人はいなかったのじゃ。でも、花園ではたくさんの花を育てていたから、少しも寂しくなかった。春には銀蓮花《アネモネ》や香雪蘭《フリージア》、金雀枝《エニシダ》や鬱金香《チューリップ》、夏には紫丁香《ライラック》や向日葵《ヒマワリ》、朱頂蘭《アマリリス》や薫衣草《ラベンダー》、秋には月下香《チューベローズ》や姜花《ジンジャー》や仙客来《シクラメン》、冬には花金鳳花《ラナンキュラス》や報春花《プリムラ》や迷迭香《ローズマリー》がこなたの友達になってくれた」

「聞いたことのない花ばかりだな。どんな花なんだい？」

「銀蓮花は罌粟《けし》の花に似ているの。赤や黄色、白や紫など、いろんな色があって可愛らしい。香雪蘭は甘い香りがする。小さな百合に似た花が穂状に咲く。金雀枝は蝶形の花で、満開になると枝いっぱいに黄色い蝶が群がっているように見える。たおやかないい香りじゃ。鬱金香は釣鐘をひっくり返したような形をしている。種類が豊富なので、色彩別に並べて植えると極彩《ごくさい》色《しき》の絨毯《じゅうたん》のようじゃ。紫丁香の芳香《ほうこう》はさながら天女の吐息。小ぶりの花は愛らしく……」

露珠の声は鈴を転がすように美しく響く。透雅は黙って耳を傾けた。

（歩歩蓮花《ほほれんか》を生ず……か）

歩くたびに蓮の花が咲く――纏足《てんそく》した妓女《ぎじょ》のなよやかな歩みを賛美する文句が思い浮かんだのは、露珠の足元に視線を落としたからだ。花吹雪が織り出された梔子色の裙の裾から、藍《あい》色の弓鞋《きゅうあい》がのぞいている。弓鞋は土踏まずの部分が弓のように湾曲《わんきょく》している纏足靴《ぐつ》で、木底《ヒール》がついている。大きさは三寸ほど。爪先《つまさき》は鋭くとがっていて、繻子《しゅす》地に梅花が刺繍《ししゅう》されている。造形は美しいが、あまりにも小さすぎて窮屈《きゅうくつ》そうな印象を受けた。

「どうした？　具合が悪いのかい？」

露珠が急にしゃがみこんだので、透雅は席を立った。歩み寄って傍《かたわ》らに膝をつくと、彼女はしきりに首を横に振る。金歩揺の垂れ飾りがどこか寂しげに鳴った。

「足を裙で隠しただけじゃ。殿下がこなたの足をご覧になっていたから……」

「すまない。綺麗な靴だったから、つい見入ってしまったよ」

「綺麗な靴だったから？」

露珠はおそるおそる顔を上げた。翡翠《ひすい》のような瞳に困惑が映る。

「みっともないとお思いになったのではないのかえ？」

「綺麗だけど、とても小さな靴だなと思っていたんだよ。窮屈じゃないのかなと」

「窮屈ではない。こなたの足にぴったりじゃ。先帝陛下がこなたのために作ってくださった」

纏足靴は妓女たちが使う特殊な靴なので、花街《かがい》の職人にしか作ることができない。先帝・永乾帝は露珠のために花街に遣いをやって纏足靴を作らせた。

「普通の靴は履《は》けないのかい？」

「履けないことはないが、大きさが合わぬので中に布をつめなければならぬ。歩きにくいし、疲れるのじゃ。でも……殿下が纏足靴をお嫌いなら、今後は普通の靴を履くことにする」

顔色をうかがうような眼差《まなざ》しに苦みを覚えて、透雅はさりげなく目をそらした。

（……彼女は生殺与奪《せいさつよだつ》の権を俺に握られている）

泥蟬の領土と民はほとんどそのまま示験国に組みこまれた。

彼らの新しい主君は皇帝たる学律だが、その下には示験王たる透雅が君臨していることになる。透雅が暴君なら、彼らの未来にあるものは圧政と虐殺《ぎゃくさつ》だ。むろん、透雅は健全な藩王《はんおう》であろうと努めているので、亡国の民を不当に虐《しいた》げてはいないが、そんなことを露珠が知るはずはない。祖国の民を守るため、彼女が透雅の顔色をうかがうのはごく自然なことだ。

母のために萱草を早く咲かせたのも、毎日こうして花を持ってきてくれるのも、纏足靴を履いた足を気恥ずかしそうに隠すのも、今は亡き故国のためなのだろう。

落胆《らくたん》した。自分でもなぜ苦々しい気持ちになっているのか分からなかったが、すがるように見上げてくる緑の瞳を見つめることができなかった。

「君が履きたい靴を履いていいよ。歩きやすいのが一番大事だ」

透雅は露珠の手を握って立ち上がらせた。

「指に傷があるみたいだな。花の棘《とげ》で怪我《けが》をしたのかい？」

「……これは花のせいではありませぬ。裁縫《さいほう》をしていたときに、ちょっと……」

露珠は傷だらけの両手をさっと背中に隠した。

「こなたは裁縫が苦手なのじゃ。官婢《かんぴ》だったときも自分の衣を繕《つくろ》うのに苦労した」

「苦手なことは無理をしてしなくていいよ。裁縫は侍女《じじょ》に任せておきなさい」

はい、と素直に答える。何かをごまかすような微笑《ほほえ》みがわずかな違和感を残した。


このところ、露珠の部屋には夜半になっても明かりが灯っている。夜中までせっせと縫《ぬ》い物をしているからだ。作っているのは、花朝節《かちょうせつ》の宴《うたげ》で着る梅花花神《かしん》の衣装である。

二月十五日、宮中では百花の生日を祝う花朝節の宴が催《もよお》される。後宮の妃嬪侍妾《ひひんじしょう》をはじめとして、女性たちはそれぞれ誕生月の花神に扮することになっている。露珠にとっては初めての花朝節の宴だ。昨年まで身を寄せていた道観《どうかん》では花朝節を祝わなかったし、永乾帝の後宮で迎えた二月は官婢の身分だったので宴とは縁遠かった。そのせいで勝手が分からない。衣装はてっきり侍女たちが用意してくれるものと思っていたが、どうやら違うらしい。

『花朝節の衣装は王妃さまご自身がご用意なさるものですわ。殿下の恥《はじ》にならないよう、王妃の身分にふさわしい、美麗な衣装をお仕立てなさいませ』

侍女の平児は冷ややかに言って、織物と裁縫道具を露珠に押しつけた。

透雅に告白した通り、露珠は裁縫が大の苦手だ。一寸縫うごとに針で指を突き刺してしまい、いっこうに進まない。

「困ったの……。花朝節まで日がないのに」

片方の袖《そで》すら縫い終わっていない。裙にいたっては手つかずだ。縫い目はガタガタで見苦しく、たとえ期日に間に合ったとしてもさんざんな出来栄えになりそうである。

「せめて刺繍だけでも綺麗にできればよいのだが……」

露珠は自分の誕生日を知らない。泥蟬人は誕生日を祝う習慣がないのだ。しかし、花朝節の衣装には誕生月の花神にちなんだ花模様を盛りこまなければならない。そこで露珠は一月の花神の梅花花神にちなんで、梅の花を刺繡することにした。

梅花の形なら比較的易しいだろうと考えて始めたのだが、思ったより難しくて苦戦している。何度もやり直して、懸命に形を整えて必死の思いで刺繡しているのに、出来上がるのは不格好な紅のトゲトゲ。下絵に描いた可憐《かれん》な梅の花とはほど遠い。

（こんな有様では、殿下に恥をかかせてしまう……）

妃嬪侍妾や皇族夫人たちは裁縫上手なので、天女の衣のような立派な衣装を仕立ててくるはずだと平児が言っていた。彼女たちと並んでも引けを取らない衣装を作らなければならないのに、このままでは襤褸《ぼろ》同然の不様な衣を着ることになってしまう。

どうしようと焦る一方、どんどんまぶたが重くなる。連日遅くまで作業しているので疲れ果てているのだ。それでもなんとか針を動かしていると、手元に影がさした。

「熱心に何を作っているんだい」

「……痛っ……」

目の前に示験王が立っていたので、驚いて指を針先で刺してしまった。痛みに顔をしかめると、すぐさま示験王が手巾で露珠の手をそっと包んでくれる。

「昼間より指の傷が増えているな」

彼の手の大きさを意識するなり、露珠の頰《ほお》にぽっと朱がのぼった。

示験王はまだ夜着に着替えておらず、四爪の龍が織り出された天藍色《てんらんしょく》の長衣《ちょうい》に、袖口が銀刺繡で縁取られた外衣《うわぎ》を羽織《はお》っている。黒髪は結い上げているが、冠はつけていない。灯燭《とうしょく》の光に濡れる端麗《たんれい》な面輪《おもわ》は甘く艶《つや》を帯びていて、思わず胸が高鳴った。

「殿下……きょ、今日は何の支度《したく》もしておりませぬゆえ……」

露珠はおろおろした。夜、夫が妻の部屋に来た。その行為の意味くらいは察しがつく。床入《とこい》りを待ち望んでいたが、いざそのときが来ると狼狽《ろうばい》せずにはいられなくなる。

「遅くまで明かりがついていたから、心配になって顔を出しただけだよ」

閨《ねや》を訪ねに来たのではないと言われて、安堵《あんど》すると同時に落胆した。

「どうしてこんな時間に縫い物をしていた？　侍女に任せなさいと言っただろう？」

「これだけは人に任せられぬのじゃ。こなた自身が縫わねば」

「理由がありそうだね？」

「それは……その……」

もごもごと口ごもる。花朝節の衣装を縫っていることは、夫には秘密にしなければならないと平児が言っていた。秘密にしなければ、死ぬまで夫に愛されなくなるそうだ。

適当な言い訳を探していると、示験王が卓上に広げていた本に目を向けた。凱の風習について記した本だ。開いていたのはちょうど花朝節の頁《ページ》だった。

「花朝節の衣装を作っていたのかい？」

違うと言えば嘘をつくことになる。迷った末、露珠は小さくうなずいた。

「どうか許してくりゃれ……。殿下のお顔を立てるべく、立派な衣装を仕立てようと頑張っているのだが、こなたの技量ではこの程度のものしか作れず……」

「君が作らなくてもいいんだよ。花朝節の衣装は、すでに手配しているんだから」

示験王は露珠の手を手巾越しにそっとさすった。彼はめったに表情を変えない。笑わないし、怒りもしない。一見して不愛想だけれど、瞳の奥には優しさが隠れている。

「殿下が……こなたの衣装を？　なにゆえじゃ？」

「王妃の衣装を用意するのは王の務めだよ」

「でも、花朝節の衣装は王妃自身で仕立てなければならないと平児が言っていた」

妙だな、と示験王は不審そうに眉《まゆ》をひそめた。

「平児は君に嘘をついたんだろうな」

そんなはずはない、とは言えなかった。侍女たちは総じて露珠に好意的ではないが、中でも露珠より二つほど年上の平児は異民族出身の女主人をあからさまに嫌っている。物言いは刺々《とげとげ》しいし、視線は冷淡だし、何か頼みごとをするとたいてい突っぱねられる。

『あの不気味な足、見た？　気持ち悪くて吐き気がするわよ』

数日前、平児が侍女たちと露珠の陰口を言っているのを聞いてしまった。

『官婢上がりの纏足女を押しつけられて、おかわいそうな殿下』

『床入りは絶対おやめになったほうがいいわね。蛮族《ばんぞく》の病気がうつったら大変だもの』

『永乾帝の崩御《ほうぎょ》も泥蟬王女の仕業《しわざ》じゃない？　蛮人は体に毒を持ってるって言うし』

滅びた蛮族の姫で、官婢の焼き印を持つ娘。それだけでも蔑《さげす》まれるには十分すぎる理由があるというのに、露珠の足は弓鞋《きゅうあい》に押しこまれた纏足だ。

泥蟬では戊流弩の花嫁の印だった纏足は、凱においては妓女の証である。妓楼の遊客は妓女の小さな足を三寸金蓮と呼んで賛美するそうだが、花街《かがい》の外の人々は汚らわしいものと軽蔑している。高貴な女人に仕えるために精進《しょうじん》を重ねてきた王府の侍女たちにとっては、我慢ならない女主人なのだろう。

「すまないね。女主人には丁重に仕えるようにと、あとで平児に言い聞かせておくよ」

「なにとぞ、あまりきつく注意なさいませぬよう。平児がこなたを女主人と認められぬのは、無理からぬことゆえ……」

初夜すらまともに務められない花嫁に、侍女たちが敬意を払うはずがない。

（ひょっとして殿下も、こなたが病や毒を持っているとお思いなのだろうか）

示験王が今もって床入りを避けているのは、露珠が異民族の娘だからなのか。

「これは提案なんだが」

うなだれた露珠の上に、低く落ちついた声が降った。

「明日からはできるだけ共寝《ともね》しようか。君が侍女たちに侮《あなど》られないように」

露珠は頭を上げた。夜色の静謐《せいひつ》な瞳と視線が交わる。

「皇族夫人に仕える使用人は、女主人が王に愛されているかどうかで態度を変える。俺は初夜以来、君の部屋を訪ねていないから、君は俺に大事にされていないと誤解させてしまったんだろう。毎日共寝して仲睦まじい様子を見せれば、使用人は君に尽くすようになるはずだ」

願ってもない申し出に、露珠は目《じ》をぱちくりさせた。

「もちろん、君がいやなら無理強いはしないよ」

「いやだなんて、とんでもない！」

ぶんぶんと首を横に振る。憂鬱《ゆううつ》な気持ちは羽根が生えてどこかに飛んでいった。

「こなたは大賛成じゃ！　ぜひともそうしてほしい！」

喜びのあまり前のめりになって言う。示験王は視線をそらした。

「じゃあ、明晩から君を訪ねるよ。そのつもりで待っていなさい」

翌晩、露珠は鴛鴦《えんおう》梅の花びらを浮かべた湯で身を清めた。茉莉花《まつりか》の花露《かろ》（蒸留液）で素肌を整えた後、絹の夜着に着替えて、平児に髪をくしけずってもらう。平児は終始苛立《いらだ》たしげで、櫛《くし》を動かす手つきは常よりも荒っぽかった。

「寝化粧《ねげしょう》はしなくてよいのかえ」

乱暴に髪を引っ張られつつ、露珠は鏡越しに平児に問いかけた。

「なさりたければ、ご自分でどうぞ」

髪をくしけずり終えると、平児は化粧具を置いてさっさと出て行ってしまった。

今まで自分で化粧をしたことはない。祖国では化粧をする年頃ではなかったし、官婢時代は白粉《おしろい》など見もしなかった。戻佳人《かじん》になってからは佳人付きの使用人がやってくれたので、露珠自身は白粉の塗り方も知らない。何もつけないままでいようかと思ったが、それも味気ない。はじめての共寝なのだ。一番綺麗《きれい》な姿で示験王と夜を過ごしたい。

侍女たちのやり方を思い出しながら、白粉を塗り、頬に臙脂《えんじ》をつけて、眉を描き、口紅で唇を染める。だんだん顔が変わっていくのが面白くて、ついつい夢中になってしまう。

「これではまるで別人ではないかえ……」

露珠ははたと我に返った。白粉をつけすぎてひたいが紙のように真っ白だし、臙脂を頬いっぱいに広げたせいで赤ら顔になってしまっている。眉は蛾眉《がび》にしようとしたものの、黛《まゆずみ》を重ねすぎてやたらと太くなっており、桜桃に似せようとした唇は蜂に刺されて腫《は》れ上がったみたいに真っ赤になっていた。お世辞《せじ》にも綺麗とは言いがたい化粧だ。

　そのとき、示験王が部屋に入ってくる気配がした。露珠はびくっとして窓掛けの後ろに隠れた。こんなへんてこな顔を彼に見せるわけにはいかない。

「露珠？　どこにいるんだい？」

「ここじゃ」

　窓掛けの後ろから返事をする。花模様の絹の向こうで示験王が首をかしげた。

「そんなところで何をしてるんだい？」

「ま、窓掛けの模様を見ているのじゃ。珍しい花の模様ゆえ」

「牡丹《ぼたん》が？」

「あ、そ、そういえば、牡丹じゃな。珍しくはないが、綺麗じゃ」

「窓掛けの模様を見るのはほどほどにして、出ておいで」

「こなたにはかまわず、殿下は先に床に入ってくりゃれ」

　示験王は不審がっている様子だったが、水晶の珠簾《すだれ》をかきわけて寝間に入っていった。侍女を呼んで化粧を落とすのを手伝ってもらうしかなさそうだ。露珠はこっそり窓掛けの後ろから出た。とたん、息が止まりそうになる。目の前に、夜着姿の示験王がいたのだ。

「で、殿下っ⁉　ね、寝間にお入りになったのでは……⁉」

「入ったふりをしたんだよ。君の様子が変だったから気になって……」

　示験王は大きく目を見開いていた。唖然《あぜん》として言葉をなくし、露珠を見下ろす。しばし妙な沈黙が流れた。いたたまれなくなって、露珠は下を向く。

「……寝化粧をしようとしたのじゃ。でも、自分で化粧をするのは初めてゆえ……」

どうしていいか分からなくて立ち尽くす露珠の頭上に、低く抑えた笑声が降った。おそるおそる顔を上げる。示験王は口元にこぶしをあてて笑いを堪《こら》えようとしていた。

「殿下？　もしかして、笑っていらっしゃるのかえ？」

「いや、笑ってないよ」

「嘘じゃ。こなたの顔を見て笑っていらっしゃる」

「笑うはずがないじゃないか。君の顔はとても……」

我慢ならないというように噴き出し、広い肩を小刻みに揺らす。

「やっぱり笑っていらっしゃるではないかえ」

「すまない。君があまりに可愛《かわい》い顔をしているから、つい」

こみ上げる笑いのせいで声が跳びはねる。真面目《まじめ》な顔をしようと努力しているようだが、涼しげな目元は楽しそうに歪み、背に流された黒髪は愉快そうに震えている。

笑いは伝染する。彼につられて露珠の表情も緩《ゆる》んでいく。始めは照れ笑いだったが、しだいに本気でおかしくなってきて、ころころと笑い転げた。

「女子の顔を見て笑うなど、殿下はひどい」

「君だって笑ってるじゃないか」

「こなたは殿下につられているだけじゃ」

肩が揺れ、心が躍る。初めて見た示験王の笑顔は木漏れ日《こもれび》のようにあたたかい。

「久しぶりだな。こんなに笑ったのは」

示験王は深呼吸した。端整な面差《おもざ》しには笑みが色濃く残っている。

「君に寝化粧は必要ないよ。素顔のままで十分可愛いからね」

「い、今更おだてても遅いわ。こなたは気分を害した」

露珠はふいと横を向いた。本当は気分を害したのではなく、羞恥《しゅうち》がぶり返してきたのだ。

「顔を洗うのを手伝ってあげるから、機嫌を直してくれ」

示験王は侍女《じじょ》を呼んで湯と洗い粉を持ってこさせた。化粧を落として茉莉花の花露で肌を整えると、生まれ変わったようにさっぱりした。

「見てごらん。白粉をつけなくても、君は牡丹の蕾《つぼみ》みたいだよ」

示験王が鏡に露珠の顔を映した。鏡の中の露珠は紅牡丹よりも赤くなっている。

（いよいよ床入りじゃ。が、頑張らねば……）

閨《ねや》の作法は、侍妾に召し上げられた際に『金閨神戯《きんけいしんぎ》』という宮女《きゅうじょ》向けの房中術書で学んだので、一通り理解している。たぶん、示験王は露珠を抱き寄せるはずだ。次に、口づけをする。そして夜着の帯を解いて――いやその前に露珠を抱き上げて牀榻《しんだい》に運ぶだろうか。

「おいで、露珠」

珠簾《すだれ》をかきわけて寝間に入り、示験王が手招きした。露珠は戸惑いつつ、彼を追いかける。勧められるままに牀榻に腰かけると、示験王は露珠の足元に跪《ひざまず》いた。

「靴《くつ》を脱がせてあげよう」

「……そのようなこと、殿下がなさるべきではないのに」

露珠が恥ずかしがってぶつぶつ言っている間に、示験王が套鞋《とうあい》を脱がせてくれた。套鞋は臥《しん》室《しつ》用の纏足靴《てんそくぐつ》だ。底は木製で、甲の部分には胡蝶が刺繍《ししゅう》されている。

套鞋を脱ぐと、睡鞋《すいあい》に包まれた小さな足があらわになった。牀榻用の纏足靴を睡鞋という。生地はやわらかい繻子で、色鮮やかな花鳥文が縫《ぬ》い取られている華やかな靴だ。

「あっ、それはだめじゃ！　睡鞋は脱がさないでくりゃれ」

示験王が睡鞋まで脱がそうとするので、露珠は慌てて足を引っこめた。

「眠るときも履《は》いているのかい？」

「履いていないと足が痛むもの」

睡鞋の中の足は纏脚布《てんきゃくふ》（纏足用の布）で縛《しば》っている。睡鞋を脱げば纏脚布が緩み、血のめぐりがよくなる。そのせいで足が膨張し、耐えがたいほどの痛みが生じてしまう。

「泥蟬では王女が纏足するんだね」

示験王は露珠の隣に腰かけた。広い背に流れた黒髪からはほのかに伽羅《きゃら》の香りがする。

「泥蟬で纏足するのは朶薇那だけじゃ。こなた以外の王女はしていないはず」

「朶薇那というと、君の本名だね。どういう意味なんだい？」

「毒花」

泥蟬にまだ王が君臨せず、部族長たちの合議によって国を統治していた時代、とある族長が赤髪の美女を寵愛《ちょうあい》した。彼女の名は朶薇那。天女と見紛《みまが》う絶世の美貌《びぼう》を持つ舞姫だった。

当然、他の族長も彼女を欲しがった。その時代の泥蟬では、男たちが愛妾《あいしょう》を共有するのは親密さの証《あかし》であったから、族長たちは朶薇那を貸してくれるように頼んだが、朶薇那の夫は片時も彼女を手放そうとしなかった。一方、朶薇那は夫一人で満足するような女ではなかった。淫《いん》蕩《とう》な彼女は夫の目を盗み、族長たちを次々に誘惑した。

嫉妬《しっと》を燃やした夫が姦淫《かんいん》の現場に乗りこんでくると、朶薇那はすすり泣いて許しを請い、自分は無理やり連れ去られて穢《けが》されたのだと嘘をつく。夫の怒りの矛先《ほこさき》は間男《まおとこ》に向かい、血を分けた兄弟のように仲睦《なかむつ》まじかった族長たちは血で血を洗う抗争に身を投じた。一人の美女をめぐって始まった争いは、やがて泥蟬中をまきこむ内乱へと発展していく。

「内乱で国が滅びかけたとき、西の部族の青年が戦いを鎮めた。朶薇那は捕らえられ、処刑された。朶薇那が二度と踊れないように、亡骸《なきがら》の両足はつぶされた。内乱を鎮めた青年は初代国王となり、赤髪の娘が生まれたら朶薇那と名付けて足を縛るよう命じた」

朶薇那は人間の手には負えない女なので、生まれてすぐに瑠弥麗火宮に幽閉され、十六になったら、泥蟬の守護神・戊流弩に嫁《とつ》がせることになった。

「嫁ぐときは純白の花嫁衣装を着る。泥蟬の花嫁衣装は凱と違って白なのじゃ」

親しくしていた侍女が嫁ぐ前に花嫁姿を見せてくれたが、月光の糸で織り上げたような美しい衣装で、真珠《しんじゅ》色の生地に細やかな花刺繡がちりばめられていた。

「こなたの花嫁衣装が仕立てられるのがとても楽しみだった。図案はできていたのじゃ。こなたが好きな花の模様をたくさん入れてもらった」

結局仕立てられることはなかったが、今でもときどき図案に描かれた花嫁衣装を思い出す。

「戊流弩とは狼だろう？　戊流弩に嫁ぐことは、狼に食べられるということじゃないのかい」

「そうじゃ。こなたは朶薇那ゆえ、戊流弩さまに食べられなければならなかった」

さもないと泥蟬に不幸が訪れるという言い伝えがあるからだ。

「怖くなかったのかい」

「ちっとも怖くなかった。むしろ、嫁ぐ日が待ち遠しかったのじゃ。それが朶薇那のさだめと教えられて生きてきたし、戊流弩さまの姿絵をいつも見ていたから」

姿絵に描かれていたのは、見目麗《みめうるわ》しい青年の姿をした戊流弩だ。

「朶薇那として生まれたからには、戊流弩さまに嫁いで泥蟬を守るのが務めだと思ってきた。でも、もう泥蟬は滅びてしまった。もしかしたら、こなたが早く戊流弩さまに嫁いでいれば、こんなことにはならなかったかもしれぬが……」

泥蟬の領土は示験国に組みこまれた。示験王の統治下に置かれたわけだ。

彼が暴君ではなく、よき王であることは人づてに聞いているので、亡国の民が虐《しいた》げられることはないと思うが、祖国が滅びたのは自分のせいではないかと苦い感情が胸に満ちる。

（戦《いくさ》で命を落とした民は、こなたを恨んでいるだろうな……）

朶薇那が戊流弩に嫁がなかったせいで死んだのだと、黄泉《よみ》に下った亡霊たちは憎悪を滾《たぎ》らせているかもしれない。今となっては弁解の余地もないが、祖国に殉《じゅん》じて自害するわけにはいかないのだ。国は滅びても、泥蟬の民は生きているのだから。

彼らが少しでもよい暮らしをできるように、示験王とは良好な関係を築かなければならないし、凱の皇族にも従順に仕えなければならない。露珠は泥蟬王族のたったひとりの生き残りだ。露珠の態度しだいでは、泥蟬の民がさらなる不運に見舞われる恐れすらある。感傷に身を任せて命を絶つのは容易《たやす》いが、そんなことをしても死んだ民が生き返るわけではない。

だから露珠は生きのびた。官婢《かんぴ》になっても侍妾に召し上げられても道観《どうかん》に入っても、生きてきた。生きていれば泥蟬の民を助けることができるはずだと信じて。

強い決意を胸に抱いてきたはずなのに、ときおり罪悪感に心を焼かれる。

「戊流弩も朶薇那も関係ないよ」

示験王は吊り灯籠《どうろう》の明かりをぼんやりと眺めていた。

「凱と泥蟬は以前からぎくしゃくしていたんだ。交易や馬賊《ばぞく》の件でもめて険悪になっていたし、泥蟬は先々代の王の時代から朝貢《ちょうこう》に応じなくなった。その上、泥蟬王が皇帝を僭称《せんしょう》し始めたから、両国の亀裂は決定的になった。凱は皇帝の僭称者を認めるわけにはいかなかった」

凱皇帝の謀略《ぼうりやく》により、泥蟬は同盟国に裏切られ、孤立無援になって滅亡の道をたどった。

「君が生まれたときにはすでに後戻りできないところまで来ていたんだ。たとえ、君が予定より早く戊流弩に嫁いでいたとしても、結果は変わらなかったよ」

「……そうじゃの。こなたは非力な女子にすぎぬ。国を救うことなど、できるはずもない」

泥蟬に生まれ育ったとはいえ、露珠は瑠弥麗火宮から出たことがない身だ。自分の目で泥蟬の国土や民を見たことはなく、他者からもたらされる情報がすべてだった。あなたは毒花の生まれ変わりだ。戊流弩さまに嫁ぐことで前世の罪を贖《あがな》うことができる。神に嫁ぐその日まで心身を清らかに保ちなさい。神官に教えられたことを素直に信じていた。

突如として泥蟬が滅び、露珠の世界は根底から覆《くつがえ》された。露珠は神の花嫁ではなくなり、奴《ど》隷《れい》になった。凱には戊流弩がいないと知り、途方に暮れた。赤髪の異邦人《いほうじん》。それが露珠の新しい役どころだった。変わらないのは、露珠が無力であることだけだ。

召し上げられるままに侍妾になり、命じられるままに示験王に嫁いだ。何ひとつ自分の意志で成し遂げたことはない。いつも大きな力に圧倒されて、狼狽《ろうばい》するばかりだ。

「非力なのは君だけじゃない。俺もだ」

示験王は痛ましげに目を伏せた。

「君を官婢にしてしまった。焼き印を捺《お》され、満足に食事もさせてもらえずに苦役《くえき》を強《し》いられて……王女として育てられた君には、さぞかしつらい日々だっただろうね」

「官婢の焼き印を捺されるくらい、たいしたことではありませぬ。四年前、殿下が助けてくださらなければ、もっとひどい目に遭《あ》っていたもの」

露珠は夜着の上から左腕に触れた。そこには〈婢〉という文字が刻みつけられている。

「殿下が凱の兵士たちからこなたを助けてくださったとき、殿下のことを戊流弩さまだと思ったのじゃ。姿絵に描かれた戊流弩さまにそっくりだったから」

「俺はそんなに狼に似ているかな？」

「ううん、狼ではない。姿絵の中の戊流弩さまは、殿下のような黒髪の美男子じゃ」

示験王をちらっと見た。彼と目が合い、恥ずかしくなってうつむく。

「殿下はこなたの恩人じゃ。恩返しのつもりで、心を尽くしてお仕えしようと思う。こなたにできることなら何でもしたい。今はできないことでも……できるようになりたい。殿下に喜んでいただけるなら、こなたはどんなことでも……」

はしたないと呆《あき》れられるだろうか。羞恥心《しゅうちしん》がこみ上げてきて耳まで熱くなる。

「そろそろ布団に入ろうか」

露珠はうなずき、示験王に勧められるままに緋紅《ひこう》の褥《しとね》に体を横たえた。

「左の掌《てのひら》が赤くなっているけど、怪我《けが》をしてるのかい？」

示験王は露珠の左手を見て言った。そこには赤い牡丹《ぼたん》のような模様が浮き出ている。

「生まれつきある痣《あざ》じゃ。怪我ではございませぬ」

露珠は左手をぎゅっと握って痣を隠した。なんとなく後ろめたくて見られたくない。

「あ、あの……こ、このまま眠るのかえ……?」

示験王に布団を着せかけられて混乱した。夫婦の契《ちぎ》りを結ぶには、夜着を脱ぐ必要があるはず。それなのになぜ、示験王は露珠の帯を解かないのだろうか。

「安心しなさい。君を怖がらせるようなことは何もしないから」

「……でも」

頭を撫《な》でてくれる手が優しい。あたたかく見つめられると、胸の奥が甘く疼《うず》いた。

「おやすみ」

示験王は露珠の隣に横たわった。伽羅《きゃら》の香りをまとったまま静かに寝入ってしまう。

(……こなたには、よほど魅力がないらしいの)

夫とひとつ臥所《ふしど》に入りながら、口づけすらされないなんて。


二月二日は踏青《とうせい》(野遊び)の日である。人々は春を求めて、祥鶯苑《しょうおうえん》や蘭翠池《らんすいち》などの行楽地に出かける。昨年は鳥歌と連れ立って蘭翠池に出かけた。今年も鳥歌から誘われたが、ちょうどその頃、露珠は萱草《かんぞう》の世話で忙しかったので断らざるを得なかった。

「遅くなったけど、踏青に行こうか」

花朝節《かちょうせつ》まで数日となった今日、露珠は示験王に誘われて祥鸞苑に行くことにした。

祥鸞苑は東郊に位置する広大な皇家園林《こうかえんりん》だ。毎年二月二日と三月三日には一般士民に開放されているので大変な賑《にぎ》わいとなるが、今日は二人以外に行楽客はいなかった。

白梅は真珠のように気品をまとい、緋桃《ひとう》は粒珊瑚《つぶさんご》さながらに艶《つや》やかな光を帯び、清楚《せいそ》な李花《りか》は白翡翠《しろひすい》のごとく、たおやかなる杏花は紅水晶のきらめきを放つ。色とりどりの花々はそよ風になびく天女の裳裾《もすそ》のように春の風景を染め上げていた。

「妙じゃの。可憐《かれん》な杏花の花語が〈学業成就《じょうじゅ》〉とは」

露珠は示験王に支えられて杏林を歩いていた。天を貫かんばかりに伸びた枝で繡眼児《めじろ》がさえずっている。黄緑色の翼が薄紅色の杏花《きょうか》を引き立てていてとても綺麗《きれい》だ。

「杏花は学問と馴染《なじ》みのある花だからね。雅称《がしょう》は及第花《きゅうだいか》だし、二月末には新進士《しんし》（科挙《かきょ》及第者）の祝宴が蘭翠池の杏園《きょうえん》で行われる。杏壇《きょうだん》といえば学問所のことだし、杏林《きょうりん》は医者の美称だ。杏を挿した花瓶に経典を添えた寓意図《ぐういず》は、科挙に及第して高官にまで出世するという意味になる。杏花と燕《つばめ》の組み合わせは杏園の宴《うたげ》を表すし、杏園の宴で婿選びが行われることから、杏花の花語には〈高貴な身分の婿〉というものもあるよ」

「高貴な身分の婿かえ。殿下のことじゃの」

露珠は示験王の横顔をそっと見上げた。端麗《たんれい》な容貌《ようぼう》にはどこか物憂《ものう》い影がある。うららかな春の日差しを浴びていても、冷ややかな月光に照らされているみたいにひんやりしている。

（殿下はこなたを女子として見てくださっていないようじゃ……）

二人で行楽に出かけるくらいなのだから、決して険悪な関係ではない。示験王は露珠に親切にしてくれるし、気遣ってくれる。露珠のことを嫌っているようには思えない。それは素直に嬉しいのだけれど、女子として見られている気配がない事実にもやもやする。

（こなたを幼いとお思いなのだろうか）

示験王は二十四、露珠は十六。年の差はあるが、二回りも違うわけではない。体つきは年相応だし、閨《ねや》で過ごす時間くらいは色めいた雰囲気《ふんいき》になってもいいと思うが、すでに三度床《とこ》をともにしているのに彼は帯を解くどころか、露珠の体に触れようともしない。

（足のことは、さほど気になさっていないご様子だけれど……）

示験王は露珠の套鞋《とうあい》を脱がせてくれた。もし、彼が平児たちのように露珠の足を気味悪がっていたら、足には触れようともしないはずだ。床に入るときには優しく套鞋を脱がせてくれ、朝になったら履《は》かせてくれる。彼が纏足《てんそく》自体を嫌っているわけではない証拠だ。

（……やはり魅力不足が原因かの）

あれやこれやと考えを巡らせても、結局はそこに帰着する。夫の心をつかむべく、女子の魅力を上げるにはどうすればいいか、鳥歌に相談してみようか。

「踏青の日、昔の人は花にまつわる謎かけをして楽しんだらしい」

二人は桃林に入っていた。一口に桃といっても、さまざまな種類がある。燃えるような緋色の花をつける緋桃《ひとう》、薄紅の雨を降らせる羽衣枝垂《はごろもしだれ》、幾重にもなった花びらが妖艶《ようえん》な碧桃《へきとう》、やわらかな鴇色《ときいろ》の花を咲かせる人面桃《じんめんとう》、菊に似た花が枝という枝をにぎわす菊花桃《きくかとう》、紅と白がまだらに入り混じった撒金碧桃《さっきんへきとう》など、ありとあらゆる品種の桃が妍《けん》を競っている。

「俺たちも古人にならって遊ぼうか」

「よいの！　では、殿下から始めてくりゃれ」

露珠はぽんと手を叩いた。そうだね、と示験王は思案するように顎先《あごさき》に手をあてる。

「若者が川のほとりで美しい少女と出会った。二人は一目で恋に落ち、結ばれたが、別れなければならなくなった。二人は再会を約束してある花を贈り合った。この花の名は？」

「芍薬《しゃくやく》じゃ」

露珠は自信たっぷりに答えた。

「芍薬の別名は可離《かり》――すなわち、別れるべし。古代では『芍薬』の発音が約束と似ていることから、約束の花とされていた」

川辺で出会った男女が恋に落ちるという話は芍薬を詠んだ有名な古詩から取ったのだろう。

「正解だ。簡単すぎたかな」

「川のほとり、別れ、約束とくれば芍薬しかないもの」

芍薬は婦人病に効く生薬ともなる。恋愛や結婚と縁が深い花だ。

「次は君の番だよ」

「何にしようかの……あっ、思いついたぞ。令嬢が窓からうっかりある花を落としてしまった。たまたま通りかかった男がそれを拾い、令嬢から求愛されたものと思いこんで愛の詩を作って言い寄ったところ、手ひどくふられてしまった。この花の名は何かえ？」

「玫瑰《まいかい》だね。『玫』の音は『梅』同様に『媒《ばい》』に通じる。『媒』の意味は男女の仲を取り持つこと。したがって玫瑰の花語は〈恋の仲立ち〉だ。茎《くき》に棘《とげ》があるから、〈美しいけれど手ごわい女人《にょにん》〉の意味にもなる。勘違い男を手ひどくふる令嬢は、まさに玫瑰だ」

玫瑰は薔薇《しょうび》の仲間である。浜梨《はまなし》ともいう。晩春から夏にかけて薔薇色の花を咲かせる。素晴らしい香りがするので、匂《にお》い袋に入れたり、乾燥させた蕾《つぼみ》で茶を淹《い》れたりするとよい。

「満点じゃ。では、殿下に問題を出してもらおう」

金鈴鞋《きんれいあい》を履いているので、一歩歩くたびにりんりんと鈴が歌う。

「ある男が妻を怒らせてしまった。妻の怒りを鎮めようと手を尽くしてみるが、いっこうに効果がない。ところが一輪の花を贈ったら、妻の機嫌はたちまち直った。この花は？」

「夜合花《やごうか》であろう。夜合花の花や樹皮には、鎮静効果がある。古い本草書《ほんぞうしょ》によれば、五臓を安んじて、人の心を落ちつかせるという」

夜合花は夏の花だ。枝の先端に淡紅色の刷毛《はけ》のような細い糸状の花が咲く。夜になると、葉が閉じ合わされるので、夜合花という名がつけられた。

「別名は合歓《ごうかん》——喜びをともにするの意。夫婦和合を連想させる花じゃな。よって妻の怒りを

和《やわ》らげたのは夜合花に違いない」

「君を怒らせてしまったら、俺も夜合花を贈るよ」

燃えるような緋色の桃花を背景に、示験王がふっと表情を緩《ゆる》めた。彼につきまとう物憂い影がほんの少しだけ薄らぐのを、露珠は熱に浮かされたようにぼんやりと見ていた。

「こなたが殿下に怒ることはないと思う」

「先日は怒っていたよ？　俺が君の可愛《かわい》い寝化粧《ねげしよう》を笑ってしまったから」

露珠の奇抜な寝化粧を思い出したのか、示験王の口元から軽い笑みがこぼれる。

「また笑っていらっしゃる。これで何度目かえ？」

「さあ、数えていないから分からないな。そんなに何度も思い出し笑いしていたかい」

「今日だけで三度目じゃ。いい加減、忘れてくりゃれ」

「忘れられないよ。彩り豊かで、華やいだ寝化粧だったからね」

示験王が小刻みに肩を震わせるので、露珠は唇をとがらせた。

「意地悪じゃの。忘れてくりゃれと言うておるのに」

「怒らせてしまったかな」

「別に怒っておりませぬ。ただ、自分の恥《はじ》を蒸し返されてすねているのじゃ」

「それはよくないね。怒りを鎮めてもらえるように、花を贈ろう」

「残念ながら、夜合花は夏の花じゃ。今は咲いておりませぬぞ」

「夜合花はなくても、君にふさわしい花はあるよ」

示験王は手近な白碧桃《はくへきとう》の枝を手折《たお》った。無数の花びらが重なった白碧桃は、一つ一つの花がちんまりとした牡丹《ぼたん》のようだ。示験王は露珠の結い髪に純真無垢《じゅんしんむく》な花を挿した。

「桃花の花語は〈美女〉。つまり君のことだね」

やんわり微笑《ほほえ》みかけられたとたん、頰《ほお》に火がついた。恥ずかしくて彼の顔を見ていられない。露珠はうつむき加減で、髪に挿された白碧桃の枝にそっと触れた。桃花の花語は〈美女〉だが、それは凱での意味。泥蟬では〈あなたに夢中〉という意味になる。示験王が泥蟬の花語を知っているとは思わないけれど、胸がときめくことに変わりはない。

「殿下は花語にお詳しいの」

「恥ずかしながら、付《つ》け焼刃《やきば》の知識だよ。実は昨夜、花語の本を読んで予習してきたんだ。花好きな君と会話が弾むようにね」

示験王がほんの少し頰を緩めるだけで、心と体がふわふわと舞い上がってしまう。

「もし今ここに咲いていれば、こなたは殿下に姫金魚草《リナリア》を差し上げたい」

「姫金魚草？　どんな花だい？」

「金魚草に似た小ぶりの花がたくさん集まっているのじゃ。鮮やかな紅紫色や淡い黄色、雪をまぶしたような純白などの花が春風に揺れる様は、たいそう可愛らしい」

「春の花なのか。花語は何なんだろう？」

「秘密じゃ」

「秘密？　意味深な花語だね。どんな由来が？」

「違う違う！　姫金魚草の花語は、殿下には教えないと申したのじゃ」

「なぜ教えてくれないんだい？」

示験王は不思議そうに首をかたむける。肩にかかった黒髪がさらりと流れた。

「いつか教えよう。殿下がこなたの下手《へた》な寝化粧を忘れてくださったときに」

「もう忘れたよ。君の寝化粧のことはみじんも覚えていない」

「嘘じゃ！　今この瞬間も思い出し笑いをなさっているくせに！」

「笑ってないよ。微笑んでいるんだ。桃花のように可愛い君を見て」

常に表情を変えなかった示験王が、この頃はときおり甘い笑みを露珠に向けてくれる。ささやかながら確かな変化を意識して、心臓が早鐘を打った。

(願わくはこれが……吉兆でありますように)

『桃』の音符である『兆』は、『兆し《きざ》』を意味する。芳《かぐわ》しい桃林で見た彼の微笑みが恋の兆しであることを祈りつつ、露珠は示験王に笑顔を向けた。

泥蟬で語り継がれてきた姫金魚草の花語は〈私の恋に気づいて〉。この胸に芽生《めば》えた想いが花開く日を――辛抱《しんぼう》強く待つことにしよう。

二月十五日、花朝節。

ほころび始めた枝垂《しだ》れ海棠《かいどう》の木の下で、透雅は言葉もなく立ち尽くしていた。

「似合うかえ……？」

牡丹花神に扮した戻露珠がどこか不安げに小首をかしげた。

嫋々《じょうじょう》たる肢体《したい》を包むは淡い若草色の上襦《じょうじゅ》と鮮麗《せんれい》な翡翠《ひすい》色の裙《くん》。大袖《おおそで》の上襦には艶美《えんび》なる大輪《たいりん》の牡丹が咲き乱れ、清水のごとく足元に流れ落ちた裙には金色《こんじき》の花喰鳥《はなくいどり》が舞い躍る。

光を帯びた深紅の髪は頭頂部に大きな輪を作る凌雲髻《りょううんけい》に結われていた。造花の青い牡丹や、つがいの胡蝶《こちょう》が戯《たわむ》れる簪《かんざし》、粒真珠《つぶしんじゅ》を雨だれのように連ねた金歩揺《きんほよう》、涙型の紅水晶があしらわれたひたたい飾りが、華やいだ豊かな結い髪をいっそう麗《うるわ》しく引き立てている。

春霞を思わせる披帛《ひはく》が鈴なりの海棠を揺らす風に吹かれてふわふわとたゆたえば、天より下りし花神が眼前に現れたかのようだ。

「……言葉もないほど似合わぬかの」

透雅が黙りこんでいたせいか、露珠はにわか雨に打たれた牡丹のようにしょんぼりした。

「鏡を見て思うたのじゃ。衣装の素晴らしさに比べ、こなたは幼すぎるのではと……。富貴花《ふうきか》の模様を着こなすには、それなりに色香がなくてはの。色香に乏《とぼ》しいこなたでは……」

「綺麗だ」

声がかすれたのは、夢うつつだったからだ。

「すごく綺麗だよ、露珠」

露珠は緑の目をぱちくりさせ、頬に朱をのぼらせた。

「……ありがとう。殿下に褒めていただけると、本当に嬉しい」

「君には牡丹が似合うと思っていたよ。俺の見立てに間違いはなかったな」

誕生日を知らない露珠のために、閏月《うるうづき》をつかさどる牡丹花神の衣装を用意したのだ。

「そうだ、牡丹花神そっくりな君に贈り物があるんだよ」

透雅は女性用の杖《つえ》を露珠に渡した。丈夫な花梨製で、握りの部分に螺鈿《らでん》細工で牡丹と胡蝶があらわされている。小柄な彼女の身長に合うように、柄は短めだ。

「これがあればもっと歩きやすくなるはずだ」

「なんとまあ、可愛らしい。さっそく試してみてもよいかえ?」

露珠は嬉しそうに杖を受け取った。ぎこちなく握りを持つ彼女に、透雅は持ち方を教えた。

「すごいの!　とても歩きやすくなった!」

杖をつきながら、鋪地《ほち》の上を行ったり来たりする。さながら牡丹が歩いているかのようだ。

「素敵な贈り物をありがとう存じます、殿下」

「だめだよ、露珠。せっかくの衣装が海棠の花びらまみれになってしまう」

透雅は跪《ひざまず》いて拝礼しようとする露珠をやんわりと止めた。

『心より感謝申し上げます、殿下』

ふいに、いつか聞いた露珠の声が耳元でよみがえった。

あれは四年前、永乾元年の十一月のことだ。場所は歴代皇帝が愛した避寒地である累山《るいざん》の春暁宮《しゅんぎょうきゅう》。累山行幸《ぎょうこう》は毎年十月に行われるが、この年は十一月だった。

透雅は永乾帝の行幸に従って春暁宮に来ていた。太上皇と李皇貴太妃に謁見《えっけん》した後で、義母の呉荘太妃を訪ねたのは、おさだまりのご機嫌うかがいだ。透雅は他人行儀なご機嫌うかがい以外で義母と会わないことにしていた。理由は義母への不信感だ。父の在位中から、呉氏は側仕《そばづか》えの宦官と密通していた。八つのときに不義の現場を目撃した透雅は、少年らしい正義感を燃やして義母を問いつめた。呉氏は自らの恥を隠すこともなく、すんなり不貞を認めた。

『このことは主上《しゅじょう》もご存じよ』

透雅は愕然《がくぜん》とした。父帝は妃《きさき》の不義を知っていて、なぜ罰しないのだろうか。

『主上は寛大な御方だから、わたくしと士影《しえい》の仲を認めてくださっているの』

士影というのが呉氏に仕える宦官《かんがん》の名だった。聞けば、呉氏が直々につけた名だという。

『妃の不義密通を黙認することがどうして寛大なのですか⁉』

『幼いあなたが理解するのは難しいだろうけれど……事情があるの。入宮前、わたくしは士影に恋していた。士影もわたくしを憎からず思ってくれていたけれど、お父さまのご命令でわたくしは主上に嫁《とつ》いだ。士影はわたくしに会うために、宦官になって後宮に入ったの』

二人は後宮で再会し、恋仲になった。

『秘密の恋は主上に知られてしまった。わたくしも士影も死を覚悟したわ。けれど、主上はわたくしたちの罪を見逃してくださった。事が表ざたにならない限り、二人とも後宮で寄りそって生きてよいとおっしゃったのよ。主上の御慈悲《ごじひ》には感謝しているわ。だから……』

『そんなのは慈悲じゃない!!』

激情に任せて、透雅は大声を張り上げた。

『父上が密通を放置しているのは、義母上《ははうえ》を愛していないからだ!!』

父、崇成帝が呉氏に愛情を抱いていないことは周知の事実だ。父帝が寵愛《ちょうあい》しているのは、のちに李皇貴太妃となる李氏ただひとり。李氏が皇子を産んでいれば、必ず立太子《りったいし》されただろうと誰もが噂《うわさ》した。しかし、李氏は皇子を産めなかった。それでも幸寵は彼女にのみ注がれた。呉氏も他の妃嬪侍妾《ひひんじしょう》たちも、父帝の愛情を受けることはできなかった。

むろん、透雅もだ。父帝が自分にさしたる関心を抱いていないことはとっくに承知していた。天下を睥睨《へいげい》する龍眼《りゅうがん》に映るのは、十数名いる皇子のうちの一人としての透雅だった。情愛を注ぐ対象ではなく、数ある手駒《てごま》の一つでしかない。父帝は透雅を愛さなかった。呉氏を寵愛しなかったのと同様に。その現実を目の当《ま》たりにするたび、胸の奥にいびつな傷が残った。

ためこんできた鬱屈《うっくつ》は、知らず知らずのうちに呉氏へ向かっていた。呉氏が愛されないから自分も父帝に愛されないのだ。自分が父帝に注目してもらえないのは、呉氏のせいだと。

片や呉氏は、父帝に愛されないことを少しも気に病んでいなかった。彼女は父帝の寵愛など求めていなかった。なぜなら、呉氏には士影がいるからだ。愛し愛される相手がいるからだ。彼女の養い子である透雅とは違って。呉氏が主上の御慈悲という言葉を口にした瞬間、長年、義母として慕《した》ってきた気持ちは吹き飛んだ。透雅が何よりも恐れ、嫌ってきた父帝の無関心を、彼女は聖恩《せいおん》だと思っていたのだ。

密通事件以降、父帝と呉氏が親しくしているのを見ると虫唾《むしず》が走るようになった。二人は皇帝と妃でありながら、互いに愛情のかけらも抱いていない。そのくせ、他人の前では夫婦の形を演じようとする。白々しい。浅ましい。反吐《へど》が出るほど滑稽《こっけい》だ。

そんな両親を見て育ったせいか、透雅は夫婦という役回りを嫌悪した。いつか自分が妻を迎える未来など、想像したくもなかった。たとえ何人の妃を娶《めと》ろうと、誰も愛せはしないだろうと確信していた。何しろ自分は、あの冷酷な崇成帝の息子なのだから。

心の中では母子の縁を切っていても、子として義母に礼を尽くさなければならない。白々しい芝居にうんざりしつつ、四年前のあの日、透雅は呉荘太妃を訪ねた。先触れを出さなかったのは、早く済ませたかったからだ。義母が宦官と密会しているなら、それを理由にさっさと退室できる。呉氏を訪ねたという記録が残りさえすれば、義務は果たしたことになる。

案《あん》の定《じょう》、呉氏の部屋からは女人以外の声がした。しかし、宦官の声ではない。

（大伯父上《おおおじうえ》がいらっしゃっているのか）

呉氏と話していたのは、母方の大伯父・呉鋭桑だった。話の内容は鋭桑の再婚のことで、興味をかきたてられる話題ではなかったが、この状況にはひどく覚えがあった。

十七の冬にも、春暁宮の一室で透雅は大伯父の声を聞いたのだ。あの日も義母のご機嫌うかがいだった。鋭桑が来ているのなら、挨拶《あいさつ》はあとにしようかと踵《きびす》を返したとき――。

『普氏の腹を借りてまで手に入れた皇子だ。このまま一親王で終わらせてなるものか』

透雅は衝立《ついたて》の陰で立ち止まった。

『あの子には野心などございませんわ。お父さまと違って、権力の亡者ではありませんもの』

『おまえの育て方が悪いのだ』

鋭桑は憎々しげに言い放った。

『まったく、おまえほど親不孝な娘はおるまい。素腹《すばら》のおまえが肩身の狭い思いをせずに済むようにと、普氏を入宮させて皇子を産ませたのに。少しは親の恩に報いたらどうだ』

『恩着せがましいこと。普氏を入宮させたのも、普氏に毒を盛ったのもお父さまが勝手になさったことです。わたくしはお願いした覚えなんてありませんわ』

『生意気な口をきくな。今日まで後宮で生きのびられたのは誰のおかげだと思っている』

鋭桑が凄《すご》みをきかせると、呉氏は小ばかにしたふうに鼻先で笑った。

『普氏を始末なさったのは間違いでしたわね。普氏は実の娘以上にお父さまをお慕いしておりました。生きていれば忠実な手足となったでしょうに』

『普氏を生かしておけば、普家が出しゃばってくるからな。芽吹《めぶ》く前に禍《わざわい》の種を摘《つ》み取っておいて正解だった。今や透雅は完全に我が一族の駒《こま》だ』

鋭桑は笑い含みに続けた。

『あやつもいずれ私に感謝するようになるだろうよ。玉座にのぼるには、普家程度の後ろ盾では心許《こころもと》ない。呉一族が後押ししてこそ、至尊《しそん》の位に手が届くのだから』

心臓を打ち破られたかのように、足元がぐらついた。

母は産褥熱《さんじょくねつ》のために死んだのではない。殺されたのだ。毒を盛ったのは呉鋭桑で、呉荘太妃はそれを承知していた。透雅は母を殺《あや》めた張本人《ちょうほんにん》を大伯父と呼び、その娘を義母として敬《うやま》ってきたのだ。己というものが根底から覆《くつがえ》される音を聞いた。何もかもが偽物だった。何もかもが作り事だった。高透雅という人間は陰謀《いんぼう》によって生まれ、欺瞞《ぎまん》によって育《はぐく》まれてきた。透雅は呉家の傀儡《くぐつ》だった。否《いな》、呉家の傀儡が高透雅という名をつけられたのだ。

皇子が権力争いの主役を演じさせられることは、十分に理解している。自分が呉家に利用されている事実も、不本意ながら受け入れていた。これもさだめと諦観《ていかん》してきたはずなのに、歯の根が合わないほど悪寒《おかん》がした。

始まりから嘘しかなかった。この体は血の通わぬ木偶《でく》であった。透雅は生きているのではない。生かされているのだ。呉家の野望を実現するための道具として。

透雅は踵を返した。呉氏のとりすました顔も鋭桑のぎらついた心得顔も、見たくなかった。

屋外に出ると、凍《い》てつく風に出迎えられた。まだ昼間だったが、雪雲のせいで辺りは薄暗い。あてもなく園林《ていえん》を歩いているうちに、激情は冷え、憤《いきどお》りは虚《むな》しさに変わっていった。

(どうりで誰も愛せないわけだ)

幾度か戯《たわむ》れに色恋らしきものを経験したが、誰に対しても冷めた感情しか抱けなかった。愛しいという気持ちを誰にも感じなかった。なぜなのか長らく疑問だったが、ようやく得心がいった。どうして傀儡に人を恋うことができよう。どうして木偶に人を愛することができよう。焼けるほど熱くなる胸など、この体には備わっていないのに。

笑いたかった。あるいは泣きたかった。どちらの情動も面《おもて》に出なかったのはやはり、人ではなく、偶人《ぐうじん》であるがゆえだろうか。

毒を放つ過去に引きずられつつ、透雅は呉氏と鋭桑に挨拶して早々に退室した。

園林に出たとたん、冷え冷えとした風が頬《ほお》に刺さった。

辺りは厚い雪空に覆《おお》われ、庭木は雪をかぶっていた。目に映るすべてが示し合わせたみたいに三年前と同じだ。まるであれから時間が流れていないかのように。

『示験王殿下!』

突然、軽やかな声に呼ばれたかと思うと、清らかな鈴の音が耳に届いた。透雅は何気なくそちらを見た。粉雪が降る小道を、油紙傘《ゆしがさ》をさした赤髪の少女が駆けてくる。

滅亡した泥蝉の王女・戻朶薇那。永乾帝は彼女に露珠という名を賜《たまわ》った。露珠とは真珠のような露のしずくを意味する。白貂《しろてん》の毛皮で縁取られた外套《がいとう》にすっぽり包まれ、小さな歩みでとたとたと駆けてくる様子は真珠の露というより、冬支度《ふゆじたく》をした牡丹《ぼたん》の蕾《つぼみ》のようだった。

『心より感謝申し上げます、殿下』

戻佳人は傘を置いて、透雅の足元にひれ伏した。

『瑠弥麗火宮でも、凱の後宮でも救っていただき、こなたは一度ならず二度も命拾いしました。殿下より受けた大恩は一生涯《いっしょうがい》忘れませせぬ』

覚えたばかりなのだろう、堅苦しくたどたどしい凱語で感謝の言葉を繰り返す。

ひれ伏したままの戻佳人を前に、透雅は呆然《ぼうぜん》と立ち尽くしていた。戸惑いが喉《のど》を詰まらせ、居心地の悪さがゆるゆると首を絞《し》め上げる。

透雅が他人を憐《あわ》れんで行動するのは珍しいことではない。

使用人には厳しいことを言わずに親切にするし、貧民には施《ほどこ》しをするし、戦場では武器を持たない者に刃を向けない。濡れ衣を着せられて処刑寸前だった宦官の冤罪《えんざい》を晴らしたこともあるし、嗜虐《しぎゃく》趣味の高官に虐《しいた》げられていた妾《めかけ》を助けたこともある。

助けられた者の中には、慈悲深いことで有名だった永乾帝に比肩する君子だと透雅を誉めそやす者もいたが、分不相応な称賛を浴びるたび、苦々しい思いがこみ上げてきた。

透雅はまったくの善意から人を助けていたのではない。むしろ、その行為に善意などなかった。自分のためにやっていたことだ。自分が木偶ではなく、人であることを証明しようとして、いかにも心ある人間がやりそうな善行を模倣《もほう》していただけなのだ。透雅は感謝されるべきではない。より正確に言えば、人間に感謝される資格は、透雅にはない。

人は偶人には感謝しない。なぜなら偶人には心などないからだ。

『あなたは主上の侍妾だ。一親王にすぎない俺に跪《ひざまず》いてはいけません』

透雅は戻佳人の手を取って立ち上がらせた。彼女の手は雪のようにひんやりしていた。ずいぶん長い間、寒風にさらされていたらしい。

『寒牡丹《かんぼたん》を見ていたのじゃ』

ここで何をしていたのかと尋ねると、戻佳人はふわりと微笑《ほほえ》んだ。

『あちらにとても美しく咲いている。殿下もご覧になるかえ？』

戻佳人に引っ張られるようにして、小道を歩いていく。四阿《あずまや》のそばに来ると、雪よけの藁《わら》囲いがいくつも見えてきた。それぞれの藁囲いの中で紅紫の寒牡丹がひっそりと咲いている。

『ほんに美しい』

戻佳人は深紅の寒牡丹の前にしゃがみこんだ。

『雪に堪えて凜《りん》と咲き誇る姿は、さながら人のようじゃ』

『人？　なぜです？』

『人は誰しも冬の時代を経験するであろう？　災難に見舞われたり、病にかかったり、大切なものを失ったり、誰かに裏切られたり、孤独に苦しんだり……つらいことや悲しいことは絶えないけれど、懸命に命を燃やし続ける。その姿が寒牡丹そのものだと思うのじゃ』

　透雅は生き生きと輝く花顔に見惚れていた。はたと我に返って視線をそらす。

『寒牡丹が人に似ている花なら、傀儡に似ている花は何ですか』

『クグツ？』

『操り人形のことです。誰かに操られて生きる木偶の坊』

『難しい言葉は分からぬが、殿下に似ている花なら分かる』

『何という花ですか？』

『白牡丹じゃ』

　戻佳人は隣の藁囲いに移動した。そちらには純白の寒牡丹が咲いている。

『雪のように白い花びらの中に、春の日差しを集めたような花芯《かしん》が隠されている。一見、冷たい人に見える殿下があたたかい心を秘めていらっしゃるのとおんなじじゃ』

『……あいにく、俺にはあたたかい心なんてないんですよ。俺は傀儡だから』

　透雅は戻佳人の隣に屈んだ。

『人になりたいと思って人助けをするけれど、少しも胸が熱くならない。心のありかは分からないままだ。きっとないんでしょうね。人の心というものが』

　誰かを憐れむときですら、義憤や悲憤で胸が焼けることはない。あくまで冷静に、理不尽な不幸に見舞われている人を不憫《ふびん》に思うだけだ。三年前、自分が木偶として生まれたことを知ったときも、わき起こった激情はみるみるうちに冷めていった。いや、あるいはあれは激情と呼べるものでもなかったのかもしれない。単なる驚きだったのかも。

いずれにせよ、分からないのだ。胸が熱くなるということが。誰かを恋うということが。

『殿下はこの寒牡丹を見てどうお思いになるかえ?』

凍えながら咲く白き牡丹。その色彩は切ないほど美しい。

『綺麗《きれい》ですね。でも、なんとなく寂しそうだ』

『寂しそう?』

『春を恋しがっているように見えます。暗い雪空ではなく、晴れ渡った蒼天《そうてん》を見たいのに見ることができなくて……物寂しくたたずんでいるような』

寒牡丹は一月を過ぎると花が終わる。春の日差しと相まみえることはない。

『殿下はばかじゃ』

『……ばか?』

思いもよらない単語に目を見開くと、戻佳人は思案顔をした。

『待ってくりゃれ。もっとぴったりの単語がある。とんちき、ではなく……ぼんくら、でもなく……すけこまし、とは違うの……ええと、ええと……あっ、うっかり者じゃ!』

ぽんと両手を叩いて、牡丹の蕾に似た朱唇をほころばせる。

『殿下はうっかり者だの。ご自分が人の心を持っていることにお気づきでないとは』

『なぜ俺が人の心を持っていると？』

『だって、花を見て美しいとお思いになるではないかえ。心がなければ、花を見ても何も思わぬ。ましてや花の心を推し量ることなど、できようはずもない』

春が笑ったかのようだ。戻佳人の微笑みは。

『心は花の香りに似ていると思う。花自身に己が香りは分からないけれど、花を見る人には分かる。殿下の御心も、御身にはお分かりにならなくても、こなたには伝わっている』

戻佳人はためらいがちに腕を伸ばした。透雅の肩に薄く積もった雪をそっと払う。

『どうか気づいてくりゃれ。殿下は傀儡ではなく、人なのだということに』

雪明かりを受けて、紅牡丹の花びらのような赤髪がつややつやと輝いていた。

あれから四年。今や、戻露珠は戻佳人ではなく、示験王妃だ。

皇宮へ向かう軒車《くるま》の中で、露珠は両手を膝の上にのせて緊張気味にうつむいていた。久しぶりに参内《さんだい》するので、皇帝の御前で粗相《そそう》をしないかと案じているらしい。

「学律兄上に君の寝化粧《ねげしょう》のことを話そうかな」

「なっ、だ、だめじゃ！　こなたの恥《はじ》を主上にさらすなど、やめてくりゃれ！」

「恥じゃないよ。君がとても可愛《かわい》らしいという話さ」

「で、でも……恥ずかしいものは恥ずかしいもの……！」

「恥ずかしがると、例の寝化粧みたいに頬が赤くなるね」

「そっ、そんなにひどいかえ?」

　露珠は真っ赤になった両頬を白牡丹のような手で覆《おお》った。

　可憐《かれん》だ、と思った。愛らしいとも。けれど、なぜか胸が熱くならない。

（君を愛せたらいいのに）

　露珠は透雅を人だと言ったが、透雅自身はいまだその確信を得られずにいる。それでも、少しは人に近づいていると考えてもいいだろうか。彼女を恋いたいと願うからには。


　花朝節《かちようせつ》の宴《うたげ》は後宮内の樂華園《らつかえん》で催《もよお》された。樂華園は後宮一大きな花園だ。園内には五宇《う》の神廟《しんびよう》、瑠璃瓦《るりがわら》がまぶしく輝く井戸屋形、宝器宝珠《ほうきほうじゆ》を蓄えた鹿台《ろくだい》（蔵）がある他、金銀の鯉《こい》が泳ぐ翡翠《ひすい》色の池を取り囲むようにして、善美を極めた亭台楼閣《ていだいろうかく》が建ち並んでいる。

　招かれたのは皇族とその夫人。普段は男子禁制だが、花朝節に限っては男性皇族も後宮への立ち入りを許される。もっともこれは豊始帝の御代から始まったことだ。宴好きの豊始帝は天子一門を招いてにぎやかに春景と美酒を楽しむ。

「えっ⁉　共寝《ともね》してるのに契《ちぎ》りは結んでないの⁉」

　芙蓉《ふよう》花神に扮した鳥歌が揚げ菓子を頰張って目をむいた。

「声が大きいぞ、姉者！　もう少し小さな声で話してくりゃれ」

格式ばった宴ではないので辺りが静まり返っているわけではないが、鳥歌の声はよく響く。太上皇と談笑する示験王に聞こえないかと、露珠はひやひやした。

「信じられない。殿方《とのがた》が若い娘とひとつ臥所《ふしど》に入って何もしないなんて」

「こなたの魅力が足りないせいじゃ……。恋が叶う日を辛抱《しんぼう》強く待とうとは思うが、座して待つだけではいやじゃ。殿下と心を通わせて本当の妻になるために、努力しなければ」

「それでこそあたしの妹分よ。恋をつかむには自分から積極的に行動しなきゃね」

「姉者の助言が欲しい。殿下の御心を動かすには、どうすればよいであろう？」

「そうねえ。露珠は十分可愛いし、魅力が足りないってことはないと思うけど、しいて言うなら、髪色が珍しすぎるのかもね。凱の美人はみんな黒髪だもの。示験王は黒髪の美人がお好みなのかもしれない。試しに染めてみたら？」

「髪色かえ。それはよいかもしれぬ。ありがとう、姉者。さっそく試してみるぞ」

今まで髪を染めることなんて考えたこともなかったが、確かに珍しすぎる色だ。示験王の好みが黒髪の女性なら、黒く染めるというのは名案かもしれない。

「姉者はその後、整斗王と進展があったかえ？」

「なーんにもなし。夜這《よば》いは失敗続き。整斗王は鉄壁の理性の持ち主よ。じゃなきゃ、男色《だんしょく》家《か》ね。あたしがあの手この手で誘惑してるのに、全然欲情しないんだもの」

鳥歌は砂糖まみれの紅唇をとがらせた。波打つ黒髪は大人っぽく霊蛇髻《れいだけい》に結い、造花の芙蓉と金歩揺《きんほよう》で飾っている。褐色《かっしょく》の肌を引き立てる宝石藍《ほうせきらん》の衣装に隠された肢体《したい》はうらやましいほど色っぽい。鳥歌に迫られて応じない男性は、男色家と疑われても致し方あるまい。

「床入《とこい》りが楽しみで再婚したのに、まさか嫁《とつ》いで一月後も生娘《きむすめ》のままだなんて……。早く閨事《ねやごと》経験したいわぁ。いろんな房事《ぼうじ》の妙技を試したいし」

「しゅ、主上の御前だぞ。はしたない話は控えねば」

露珠が慌てて鳥歌を制したとき、くらくらするような濃艶《のうえん》な香りが漂ってきた。

「楽しそうね。何の話をしているの？」

優雅な衣擦《きぬず》れの音を連れて現れたのは、素女《そにょ》か九天玄女《きゅうてんげんにょ》かという妖艶な美女だった。

豊始帝の叔母《おば》・宝倫大長公主《ほうりんだいちょうこうしゅ》だ。宝倫大長公主は三代前の光順帝《こうじゅんてい》の公主で、太上皇（崇成帝）の異母妹である。宝倫は封号《ほうごう》、名は美蓮《みれん》。御年四十五と聞いているが、頭頂部に五つの輪を作る玉環飛仙髻《ぎょくかんひせんけい》に結われた濡れ羽色の髪も、薔薇《しょうび》花神の衣装に包まれた艶《なま》めかしい体つきも、二十《はた》歳《ち》を過ぎたばかりの女性のものにしか見えない。

「ああもう、拝礼なんてやめてちょうだい。堅苦しいのは嫌いなの」

露珠と鳥歌が拝礼しようとすると、宝倫大長公主が止めた。

「で、どんな話題で盛り上がっていたの？　房事がどうのって聞こえたけれど」

「あたしたち、まだ夫と床入りしてないから、早く房事をしたいわねって話していました」

「まだ床入りしてないですって⁉　結婚して一月は経つでしょうに、どうして⁉」

「あたしの場合は整斗王が堅物《かたぶつ》すぎるからです。露珠は、本人が言うには魅力が足りなくて示験王を欲情させられないんだとか。お互いに悩んでるんですよ」

「まあ、かわいそう。あたら美しい盛りの乙女が閨房《けいぼう》の悦《よろこ》びを知らないなんて」

宝倫大長公主は蛾眉《がび》をひそめた。ささやかな仕草にぞくっとするような色香がにじむ。

「夫がだめなら、他の殿方と楽しんだら？」

「えっ、ほ、他の殿方って……そ、それは不貞《ふてい》ではございませぬかえ……？」

「殿方だって妻以外の女と遊んでるじゃない。殿方にできることは、女にだってできるわ。必要なら、私の男妾《だんしょう》を貸してあげるわよ。凱の美男だけでなく、西域や南方の美男もそろえているの。どういう殿方が好み？　野性的な美丈夫《びじょうふ》？　凛々《りり》しい美青年？　紅顔《こうがん》の美少年？」

宝倫大長公主には三十人以上の男妾がいる。呉家出身の景遠侯《けいえんこう》という夫もいるが、気が弱く平凡な夫に飽き足らず、自由に恋を楽しんでいるという。

「女は花と同じ。肥料《ひりょう》なしに美しく咲くことはできないわ」

「ひ、肥料とは？」

「殿方の精気よ。殿方と情を交わせば交わすほど、女の魅力がどんどん育つの」

「なるほど！　たくさんの殿方と交わっていらっしゃるから、宝倫大長公主さまはいつお会いしても若々しくてお綺麗なんですね！」

鳥歌は青い目をキラキラ輝かせて身を乗り出した。

「あたし、閨事にすっごく興味があるんです！　ぜひぜひ宝倫大長公主さまの体験談をお聞きしたいです！　できるだけ具体的に！　微《び》に入り細《さい》に入り！」

「あっ、姉者！　主上がすぐ近くにいらっしゃるのに、そのような話題は……」

「かまわないわよ。主上たちだってきっと美人の噂話《うわさばなし》で盛り上がっているわ。女は女だけでおしゃべりに花を咲かせましょう」

鳥歌と宝倫大長公主があけすけな艶話《つやばなし》で盛り上がるので、露珠はたじたじになった。

（……殿方と情を交わせば魅力的になるのだとしても、こなたにはできぬ）

露珠が結ばれたい相手は示験王ただひとり。他の男性と閨《ねや》に入るなんて考えられない。


「さあ、新たに妻帯者となった愚弟《ぐてい》諸君。思う存分、惚気話《のろけばなし》を披露するがよい」

朗誦《ろうしょう》するように宣言して、学律はにやけ顔で異母弟たちを見渡した。その場に集まっているのは、巴享王《はきょうおう》・高秀麒《しゅうき》、松月王《しょうげつおう》・高才業《さいぎょう》、整斗王・高中穏《ちゅうおん》、そして透雅である。

秀麒は透雅と同年なので、今年で二十四だ。母は月燕《げつえん》の案《あん》という事件を起こした栄玉環《えいぎょくかん》。母方の実家である栄家は族滅されて久しい。中穏は十九歳。母は容太貴人《ようたいきじん》と位が低い。生真面目《きまじめ》が服を着たような青年で、武骨な体つきをしている。十八の才業は程徳太妃《ていとくたいひ》を母に持つ。生まれながらに心臓の病を患《わずら》っており、端整な白面には薄幸の色がにじむ。

透雅以外は封土《ほうど》を持たず、朝廷から扶持《ふち》を賜《たまわ》っている親王である。なお、学律と同年の親王には簡巡王《かんじゅんおう》・高垂峰《すいほう》がいるが、任国《にんごく》に赴《おもむ》いているため、この場にはいない。

「あー、おまえはいいぞ、秀麒。頼むから黙っていてくれ」

「まだ何も言っていませんよ、主上」

「今にしゃべり出すだろうが。巴享王妃の愛らしさについてえんえんと。悪いが、おまえの惚気話は聞き飽きてるんだ。今日は透雅と中穏と才業に惚気てもらうぞ」

学律がひらひらと右手を振るので、秀麒は不満げに口をねじ曲げた。

六年前、秀麒は兄弟の誰よりも早く十八で同い年の念玉兎《ねんぎょくと》を娶《めと》った。癇癪《かんしゃく》持ちで気難しい性格だったが、愛妻を得てからはすっかり人当たりがよくなった。……のだが、念妃への愛情が行きすぎるのか、兄弟で集うたびに惚気話を立て続けに披露するのが玉に瑕《きず》である。

「よし、若いほうから話してもらおうか。まずは才業、おまえだ。好きなだけ惚気ろ」

「はあ……惚気ろとおっしゃられましても」

才業は青白い顔に苦笑を浮かべた。太上皇の命令により、才業は永乾帝の侍妾・微貴人《びきじん》を娶った。微貴人は奥ゆかしい美姫《びき》だが、惚気るほど仲睦《なかむつ》まじくはないのだろうか。

「何だ、その鈍い反応は。まさかおまえまで床入りしてないと言うんじゃないんだろうな」

「え……僕以外にも床入りしてない方がいるんですか？」

才業がきょとんとすると、学律は呆《あき》れたと言いたげに酒杯をあおった。

「俺もだよ、才業。あと、中穏もだ。つまり、この三人は全員だね」

「透雅兄上も……？　意外です」

「そうかい。俺に言わせれば、君のほうが意外だよ。君と微氏《びし》は似合いだと思っていたんだけどね。彼女の何がお気に召さなかったのかな？」

「いえ、決して気に入らなかったわけでは……。ただ、僕はその……ご存じの通り、体があまり丈夫ではありませんので、閨でのあれこれはちょっと苦手で……」

叱責《しっせき》されたかのように、才業はおどおどと視線をさまよわせた。

「中穏兄上はどうして床入りなさらないんですか？　頑健な男子でいらっしゃるのに」

「床入りは心が通じ合った男女がするものだ。我々はいまだ心が通い合っているとはいえない状況なので、夫婦の契《ちぎ》りを結ぶことは控えている」

中穏はいかめしい顔つきをして堂々と答えた。

「露珠に聞いたけど、波妃《はひ》は君に何度も夜這いを仕掛けているそうじゃないか。せっかくあちらから誘ってくれているのに、女人《にょにん》に恥《はじ》をかかせるのは男としてどうかと思うよ」

「……波妃め、そんなことまで言いふらしているのか……」

透雅が波妃の話を出すと、中穏はばつが悪そうに顔をそむけた。

「波妃は君を男色家じゃないかと疑ってるそうだけど」

「だっ、男色家⁉　と、とんでもない！　私は健全な男子ですよ。男には欲情しません」

「だったら、波妃の誘惑に屈してもいいんじゃないかい」

「いいえ、屈しません。健全な夫婦関係を築くまでは、互いに節度を守らねば」

中穏の意志はかたい。波妃の誘惑は当分の間、不成功に終わりそうだ。

「まったく、そろいもそろって情けない！」

学律はだんと卓を叩いた。冠の垂れ飾りがざわざわと揺れる。

「いいかよく聞け。結婚とは閨事だ。房事なしに結婚は成立しない。ぐだぐだと言い訳する前にやることをやれ。花嫁をいつまでも処女妻にしておくな。かわいそうだろうが」

「主上のおっしゃる通りだ。結婚してるのに契りを結ばないなんて不自然ですよ。夫なら妻を愛さないと。妻だって愛されることを望んでいるんだ。私は玉兎と手をつないで寝るんです。彼女の手は小さくて可愛《かわい》いから、寝てるときだって放したくないんですよ。それに手をつないでいれば、夢に玉兎が出てくるんです。夢の中の玉兎は兎みたいに可愛くて――」

「秀麒。おまえは黙ってろと言っただろうが」

「黙っていられませんよ。妻を愛さない夫なんて罪人も同然だ」

「これは手厳しいね」

秀麒から大真面目に批判され、透雅は苦笑しつつ酒杯を傾けた。

「俺の場合は、いまだに露珠を妃として扱うことに慣れないんだよ。望んで娶ったわけじゃないからね。まあ、幸いにして俺は皇位につかなかったし、急いで跡継ぎをもうける必要もないから、慌てて契りを結ぶつもりはないよ」

「透雅兄上はそれでいいかもしれないが、示験王妃が不憫《ふびん》ですよ」

秀麒が非難がましく睨《にら》んでくる。透雅は微苦笑で受け流した。

（露珠が俺と結ばれることを望んでいるとは限らない）

今のところ、露珠は透雅を嫌っている素振りは見せない。けれど、それだってどこまで彼女の本心を映しているかどうか疑わしいものだ。露珠は亡国の姫。生殺与奪《せいさつよだつ》の権を透雅に握られている。この状況で透雅を拒むこと自体、危険極まりない行為だ。安全に生きるためには、本心を殺して透雅に従うよりほかない。たとえどれほど嫌悪を感じていても。

（不便だな。心がないというのは）

自分に心がないせいで、露珠の心を読みとることができない。

（……殿下はこなたとの結婚を望んでいらっしゃらなかった……）

平児に荒っぽく髪を梳《す》かれながら、露珠はうなだれた。寝支度《ねじたく》をしている最中だ。もうしばらくすれば示験王が来る。いつもなら胸がどきどきするが、今夜は心が沈んでいる。

昼間、宝倫大長公主の艶話にあてられて頬《ほお》が熱くなってしまったので、頭を冷やそうとして池のほうへ歩いていくと、離れた場所で酒盛りしていた皇帝一行を見かけた。凱の兵士たちに襲われそうになったことを思い出すせいか、示験王以外の男性には恐怖を感じてしまう。とはいえ、皇帝を無視すれば礼儀に反し、示験王に恥をかかせることになる。

挨拶《あいさつ》しようかどうか迷っていたときだ。耳にしてしまった。示験王の本音を。

『望んで娶ったわけじゃないからね』

雪風になぶられたみたいに、頰の火照りがたちまち冷えていった。

示験王は露珠を望んで娶ったわけではない。そんなことはとうに承知していた。この婚姻は先帝の遺詔《いしょう》に基づき、太上皇の命令で調えられたものだ。示験王は形式的に露珠に求婚したのであって、恋情ゆえにそうしたのではない。分かり切っていた事実が露珠の胸を貫いた。

(殿下がこなたを妻にしてくださらぬのは、他に愛しい方がいらっしゃるからでは……)

単純に露珠の魅力不足が原因なら、ここまで苦しまない。魅力的になるように努力すればいいだけの話だ。けれど、彼に想い人がいるのなら……。

「殿下には親しくなさっているご婦人がいるかえ」

「ええ、いらっしゃいますわ」

平児はそっけなく答えた。

「殿下は花街《かがい》通いがお好きですの。香英楼《こうえいろう》という妓楼に敵娼《あいかた》がいらっしゃるようで、折に触れてお花やお茶が贈られてきますわ」

「敵娼とは何じゃ?」

「お気に入りの妓女《ぎじょ》のことです。ああ、妓女はご存じですか？　殿方《とのがた》を枕席《ちんせき》で楽しませる遊び女《め》のことですの。王妃さまのような高貴なご婦人とは比べるべくもない下賤《げせん》な女ですわ」

平児の口ぶりには毒が紛《まぎ》れこんでいるが、聞き流しておく。

「名は柳青艶《りゅうせいえん》といったかしら。都一の花街、曲酔《きょくすい》でも五本の指に入る名妓《めいぎ》ですわ。妓楼では、客と妓女がかりそめの夫婦となるとか。柳青艶は花街における殿下の妻ということになりますわね。もちろん、王妃さまとは生まれも育ちも天と地ほどに違いますが、姿絵で見たところでは艶《なま》めかしい美姫ですわよ。殿下の御心をとらえて離さないのも無理はないかと」

柳青艶。彼女こそが、示験王の想い人なのだろうか。

（もしそうなら……こなたは邪魔者じゃ）

ますます胸が痛くなり、露珠は唇を嚙《か》んだ。後悔がじわじわとこみ上げてくる。なぜ示験王に嫁《とつ》いでしまったのだろう。彼に望まれていないのに。

「顔色がよくないね。具合でも悪いのかい」

臥室《しんしつ》を訪ねてきた示験王は、露珠の顔を見て心配そうに眉《まゆ》をひそめた。

「久しぶりに参内《さんだい》したので疲れただけじゃ」

露珠は力なく笑顔を作った。柳青艶について尋ねてみたかったが、自分が邪魔者だということをはっきり彼の口から告げられるかもしれないと思うと、怖くて尋ねられない。

「髪を黒く染めようと思う」

寝床に入りながら、露珠は切り出した。

「凱の女子は黒髪が多いし、こなたも黒髪にしたほうが周囲に溶けこめるのではないかと考えたのだが、殿下はどうお思いになるかえ？」

「君がどうしても黒くしたいのなら止めないけど」

示験王は露珠の髪を一房取った。深紅の髪が彼の掌《てのひら》に包まれ、いっそう赤くなるようだ。

「俺は君の赤い髪が好きだな」

「……変だとお思いにならぬかえ」

「思わないよ。紅牡丹《べにぼたん》のような色で、とても綺麗《きれい》だ」

常ならば舞い上がってしまう甘い言葉。今夜は苦みを帯びて聞こえる。

「殿下がそうおっしゃるなら、染めないことにする」

「そのほうがいいよ。せっかく美しい色をしているんだ。黒くしたらもったいない」

示験王は露珠の頭を撫《な》でてくれた。掌から伝わる優しさが切なさをかきたてる。

（こなたは殿下の髪の色が好きじゃ）

示験王への好意を言葉にしたいが、好きでもない女性から好意を向けられては迷惑だろうから、何も言えない。

「これはあくまで提案なんだけどね、纏足《てんそく》をほどいてみないかい。そうすれば、寝るときに窮《きゅう》屈《くつ》な靴《くつ》を履《は》かずに済むし、歩くのも楽になるよ」

「なれど、ほどくと足が痛むもの……」

「痛まないような方法でほどけばいい。太医《たいい》（宮廷医）に診《み》せて相談してみよう」

「……殿下はこなたの足がお嫌いかえ？」

露珠は睡鞋《すいあい》に包まれた両足を布団の中にひっこめた。そのときうっかり、右の睡鞋が脱げてしまう。急いで履きなおそうとしたところ、示験王が睡鞋を拾って履かせてくれた。

「君の足は可愛いよ。蓮《はす》の蕾《つぼみ》みたいだ。だけど、君は庭仕事が好きだろう？　纏足より天足《てんそく》のほうが、庭仕事がやりやすいんじゃないかな」

纏足していない足を天足という。

「昨日、君の手伝いをして庭仕事が骨の折れる作業だって分かったんだよ。水を運んだり、鉢《はち》植《う》えを移動させたり、内院《なかにわ》を歩き回ったり。君は作業に没頭しすぎて、夜には足が痛いと言っていた。纏足で庭仕事をすれば足が無理をする。天足に戻したほうがいいんじゃないかな」

示験王が庭仕事を手伝いたいと申し出てくれたので、昨日は張り切りすぎてしまったのだ。

（殿下はこんなにもこなたを気遣ってくださる）

胸が熱くなると同時に、涙がこぼれそうになった。

「ごめん、言い方が悪かったね。強制しているわけじゃないんだよ。もしそのままがいいなら、無理強《じ》いはしない。君の好きなようにしていいよ」

露珠が泣きそうな顔をしたので、示験王は少しばかり慌てた。

（ほんに殿下はお優しい）

優しくされすぎて苦しい。罪を犯している気分だ。示験王が本当に娶《めと》りたかった女性のことを思うと、後ろめたさで押しつぶされそうになる。

「纏足をほどくことなど、考えたこともなかった。こなたは十六までしか生きられぬ身だったゆえ。でも、よいかもしれぬ。天足に戻せば、庭仕事がやりやすくなるし、普通の靴も履けるようになるし、何より纏脚布《てんきゃくふ》を巻く手間が省《はぶ》けて楽になるの」

纏脚布は毎日朝晩、巻きかえなければならない。これがかなり面倒だ。

「夜は睡鞋を履かずにのびのびと眠れるよ」

示験王が大事そうに髪を撫でてくれる。彼のあたたかい微笑《ほほえ》みを見ていると、またしても目尻に涙がにじんだ。露珠は幸せだ。十分幸せだ。好きな男性と結婚できたのだから、そう思わなければならない。たとえ、想いが通じていなくても。


透雅がその知らせを受けたのは、花朝節《かちょうせつ》の宴《うたげ》から四日後の夕刻のことだった。

「……露珠がいなくなった？」

訊き返すと、整斗王妃・波鳥歌は青ざめた顔でうなずいた。

「今日は君と芝居見物に出かけると言っていたけど、会わなかったのかい？」

「いいえ、露珠と一緒にお芝居を見に行きました。あの子、最近ふさぎこんでる様子だったから、気晴らしになればと思って、あたしから誘ったんです。お芝居が終わって劇場を出ようとしたとき、忘れ物をしたことに気づいて、あたし、建物の中に戻りました」

「露珠はついていかなかったのかい？」

「あの子は内院で待っていると言ったので置いていきました。内院の躑躅《つつじ》が満開だから、どうしても見たいって。あの子、花を眺め始めるとなかなか動かないんですよ。躑躅だって、お芝居が始まる前にもうんざりするほど見たのに、また見たいって言うから」

「君が内院に戻ったときには、露珠はいなかった？」

「待ちくたびれて先に帰ったのかと思いました。あたし、役者をつかまえて立ち話してましたから。だけど、変なんです。内院に杖《つえ》が落ちていたんですよ。示験王からいただいた杖です。露珠はあの杖をすごく大事にしていました。大切な杖を落として帰るはずはないけど、もしかしたら忘れていっただけかもしれないから、届けにきました。そうしたら、露珠は帰っていないって。こちらの家令《かれい》が言うでしょ？　あたし、すっかり気が動転してしまって……。あの子が行方《ゆくえ》をくらますことなんて、今までに一度もなかったんです。だからきっと、何かあったんだって。無理やり誰かに連れ去られたのかもしれません。急いで探さないと」

鳥歌は早口でまくし立てた。内院に残った露珠には示験王府の護衛がついていたが、護衛たちがわずかに目を離した隙《すき》に彼女の姿は消えていたという。

「状況は分かった。まずは劇場近辺で露珠を見た人がいないか探そう。露珠の髪色は目立つ。誰かが見ているかもしれない」

「あ、あの……王妃さまは連れ去られたわけではないかと」

おずおずと声を上げたのは平児だった。

「実は私、見たんです。王妃さまが見知らぬ男と連れ立って劇場から出て行かれるのを……」

「見知らぬ男と⁉　ありえないわ！　露珠は男の人が怖いの！　あたしの護衛にだってまだ慣れてないのに、知らない男と親しくするわけないじゃない！」

「で、でも、本当にこの目で見ましたの！　私、王妃さまがなかなか劇場から出ていらっしゃらないので心配になってお迎えにあがりました。そうしたら、内院で王妃さまが殿方とお話しになっていたのです。変わった身なりの方でしたわ。毛皮のついた胡服《こふく》を着て、長い茶色の髪を編んで垂らしていました。役者かしらと思いましたの。お芝居の衣装かと……」

「あたしたちが見たお芝居は『抱花眠《ほうかみん》』よ。そんな衣装の役者はいなかったわ」

『抱花眠』は売れっ子文士・双非龍《そうひりゅう》作の戯曲《ぎきょく》で、走烏《そうう》戦国時代、国を滅ぼすと予言された公主《こうしゅ》と、国を興《おこ》すと予言された若き将軍の恋物語だ。胡服を着た人間は出てこない。

「その男が着ていたのは泥蟬の衣装じゃないかい。男は腕輪をたくさんつけていた？」

「は、はい！　そうでしたわ。胡服の袖口《そでぐち》から腕輪がいくつものぞいていました」

平児はこくこくとうなずいた。

「あれは泥蝉人だったのでしょうか？　ひどく親密そうな雰囲気《ふんいき》でしたわ。何も知らない者が見たら、恋人だと勘違いしてしまいそうな……」

「ちょっと！　あなた、あの子が不義密通を働いてるって言いたいの⁉」

「とんでもない！　ただ……王妃さまは日ごろから泥蝉を懐かしんでいらっしゃいましたわ。ひょっとしたら劇場で偶然、祖国からの旅人に出会い、意気投合してしまわれたのかもしれません。そのままお二人でお出かけになったのなら、連れ去られたとは言いがたいかと」

「露珠は夫以外の殿方と勝手に出かけるような子じゃないわ！　あの子を侮辱《ぶじょく》しないで！」

「整斗王妃。心配してくれているのは分かるが、平児を怒鳴っても露珠が戻ってくるわけじゃないよ。とりあえず、落ちついて考えよう」

透雅がたしなめると、鳥歌は口をねじ曲げて平児を睨《にら》みつけた。

「露珠は芝居の後で劇場の内院からいなくなった。整斗王妃と護衛たちは彼女がいなくなった瞬間を見ていない。平児は露珠が胡服の男といるところを見た」

煙管《きせる》をくわえて肘掛けにもたれる。

「話を聞いていると、平児は嘘をついているようだね」

「私は嘘なんて申していません。自分の目で見たことを申し上げているのですわ」

「胡服の男は腕輪をつけていた？」

「たくさん腕輪をつけているのが見えましたわ。おそらく泥蟬人で」

「腕輪をつけるのは泥蟬人の少年だ。泥蟬人の男がつけるのは腕輪ではなく耳輪だよ」

「そっ……そういえば、勘違いしていました。その男は耳輪をつけていましたの」

「大きな耳輪だっただろう？」

透雅は苛立《いらだ》ちとともに紫煙《しえん》を吐いた。ええ、と平児は大げさに首を縦に振る。

「とても大きな耳輪でしたわ。珍しい形をしていて、一目見たら忘れられないような……」

「だったら、そいつは泥蟬人じゃないね。泥蟬人の男は耳輪をつけない」

「えっ……。でも今、殿下が泥蟬人は耳輪をつけるとおっしゃって――」

「試したんだよ。君が本当に胡服の男とやらを見たのかどうか知りたくてね」

「……ほ、本当にこの目で見ましたわ。王妃さまは胡服の男と連れ立って人ごみに紛《まぎ》れてしまわれたのです。もしかしたら、胡服の男は泥蟬人ではないのかもしれません。服装は私が見間違えてしまったのかも……。ですが、男であったことは間違いありませんわ」

「露珠は男と逃げた。君はそう言いたいんだね？」

何か言いかけた平児を視線で制し、侍従《じじゅう》を呼ぶ。

この侍従は以前、東廠《とうしょう》の拷問官《ごうもんかん》であった。東廠は第三代皇帝が創設した秘密警察である。国内外の隅々まで密偵をもぐりこませ、官民を監視し、不穏分子の摘発を行っている。

「どうやら君は何らかの事情を知っているようだ。彼に引き渡して調べてもらおう」

「わ、私が知っていることはすでにお話ししました！」

「君の証言は嘘だらけだ。とても信用できない」

「か、勘違いしていたのですわ！　王妃さまが男と親しげになさっているのを見て、動揺《どうよう》してしまって……。決して意図して嘘をついたのではありませんの。私は――」

「無駄話をしている暇はない。俺が知りたいのは、露珠がどこに連れ去られたのかということだ。君が知っていることを洗いざらい話してもらおう。正直に話せば命までは奪わないよ」

目を白黒させる平児を見下ろし、透雅は煙管の灰を落とした。

「ただし、嘘をつくたびに指を切り落とす」

「……殿下、わ、私、本当に何も――」

「一本目」

透雅が目配せすると、侍従たちが平児を取り押さえた。

「さて、どの指を切ろうか。迷うね。何せ、両手両足合わせて二十本もあるから」

平児はがたがたと震えた。お許しくださいと泣き叫ぶ。耳障《みみざわ》りな哀願が響き渡る。侍従が短刀を取り出す。平児が悲鳴を上げる。一連の流れを、透雅は無表情で見下ろしていた。

（もし、露珠が無事に戻らなかったら）

全身の血が急激に冷えていく。人でなしの体でも激憤は感じるらしい。

（事件にかかわった者は全員始末する）

一思いに殺すつもりはない。露珠が味わった以上の恐怖と苦痛を与えてやる。冷淡な熱を帯びた憤怒《ふんぬ》が四肢《しし》にみなぎっていくのを意識しながら、透雅は侍従に命じた。

「小指を切ろうか。左右はどちらでもいいよ。どうせ両方切ることになる」

「ほ、本当のことを話しますわ……!!　ですからどうか……!!」

「それなら早く話しなさい。指が切り落とされてしまう前に」

侍従が平児の右手の小指に短刀の刃をあてがう。平児が絶叫したとき、家令がやってきた。

「殿下、太医《たいい》どのがお見えになっております」

露珠の足を診せるため、太医を呼んでいたことを思い出した。

「今日はお引き取りいただくしかないね。心づけを渡しておきなさい」

承知いたしました、と家令はうやうやしく礼を取る。

「ところで、香英楼からお花が届いておりますが、いかがいたしましょうか」

「青艶からか。いつもの茉莉花《まつりか》だね」

家令が茉莉花でいっぱいの花籠《はなかご》を差し出した。

毎年この時期、曲酔の妓女《ぎじょ》は馴染《なじ》み客に茉莉花の花束を届ける。濃艶《のうえん》な香りを放つ白い花たちを束ねているのは黒い糸だ。これは妓女の黒髪を象徴している。昔は本物の毛髪を使っていたが、妓女たちは大勢の客に同じ花束を贈るので糸で代用されるようになった。

茉莉花は別名を枕辺《まくらべ》の花といい、花語は〈美女〉である。どこか扇情《せんじょう》的な意味合いを持つ花なので、妓女たちは自分の分身として客のもとに届けさせるのだ。

「これは何だ？」

茉莉花の花束が入った籠から、複雑に絡み合った木の根のようなものが顔を出していた。取り出してみると、真ん中の辺りが赤い糸で束ねられている。

（……いや、違うな。糸じゃない。赤い髪だ）

糸とは明らかに質感が違う。赤い毛髪だ。おそらく、女のものだろう。

「生薬のように見えますなあ」

家令が興味深げに手元をのぞきこんでくる。

「甥《おい》が薬屋をしているので見たことがあります。桔梗《ききょう》か、牛膝《ごしつ》か、竜胆《りゅうたん》か……」

最後まで聞かずに、透雅は客間へ急いだ。太医に見てもらう。

「これは当帰《とうき》ですよ」

「当帰というと、婦人病に効く生薬だったね？」

太医がうなずくので、透雅は客間を出た。すぐさま侍従を呼んで出かける支度《したく》をする。

当帰は夏の花である。傘を開いたように白い小花を咲かせる。しかし、当帰はその素朴《そぼく》な花よりも、根に秘められた薬効のほうが有名だ。補血、鎮静、強壮などに効く他、手足の冷えや月事の乱れ、女性特有の症状にも効果を発揮するため、婦人病の薬として知られている。

当帰の語源は「帰るべし」。花語は〈帰ってきてほしい〉だが、それから派生して〈会いたい〉という意味にもなる。当帰は古くから人を招き寄せる力を持つ呪草とされており、特に女性から男性に贈ることが多く、その場合はたいてい愛慕《あいぼ》の情がこめられている。

当帰を束ねていた赤い髪は明らかに露珠のもの。これは露珠からの文字のない手紙だ。

（露珠は俺に好意を持ってくれているんだろうか？）

生殺与奪《せいさつよだつ》の権を握られているからおもねっているのではなく、純粋に透雅を慕《した》ってくれているのだろうか。分からない。霧の中にいるみたいに、彼女の心の形が見えない。それがいたくもどかしく、焦燥《しょうそう》を募《つの》らせる。なれど今は、悩んでいる場合ではない。

急いで露珠を迎えに行かなければ――香英楼へ。


露珠が目を覚ましたのは、高透雅が示験王府を飛び出す数刻前のことだ。

まぶたを開けると、視界に極彩色《ごくさいしき》の格天井が飛びこんできた。描かれているのは妖艶な天女たち。肉感的な肢体《したい》にきらびやかな色彩の衣装をまとい、しなを作ってにっこり微笑《ほほえ》んでいる。あふれんばかりの色香をたたえた立ち姿は咲き乱れる芍薬《しゃくやく》のようだ。

露珠はのろのろと体を起こし、室内を見回した。

金と銀と紅で埋め尽くされた華美な部屋だ。露珠が座っている長椅子《ながいす》をはじめとして、水菓子でいっぱいの籠がのった円卓、黒漆《くろうるし》塗りの香几《こうづくえ》、四季折々の風景を閉じこめた四幅の花鳥画、落花流水文《らっかりゅうすい》が織り出された錦の絨毯《じゅうたん》、舞姫と胡蝶《こちょう》が戯《たわむ》れる五彩《ごさい》花瓶、珠玉で飾った紅灯《こうとう》など、後宮の内装を思わせる美々しい調度がそろっている。

しかし、いずれにもまったく見覚えがない。

（ここはどこじゃ？　なぜ、こんなところに……）

突然、記憶に頭を殴《なぐ》られ、露珠はぶるりと震えた。

劇場の内院《なかにわ》で躑躅を眺めていたら、何者かに後ろから口元を手で覆《おお》われた。抵抗する間もなく袋をかぶせられ、荷物のように担ぎ上げられた。恐怖で思考がぐちゃぐちゃになりながらも、なんとか袋から脱出しようともがいているうちに息苦しくなって気を失ったのだ。

自分を襲った人物の顔も見ていない。大きな手や武骨な体格から男だということがおぼろげに分かるだけだ。衣服は乱れていないし、痛む箇所《かしょ》はない。今のところ貞操《ていそう》は穢《けが》されていないが、一刻も早くここから脱出しなければ、取り返しのつかないことになるだろう。

露珠は長椅子をはね飛ばすようにして出口へ向かった。すると、扉が外側から開く。

「おや、起きていたのかい」

神仙画が描かれた衝立《ついたて》の陰から、四十がらみの美女が現れた。黒々とした髪を高く結い上げて大ぶりな金簪《きんしん》を挿し、娘時代の美貌《びぼう》をうかがわせる細面《ほそおもて》に派手な化粧《けしょう》をしている。

「逃げようとしていたんなら、考えを改めたほうがいいよ。今日からあんたはあたしの娘だ。あたしは可愛《かわい》い娘を野放しにするほど、ばかじゃないからね」

「……どういうことかえ？　そなたは誰じゃ？」

「おやまあ、やけに古風なしゃべり方をするんだねえ。面白いじゃないか。声も鈴のようで美しい。たまに容姿は合格でも声がお粗末って娘もいるから、声も聞かずに買い取っちまった旦那《だん》をとっちめちまったが、わりにいい買い物だったみたいで安心したよ」

女は煙管《きせる》をくわえて火をつけた。長く伸ばした爪は赤く染められている。

「何せ、あたしたちの商売で一番大事なのは声だからねえ。牡丹《ぼたん》か薔薇《しょうび》かって美姫《びき》でも、枕辺で歌を歌えなきゃ、木偶《でく》の坊とおんなじさ。その点、あんたは及第点だ。器量はいいし、赤髪は珍しくて売りものになる。おまけに纏足《てんそく》はぴったり三寸だ。いちいち纏足を仕込む手間がからないとはありがたいことだ。今夜にも店に出せるよ」

「店に出す？　何のことか、さっぱり分からぬ……」

「鈍い子だね。あんたは売られたんだよ」

女は鬢《びん》の乱れを直しながら紫煙《しえん》を吐く。

「で、香英楼が買い取ったわけさ。あたしはここの仮母《おかみ》だよ。妓女たちは仮母のことをお母さんって呼ぶんだ。あたしに逆らったらひどい目に遭《あ》うからね。覚えておきな」

理解が追いつかず、露珠は呆然《ぼうぜん》と立ち尽くした。

（香英楼……？　どこかで聞いたことがあるの……）

うろたえる思考を叱咤《しった》しているうちに腕を引っ張られ、部屋から連れ出される。

「青艶、ちょいとお待ち」

仮母が声をかけると、階段をのぼろうとしていた女が振り返った。年の頃は十九、二十歳。咲き誇る大輪《たいりん》の花が人の姿を得たとしか思われぬ艶麗《えんれい》な美姫だ。

黒髪はひたいの中央で分けて左右に巻き上げた両把頭《りょうはとう》に結われていた。造花の紅薔薇や緋色の流蘇《りゅうそ》（房飾り）、真珠《しんじゅ》をちりばめた髪飾りが漆《うるし》のような美髪に映えている。

なよやかな体を包んでいるのは、襟《えり》ぐりが丸くなった袒領襦裙《たんりょうじゅくん》。裾《すそ》を引きずる裙には花吹雪《はなふぶき》が舞い、柳腰から垂れた帯飾りの同心結《どうしんけつ》がゆらゆら揺れている。

「今日から入った子だ。おまえさんの妹にしてておあげ」

「私に胡人の面倒を見ろって言うの？　冗談はやめて」

青艶と呼ばれた妓女は玲瓏《れいろう》たる声音《こわね》で言い、億劫《おっくう》そうに露珠を見やった。

（……香英楼の青艶。殿下の敵娼《あいかた》じゃ）

示験王が贔屓《ひいき》にしている名妓・柳青艶が目の前にいる。露珠は思わず身構えた。

「胡人だが、育ちのよさそうな娘だよ。凱語も難なく話せる。こんな綺麗な手をしてるんだ、芸事だって達者だろう。とりあえず、柳青艶付きの雛妓《すうぎ》ってことで店に出すよ」

「雛妓にしてはとうが立ってるんじゃないかしら」

「そりゃあ、おまえさんは十四で水揚げしたからね。この子の年には立派なうちの売れっ子だったさ。でも、贅沢《ぜいたく》言ってられないんだよ。雛妓たちが鼻風邪で使い物にならないんだから。

あの子たちときたら、お客の顔に水っぱなをまき散らすんだ。今夜はお偉方が大勢お見えになるってのに、鼻水娘たちをお客の前に出すわけにはいかないだろ？」

頼むよ、と仮母が拝むような仕草をする。青艶は婀娜《あだ》っぽく溜息をついた。

「しょうがないわね。名は何なの？」

「あれまあ、名をつけていなかったよ。そうだね、紅華《こうか》とでもしておこうか」

「ついていらっしゃい、紅華。いろいろ教える前に、足を洗ってもらうわ。お客を迎える前にはいつもそうするのよ。雛妓の仕事だから、手順を覚えてね」

「ほら、青艶姐《ねえ》さんについておいき。妓楼じゃ、妓女たちは姉妹の契《ちぎ》りを結ぶんだ。今日からあんたの姉は柳青艶だよ。血のつながった姉のように敬《うやま》って、よく言うことを聞きな」

仮母に小突かれ、露珠はさっさと階段をのぼっていく青艶を追いかけた。青艶は金鈴鞋《きんれんあい》を履《は》いている。しゃなりしゃなりと小脚《しょうきゃく》を動かすたび、りんりんと冷たい音がする。

（柳青艶の何が殿下を惹《ひ》きつけているだろうか）

成り行きで雛妓になってしまったことに混乱しつつも、柳青艶のことが気になって仕方がない。彼女について詳しく知りたいので、逃げるのは後回しにする。

「青艶姐さんは十四のときからここで働いているのかえ？」

「七つのときからよ」

「そんなに小さな頃から⁉」

「四つや五つで売られてくる子もいるわよ。まずは芸事と礼儀作法を覚えて、年頃になったら閨技《けいぎ》を仕込まれるの。水揚げはだいたい十四から十六の間で済ませるわ。たいていの子は十四で水揚げするのよ。そのほうが早く客を取って早く稼げるから」

水揚げとは初めて客を枕席でもてなすことだという。

「その……客を取るというのは、つらいことではないかえ」

「慣れればたいしたことじゃないわ。香英楼の客は遊び慣れた粋人《すいじん》が多いの。金払いはいいし、妓女に無体なことはなさらない。場末の妓楼に比べたら、桃源郷《とうげんきょう》みたいなものよ」

「妓女になる前は、どこで暮らしていたのかえ？」

「質問が多すぎるわね」

階段をのぼったところで、青艶はゆるりと振り返った。

「妓楼の門をくぐったからには、昔のことは忘れなさい。過去なんて一文《いちもん》にもならないわ」

言い捨てて、紅灯が吊り下げられた廊下を渡っていく。露珠は慌てて彼女を追いかけた。

部屋に入ると、茉莉花《まつりか》でいっぱいの籠《かご》がいくつも並べられていた。

「青艶姐さんは茉莉花がお好きなのかの」

「嫌いじゃないけど、これは私用じゃなくて馴染《なじ》み客に配るためのものよ」

茉莉花を数本ずつまとめて黒い糸で束ね、籠に入れて文を添えるのだそうだ。

「まあ、営業用ってこと。茉莉花を束ねる仕事もあとでやってもらうけど、まずは足湯の支度《したく》をして。そろそろ下女がお湯を運んでくるわ。お湯には生薬の当帰を入れてね。足の冷えに効くの。そこの棚《たな》の左の抽斗《ひきだし》に入ってるでしょ。根のほうじゃなくて、茎《くき》と葉のほうね。そのままお湯につけないで、布袋に入れて。右の抽斗に小さな布袋があるわ」

青艶はしどけなく長椅子に腰かけた。煙管に伸ばしかけた手を引っこめる。

「何？　私の顔に何かついてる？」

露珠が見つめていたせいか、青艶はいぶかしげに蛾眉《がび》をつり上げた。

「そなたは……美しいの」

青艶が持つひんやりした色香は同性の露珠から見てもくらくらするほどだ。示験王が彼女のような美姫を好むのなら、子どもっぽい露珠では相手にならない。

「美しい女なんて、掃《は》いて捨てるほどいるわ」

青艶は肘掛けにもたれかかり、気だるそうに干し棗《なつめ》をかじった。

「でも、幸せな女はほんの一握り」

夜の帳《とばり》が下ろされると、妓楼は艶《あで》やかな灯籠《とうろう》で染め上げられる。

「青艶姐さんはほんにつややかじゃのう」

身支度を済ませた青艶を見て、露珠はうっとりと溜息をついた。

針金の骨組みを入れて左右の髻《もとどり》を大きくした架子頭《かしとう》では造花の芍薬《しゃくやく》や珊瑚《さんご》の髪飾りが輝き、

胸の上まで上げられた裙は神仙の花園をそのまま写し取ったかのよう。胸のすぐ下で帯を結び、肌がうっすらと透ける茜《あかね》色の大袖衫《おおそでさん》を羽織《はお》った姿は芍薬の化身に他ならない。

「こなたにも青艶姐さんのような色香があればよいのに」

「色香なんて、殿方《とのがた》と枕を交わせばそれなりに出てくるわよ」

「……枕を交わさねば、色香は得られぬのかえ？」

「何暗い顔をしてるの。じきにいやというほど閨事《ねやごと》に励《はげ》むことになるわよ」

青艶は露珠の結い髪に茉莉花を挿した。露珠は祖領襦裙を基調とした雛妓の衣装に着替えたので、髪を先ほどの青艶と同じく両把頭に結っている。胡蝶の髪飾りと翡翠《ひすい》の金歩揺《きんほよう》、躑躅《つつじ》色の流蘇に甘ったるい香りを放つ茉莉花が加わり、結い髪がいっそう華やかになる。

「茉莉花は妖花とも言われているわ。身につければ、女の魅力を引き出してくれるの」

白魚のような手で、月長石《げっちょうせき》で茉莉花をかたどった耳飾りをつけてくれた。

「あとは自信を持つことね。うつむかないで、前を向いて。やたらと媚《こ》びたり、弱々しさを演出したりするって手もあるけど、私は好きじゃないわ。私の美しさに酔いなさいという顔をするの。まるで降臨してきた天女のように」

丁寧《ていねい》な指導を受けながら、露珠は苦い思いを噛《か》みしめていた。

（柳青艶は美しいだけでなく、とても優しい）

決してにこやかではないけれども、面倒見がいい。彼女の足を洗うときに露珠が手順を間違えても怒鳴らなかったし、「今日は特別に私が結ってあげる」と露珠の髪を両把頭にしてくれたし、着替えも手伝ってくれた。本物の雛妓たちにもさぞかし親切にしているのだろう。

（……殿下が惹かれるのも道理じゃ）

青艶に好感を持てば持つほど心がきしむ。彼女は露珠よりも示験王と似合いだ。

（殿下はこなたの文に気づいてくださっただろうか）

示験王府に送られる茉莉花の花籠の中に、こっそり当帰を紛《まぎ》れこませた。赤い髪で束ね、自分が香英楼にいることを知らせたつもりだが、伝わったかどうか自信がない。

「青艶、示験王がお見えになったわよ」

二十代半ばの妓女が衝立《ついたて》の向こうから顔を出した。こちらは海棠《かいどう》の化身と見紛う美姫だ。

「示験王が？　今夜はお見えになる予定じゃなかったはずだけど」

「急にあなたに会いたくなったんじゃない？　客間でお待たせしているわ。早く来て」

「すぐ行くわ、嬌月《きょうげつ》姐さん。紅華、絹団扇《きぬうちわ》を出して。茉莉花の模様のよ」

露珠は茉莉花模様の絹団扇を差し出す。青艶は鏡で身なりを確認し、霞のような披帛《ひはく》を引きずりながら衝立の向こうへ行く。そのまま部屋から出ていくかと思いきや、戻ってきた。

「何してるの、紅華。あなたも一緒に行くのよ」

「えっ、こ、こなたもかえ？」

「雛妓は四六時中、妓女のそばに控えているものなの。ほら、いらっしゃい」

手をつかまれて連れ出される。見かけによらず、青艶は強引だ。

（殿下は青艶姐さんに会いたくていらっしゃったのだから、こなたはお邪魔虫じゃ……）

普段と違う装いをしているから、露珠だと分からないだろうか。気づいてほしいけれど、気づかないでほしい。相反する感情を道連れに、青艶のあとをついていく。

客間に入ると、仮母が示験王に愛嬌《あいきょう》を振りまいていた。

「青艶や、早くこちらへいらっしゃい。殿下がお待ちかねですよ」

仮母に手招きされ、青艶は示験王の前にしずしずと進み出る。

「お久しゅうございます、殿下。今宵《こよい》は思いがけぬご来駕《らいが》を賜《たまわ》り……」

青艶が口上を途中で切ったのは、示験王が彼女の横を通りすぎたからだ。

「迎えに来たよ、露珠」

穏やかな声が降ると同時に手を握られる。いつも露珠を大切に扱ってくれる大きな手は、今日もとてもあたたかい。おそるおそる顔を上げると、示験王と視線が交わった。黒い瞳はほんの少し和《やわ》らぎ、かすかに微笑《ほほえ》んでいるのが分かる。

「……なぜ、こなただとお分かりになったのかえ？　髪型も衣装も違うのに」

「すぐに分かったよ。君が部屋に入ってきたとたん、牡丹《ぼたん》の香りがしたからね」

「牡丹の香り？　はて、妙じゃの。牡丹には、芳香《ほうこう》はないはずだが」

花は艶《つや》やかだが、牡丹には芍薬のような芳《かぐわ》しい香りはない。

「君には分からないんだろう。花の香りは、花自身には分からないそうだから」

いつだったか、寒牡丹を眺めながら、露珠が示験王に言った言葉だ。

「こなたが申したことを覚えてくださっていたのかえ」

「もちろん、覚えているよ。君のことなら何でも」

握られた手のぬくもりが胸にしみて、視界にじわりと涙がにじむ。

「さあ、帰ろう。何があったのか、あとで詳しく聞かせてくれ」

「で、でも、帰ってよいのかえ？　殿下は青艶姐さんに会いに来たのでは……」

「君に会いに来たんだよ。茉莉花《まつりか》の籠に文をたくしただろう？　君は青艶のところにいるんじゃないかと思って、ここに来たんだ」

「あの……紅華は殿下のお知り合いで？」

ぽかんとしていた仮母が示験王と露珠を交互に見て目をぱちくりさせる。

「紅華とは、こなたの名じゃ。仮母が……お母さんがつけてくださった」

露珠は誇らしげに胸を張った。

「この髪型は青艶姐さんが結ってくださったのじゃ。素敵であろう？」

「ああ、可愛《かわい》いね。雛妓の衣装もよく似合っているよ」

示験王に褒められると、嬉しくて踊り出したくなる。

「……どういうことよ、お母さん。紅華は何者なの？」

「……知らないよ。買ったのは旦那《だんな》だもの。あのぼんくら、また騙《だま》されたのかね」

青艶と仮母がこそこそ話している。示験王は露珠の背に手を回し、二人のほうを向いた。

「紹介しよう。俺の妃《きさき》の戻露珠だ」

「ええっ、お、王妃さまっ⁉　紅華が……⁉」

「何かの手違いで露珠は香英楼に買われてしまったようだ」

「ちょっとお母さん！　よりにもよって王妃さまを買うなんてどうかしてるわよ！」

「あたしが買ったんじゃないんだよっ！　ばか旦那め、あとでとっちめて……あっ、申し訳ございません、殿下‼　王妃さまとは存じ上げず、とんだご無礼をいたしまして……」

「まさかとは思うが、俺の妃に手荒な真似《まね》はしていないだろうね？」

示験王に鋭く睨《にら》まれ、仮母は「滅相《めっそう》もない！」と大げさなほどに首を横に振った。

「……て、丁重にお迎えいたしましたとも。ね、ねえ青艶。そうでしょう」

「私、足を洗わせちゃったわ。他にもいろいろ雑用をさせたし」

「足を洗わせただって⁉　王妃さまに何てことをさせたんだい！　あんたも頭を下げな！」

「しょうがないでしょ。私は何も知らなかったんだから」

「あたしだって知らなかったさ！　とにかく何でもいいから謝っておくんだよ！」

「やめてくりゃれ。謝ってもらうようなことは何もない」

露珠は平伏しようとする仮母の手を握って立ち上がらせた。

「思いがけず妓楼に来てしまって驚いたが、そなたたちはこなたにひどいことなどしなかった。特に青艶姐さんはこなたに親切にしてくれた。お礼を言わねばならぬの」

「お礼だなんてとんでもない！　こちらの手違いで王妃さまには大変なご迷惑を……！」

「まったくだ。俺の妃に雑用をさせるなど、到底許しがたい」

「平に、平にご容赦《ようしゃ》くださいませ……！　何も存じなかったものですから……」

「身元を確認せずに買い取った香英楼にも落ち度はある」

示験王が険しい面持《おもも》ちをするので、仮母は平身低頭《へいしんていとう》して謝罪した。

「殿下、怖い顔をなさらないでくりゃれ。こなたは無事だったのだから、よいであろう」

露珠が彼の袖を引っ張ると、示験王は溜息をついた。

「いったいどういう経緯で露珠を買い取ったんだ？」

「うちのぼんくら主人によれば、馴染《なじ》みの女衒《ぜげん》が王妃さまを連れてきたので、これは上玉だと……珍しい赤髪の美姫《びき》でいらっしゃいますから、高値で買い取ったのだとか」

「その女衒から話を聞きたいね」

「しばしお待ちくださいませ。すぐさま首に縄をかけて連れてまいりますので」

仮母が下男を呼んで指示を出した。示験王は露珠の肩を抱いて引き寄せる。

「見つかりしだい、女衒は俺の側仕《そばづか》えに引き渡してくれ。取り調べは王府で行う」

「殿下はいかがなさいますの？」

「露珠を連れて帰るよ。恐ろしい目に遭《あ》って疲れているだろうからね」

「こなたは疲れておらぬぞ。殿下が青艶姐さんとお話をなさりたいなら、外で待っている」

青艶は示験王の敵娼《あいかた》だ。久しぶりに会ったのなら積もる話もあるだろう。邪魔にならないように外に出ていこうとすると、青艶に止められた。

「数々の無礼のお詫《わ》びに、今宵《こよい》は心尽くしのおもてなしをいたしますわ」

「なれど、こなたは殿方《とのがた》ではないゆえ……」

「どなたさまにも一夜の夢をご覧に入れるのが妓女《ぎじょ》の務め。お客さまが殿方であろうとご婦人であろうと、おもてなしもせずにお帰しするなど、名妓の名折れです」

なにとぞお付き合いくださいまし、と青艶が衫の袖を広げて色っぽく頭《こうべ》を垂れる。

「も、もてなすといっても、何をなさるおつもりなのかえ」

「歌舞音曲や琴棋書画《きんきしょが》、詩文や寸劇など、お客さまを退屈させない術《すべ》はたくさんございます。もし、王妃さまがお望みならば、閨房《けいぼう》にておもてなしいたしますが、いかが?」

「け、閨房じゃと⁉　それは結構じゃ！」

露珠が真っ赤になって言う、青艶は袖で口元を隠して笑った。

「では、お目汚しかもしれませんが、私の舞をご覧に入れましょう」

「……よいかえ、殿下。こなたは青艶姐さんの舞を見たいのだが」

見上げると、示験王は目を細めた。

「じゃあ、今夜は夫婦で楽しませてもらおう」

ありがとう存じます、と露珠は笑顔をこぼした。示験王は露珠の文に気づいてくれて、迎えに来てくれた。そして今は、露珠のわがままを聞いてくれている。

（こなたも殿下の御心に添いたい）

露珠はひとつの決意をした。示験王を恋しく思えばこそ、彼の望みを叶えてあげたい。


女衒を取り調べたところ、ある男たちから露珠を買ったのだと答えた。男たちは酒楼で刃傷《にんじよう》沙汰《ざた》を起こした廉《かど》で捕縛《ほばく》されていたので、都中を探す手間が省《はぶ》けた。彼らは平児に頼まれて劇場の内院《なかにわ》で露珠をさらったことを自白した。平児には殺すように言われていたが、むざむざ殺すよりも売ったほうが金になると踏んで、女衒に売り飛ばしたのだそうだ。

「なぜ露珠を狙った？　誰かに頼まれたのか？」

透雅は平児を詰問《きつもん》した。露珠がさらわれたと聞いて真っ先に頭に浮かんだのは、大伯父《おおおじ》の呉鋭桑だ。孫娘を透雅に嫁がせたがっていた鋭桑にとって、露珠はさぞや目障りだろう。気に入らない者を排除するのに、鋭桑が手段をえらばないことも先刻承知である。露珠をさらわせて始末せよと命じていても不思議はないが。

「あの女が憎いからですわ」

平児はふてぶてしく言い放った。

「かねてより、私は殿下をお慕《した》い申し上げておりました。身分違いゆえ、正妻にはなれなくても、ほんの少しだけでもお情けをかけていただければと心を尽くしてお仕えしてきたのです。だからこそ、許せなかったのですわ。示験王府に居座る下賤《げせん》な纏足《てんそく》女が……！」

毒気を含んだ罵声《ばせい》が四阿《あずまや》に満ちた春の静けさを叩き割る。

「殿下がお望みになったことではないと存じております。太上皇さまのご下命ですもの、お断りできるはずもありませんわ。でも、蛮族《ばんぞく》の娘を王妃さまと呼ぶことには耐えられませんでした。だって、官婢《かんぴ》上がりの蛮人女なんて殿下の妃にふさわしくありませんもの。殿下にふさわしいのは、由緒《ゆいしょ》正しいお生まれのご令嬢です。凱の名門から嫁《とつ》いでいらっしゃった王妃さまなら、私は喜んでお仕えしますわ。化け物じみた足の蛮人女でなければ――」

「戯言《たわごと》は結構。君の独断なのかと尋ねている」

「もちろん、私の考えですわ。だって、あの纏足女を野放しにしておけば、殿下が惑わされてしまいますもの。野蛮《やばん》な毒花から殿下をお救いしたかったのです」

平児が媚《こ》びもあらわにしなだれかかってきた。

「目を覚ましてくださいませ、殿下。あの女とはかかわりを断つべきですわ。太上皇さまのご下命で娶った妃ですから、気に入らないからと即座に離縁することは叶いませんが、離縁に持ちこむことはできます。下男をけしかけて密通を働かせるのですわ。汚らわしい不義の噂《うわさ》が太上皇さまのお耳に入れば、あの女には厳しい罰が――」

「罰を受けるのは君だ、平児」

透雅は平児を振り払った。冷たい怒りが全身に満ち満ちている。

(一歩間違えれば、最悪の事態になっていた)

平児に雇われた男たちは露珠を無傷で女衒に売り渡した。そのほうが高値で売れると算盤《そろばん》を弾いたからだ。もし、彼らが金子よりも情欲を優先していたらと考えると、この場で平児を八つ裂きにしてしまいたくなる。四年前、露珠は凱の兵士たちに襲われかけた。十二の少女が味わうべきではない恐怖を経験したのだ。二度と再び、あんな目に遭《あ》ってほしくない。

「王妃を危険にさらした罪は重い。相応の罰を受けてもらおう」

衝立《ついたて》の陰に控えさせていた侍従《じじゅう》たちが平児を取り押さえる。

「罰を受けるべきは戻露珠ですわ！　あの女は蛮国から来た毒花で――」

「毒花は君のほうだろう。いや、君は花ですらないな。己の醜《みにく》さを知らない、愚かな悪鬼だ」

透雅が手を振ると、侍従たちが引きずるようにして平児を連れて行く。彼女は捕吏《ほり》に引き渡す予定だ。王妃の殺害を命じた罪は重い。きっちりと償いをしてもらわねば。

「露珠には、平児は故郷に帰ったと言え」

家令に命じて自室に戻る。部屋に入ると、人の気配がした。窓際の几架《つくえ》に燃えるような緋桃《ひとう》が挿された花瓶が置いてある。露珠が来たらしいが、彼女の姿はない。

続きの間からかすかに衣擦《きぬず》れの音がする。慎重にのぞいてみると、露珠がこちらに背を向けて奥のほうへ入っていくのが見えた。声をかけようとしたが、ふとからかってみたくなって、こっそり彼女のあとをついていく。足音を殺して近づき、彼女の肩に手をのせた。

とたん、甲高《かんだか》い悲鳴が響き渡った。露珠は飛びすさるようにして棚《たな》の後ろに身を隠す。透雅は一瞬呆然《ぼうぜん》としてしまい、自分の過ちに気がついてうろたえた。

「ごめん、露珠。俺だよ」

「でっ、殿下かえ……？」

露珠が棚の陰からそうっと顔を出す。緑の瞳には涙がにじんでいた。

「ちょっとした悪戯《いたずら》のつもりだったんだけど、怖がらせてしまったね。すまない」

考えてみれば、露珠は男たちにさらわれるという恐ろしい体験をしたばかりだったのだ。脅《おど》かしてはいけなかった。無防備な背中を見て誘惑にかられ、ばかなことをした。露珠が出てこないので、透雅は不安になった。過去の恐怖を呼び覚ましてしまったのだろうか。

「俺のことが怖くなってしまったかい」

露珠は力いっぱい首を横に振った。どこかおそるおそる口を開く。

「怒っていらっしゃらないかえ？」

「俺が？　なぜだい？」

「無断で殿下の部屋に入ってしまったもの……。いつものように花を届けに来たのじゃ。声をかけても返事がないので、勝手に入ってしまった」

「君なら別にかまわないよ。俺がいない間に、続き部屋を探検していたのかな？」

「殿下を探していたのじゃ。もしかしたら、奥の部屋でおやすみになっているのではないかと思っての。殿下の寝顔を見る好機やもしれぬと……」

彼女が抜き足差し足だったわけが分かり、透雅は噴き出した。

「俺の寝顔なら毎晩見ているだろう？」

「見ていないのじゃ！　だって、こなたは殿下より先に眠ってしまうし、こなたが目覚めたときには殿下は起きていらっしゃるもの」

「今夜からは君より先に眠るように頑張ってみるよ」

「ぜひそうしてくりゃれ。こなたも殿下より長く起きていられるよう、努力するゆえ」

「じゃあ、出てきてくれるかい。もし君が俺を怖がっていないなら」

露珠はいそいそと出てきてくれた。透雅に微笑《ほほえ》みかけたかと思うと、たちまち花顔が曇る。

「……平児はひどい罰を受けるのだろうか」

「まいったな。誰から聞いたんだい？」

「侍女《じじょ》たちの噂を耳にしてしまった。事件を仕組んだのは平児だと……」

「いやなことを聞かせてしまったね。君には伏せておくつもりだったのに」

「女主人が侍女のことを知らないわけにはいかぬ」

動機にも察しがついているのか、露珠はうなだれた。

「平児はこなたを嫌っていたにもかかわらず、こなたに仕えてくれた」

「君に悪意を向けたんだ。罰を受けるのは当然だよ。君が気に病むことじゃない」

「なれど……平児の気持ちも分かるのじゃ。女子《おなご》なら誰だって、自分が好きな殿方《とのがた》と別の女子が仲睦《なかむつ》まじくしていたら妬《ねた》ましいもの。どうか、平児があまり重い罰を受けずに済むように便宜《べんぎ》を図ってくりゃれ。犯した罪は決して軽くないが、あたら若い命を散らしてほしくない。平児に生き方を改める機会をお与えくださいますよう、お願い申し上げます」

露珠が跪《ひざまず》こうとするので、透雅は彼女の両手を握って止めた。

「分かったよ。死罪を避けられるように口利《くちき》きしておこう」

ありがとう存じます、と露珠は我が事のように微笑んだ。自分を殺そうとした女であるにもかかわらず、平児に対して憎しみを抱く様子もない。露珠は本当の意味で花のような娘だ。日の光を浴びて美しく咲くだけで、誰かを責めることを知らない。

「実はもう一つお願いがあるのだが、お願いばかりだと呆《あき》れられるだろうか」

「何だい。言ってごらん」

透雅の掌《てのひら》の中で、露珠の小さな手が少しばかり緊張した。

「青艶姐《ねえ》さんを示験王府に迎えてくださらぬかえ」

「青艶を？　なぜ？」

「こなたに遠慮《えんりょ》しないでくりゃれ。こなたは殿下に幸福でいてほしい。愛しい女子と仲睦まじく暮らしてほしいのじゃ。妓女出身では王妃にはなれぬだろうが……選侍《せんじ》にはなれるであろう？　青艶姐さんは親切でお優しい方。きっと姉妹のように仲良くできると思う。殿下が青艶姐さんを大事にしても、こなたはいっこうにかまわぬ」

分からない。どうして露珠は今にも泣きそうな顔で微笑むのだろう。

「殿下が幸せなら、こなたも嬉しい。お二人が寄りそって暮らせたら、どれほど素晴らしいだろうと思う。だから、こなたのことは後回しにしてよいから、殿下の……」

「君は勘違いしているよ」

露珠があまりにも切なげな面持《おもも》ちをするので、透雅は彼女を抱き寄せた。

「俺と青艶は君が考えているような関係じゃない」

「青艶姐さんは殿下の敵娼《とこい》なのであろう？」

「形だけだ。床入りはしてないよ」

「なにゆえじゃ？　お二人は似合いなのに」

「青艶と似合いなのは主上《しゅじょう》だ。即位前、学律兄上と柳青艶は恋仲だった。兄上は青艶を落籍《らくせき》し、選侍として王府に迎えるつもりだったんだ」

だが、できなかった。永乾帝の崩御《ほうぎょ》を受けて、学律が玉座にのぼることになったからだ。

「後宮の掟《おきて》は、妓女の入宮を禁じている。淫虐《いんぎゃく》の天子といわれた波業帝《はぎょうてい》の後宮で、都一の美貌《びぼう》を買われて入宮した妓女上がりの妖姫が悪逆非道の限りを尽くした。彼女は波業帝の皇太子・含秀太子《がんしゅうたいし》を暗殺し、含秀太子の忠臣たちを次々に殺し、自分の子を立太子させた」

「歴史書で読んだことがある。その妖姫の子は皇統を引いていなかったのだったな」

「素腹《すばら》の妃だったからね。彼女は懐妊《かいにん》を装い、市井《しせい》の赤子を盗んできて皇子に仕立て上げた」

帝胤《ていいん》を引かぬ皇太子が発端となって政争が激化し、内乱が国土を混迷に導く。

「熾烈《しれつ》な争いの果てに玉座にのぼった隆定帝《りゅうていてい》は、波業帝が寵愛《ちょうあい》した妖姫の屍《しかばね》を市中にさらし、妓女の入宮をかたく禁じた。それ以来、私妓《しぎ》（民間の妓女）は入宮できない決まりだ」

「掟《おきて》のせいで、お二人は引き裂かれてしまったのじゃな……」

「入宮はできなかったが、二人の仲は途絶えていないよ。俺が青艶の客になって恋文を取り次いだり、密会の手引きをしたりして、一年以上前から二人の橋渡しをしているんだ」

「なんとまあ！　殿下は玫瑰《まいかい》でいらっしゃるのかえ。素敵じゃのう」

露珠は朗らかに笑う。すっかり機嫌がよくなったようだ。

ふいに、ある衝動が芽生《めば》えた。この世のすべてから彼女を奪ってしまいたい。この笑顔を透雅ひとりのものにしてしまいたい。他の誰にも渡したくないのだ。彼女のあたたかな微笑みも、可愛《かわい》らしい声も、骨まで溶かすような甘い香りも。

いや、その前に――。

「君に話したいことがあるんだ」

陽光を受けてきらめく二つの翡翠《ひすい》が透雅をとらえて離さない。

「先に断っておくと、決して楽しい話じゃない。たぶん、聞けば暗い気持ちになるだろう。それでも、君には話しておきたい。高透雅という男の根幹にかかわることだから」

貞和徳妃、呉荘太妃、呉鋭桑、そして父たる崇成帝。透雅を産み、育て、操り、傍観《ぼうかん》してきた人々のことを露珠に打ち明けてしまいたい。生まれて初めて感じる衝動だった。今まで誰に対しても、この作り物の体に蓄積したものを吐露《とろ》したことなどなかった。そんなことをしようとも思わなかった。打ち明けたところで無益だと、端《はな》から諦めていた。

しかし、露珠には話したいのだ。彼女になら、木偶《でく》である己をさらしてもいいと思える。何もかもをさらけ出しても、戻露珠ならきっと受け入れてくれるだろうから。

「どうか話してくりゃれ」

露珠が透雅の手をぎゅっと握った。安心させるように強く。

「殿下のことで、こなたが知りたくないと思うことは、何ひとつございませぬ」

近い将来、露珠を愛しいと思えるようになったら、今日の日を思い出すだろう。

彼女に恋をした、始まりの日として。

第二章

値《あたい》一《いち》朶《だ》の花《はな》咲《え》み

凱《がい》の後宮には、皇后の下に十二妃《じゅうにひ》と呼ばれる十二人の妃《ひ》がいる。十二妃は皇貴妃《こうきひ》、貴妃、麗《れい》妃《ひ》、賢妃《けんひ》、荘妃《そうひ》、敬妃《けいひ》、成妃《せいひ》、徳妃《とくひ》、順妃《じゅんひ》、温妃《おんひ》、柔妃《じゅうひ》、寧妃《ねいひ》である。

その下にいるのが九嬪《きゅうひん》だ。九嬪は昭儀《しょうぎ》、昭容《しょうよう》、昭華《しょうか》、婉儀《えんぎ》、婉容《えんよう》、婉華《えんか》、明儀《めいぎ》、明容《めいよう》、明華《めいか》。十二妃と九嬪を合わせて妃嬪《ひひん》と呼ぶ。

豊始帝《ほうしてい》の後宮には、亡き尹賢太妃《いんけんたいひ》の遠縁の娘・尹貴妃をはじめとして、呉荘太妃《ごそうたいひ》の異母妹・呉麗妃、念貴太妃《ねんきたいひ》の姪《めい》・念荘妃、李皇貴太妃の縁者・李敬妃、程《てい》徳太妃の従姪・程成妃、夾《きょう》貴太妃の従妹・夾徳妃など、有力氏族出身の妃嬪が勢ぞろいしている。

しかし現在、後宮には御子がいない。身籠《みごも》った妃嬪はいたが、全員死産か流産だった。即位から四年。いまだ御子がいないのは、豊始帝に徳が足りないからではと噂《うわさ》する声もあるが、そもそも後宮では無事に御子が生まれることのほうが稀である。

この日、露珠《ろしゅ》は栄太皇太后《えいたいこうたいごう》のご機嫌うかがいのため、鳥歌《ちょうか》を連れて後宮に参内した。

「ねえ、あそこで鞦韆《ぶらんこ》に乗ってる人たちって、有昭儀《ゆうしょうぎ》と凌婉儀《りょうえんぎ》じゃない？」

無事に挨拶《あいさつ》を済ませ、白木蓮が咲く園林を散策していると、鳥歌が立ち止まった。

「犬猿の仲のお二人が仲良く鞦韆で遊んでいらっしゃるとは、珍しいこともあるの」

中流貴族出身の有昭儀と、北方の異民族鬼淵《きえん》の王女・凌婉儀は、すこぶる仲が悪い。

異民族嫌いの有昭儀の挑戦的な態度ゆえか、凌婉儀が純禎公主《じゅんていこうしゅ》（崇成帝《すうせいてい》の異母姉）の孫娘という出自を鼻にかけるせいか、二人は会うたびに衝突している。いやみの応酬は挨拶代わり、使用人たちをまきこんでの陰口合戦も日常茶飯事《さはんじ》だ。時には荒事に発展することもあり、先月の花朝節《かちょうせつ》の宴《うたげ》では、ささいな口論から水菓子の投げ合いになっていた。

「仲良く遊んでるってわけじゃなさそうよ」

鳥歌が指さした先では、有昭儀と凌婉儀が互い違いに天へのぼっている。色鮮やかな裙《くん》や帔《ひ》帛《はく》が風に舞う光景は美しいが、こぎ方がかなり乱暴だ。

「ご覧なさい！　わたくしのほうが高いわ！」

「いいえ、わらわのほうがずっとずっと高くまでのぼっていますわよ！」

二人は競い合って鞦韆をこいでいる。座席を吊るした縄がぎしぎし悲鳴を上げた。

「お二人ともご懐妊中であろう？　あんなに荒っぽく鞦韆をこいだら、危険ではないかえ」

「だから使用人たちが慌ててるんでしょ。でも、お二人は聞く耳持たずって感じね」

双方の女官たちや宦官《かんがん》たちはおろおろして二人を止めようとしていた。

「凌婉儀、あなたって鞦韆をこぐのも下手《へた》ね。危なっかしくて見ていられないわよ」

「お姉さまこそ、お腹の中の公主さまがびっくりなさっているのではなくて？」

「わたくしのお腹の中にいるのは皇子よ。男子《おのこ》だからとても元気なの」

「残念ですけど、皇子を産むのはわらわですわよ。金盞銀台《きんさんぎんだい》が咲きましたもの」

　金盞銀台は水仙の一種で、純白の花びらに黄色の副花冠をつけた水仙だ。ちょうど銀色の台に黄金の杯をのせたように見えることから、そう呼ばれている。

　妊婦がいる家庭では、年末に水仙頭《すいせんとう》（球根）を植える。言い伝えによれば、年が明けて金盞銀台が咲けば男児が生まれ、八重咲《やえざき》の玉玲瓏《ぎょくれいろう》が咲けば、女児が生まれるという。

「わたくしの殿舎《でんしゃ》でも金盞銀台が咲いたわ」

「あら、お姉さまの側仕《そばづか》えがお正月に咲いた玉玲瓏をこっそり処分していたことをご存じないのかしら？　あちこちの殿舎を回って金盞銀台がないか探していたようですわよ」

　凌婉儀は春風に結い髪を乱されながら高笑いした。

「きっと玉のような公主さまがお生まれになるのでしょうねえ。おめでたいこと」

「お黙り！　たとえあなたが皇子を産んだとしても、絶対に立太子されないわよ！　蛮族《ばんぞく》の血を引く皇子が東宮《とうぐう》の主になれるはずはないもの！」

　二人の口論が白熱するにつれて、鞦韆の縄が上げる悲鳴もしだいに大きくなっていく。

「鳥歌、こなたたちも止めに行こう。鞦韆の縄が切れたりしたら大変じゃ」

「争いごとに巻きこまれるのはごめんだわ。放っておけばいいのよ」

鳥歌に袖《そで》を引っ張られたとき、露珠は小さく声を上げた。縄が切れたのか、凌婉儀をのせた鞦韆の座席が大きく傾《かし》いだのだ。一瞬、周囲の音が消え、絶叫が響き渡った。

「太医《たいい》よ‼　急いで太医を呼んで‼」

地面に投げ出された凌婉儀の周りに女官たちが集まり、大声で宦官たちに指示を出した。

「だから言ったじゃない、妹妹《まいまい》」

有昭儀は女官に手を取られて鞦韆から降りた。妹妹は妹に対する呼びかけだ。後宮の妃嬪侍《じ》妾《しょう》は疑似《ぎじ》的な姉妹となるため、年上の女性をお姉さま、年下の女性を妹妹と呼ぶ。

「危なっかしくて見ていられないって」

凌婉儀は腹部をおさえて苦しそうにうめいている。

彼女を見下ろす有昭儀は微笑《ほほえ》んでいた。絹団扇《きぬうちわ》の陰で、ひどく嬉しそうに。


「御子は助からなかったそうじゃ。おかわいそうなことにの」

白磁《はくじ》の茶杯《ゆのみ》に玫瑰茶《まいかいちゃ》を淹《い》れ、露珠は溜息をついた。事件を捜査している後宮警吏《けいり》によれば、凌婉儀が乗っていた鞦韆には縄が切れやすくなるように細工された形跡があったという。

「凌婉儀さまは有昭儀さまが鞦韆に細工したに違いないとおっしゃっているとか」

「その可能性は否定できないね。あらかじめ壊れやすく細工しておいた鞦韆に乗るよう、凌婉儀を誘導したのかもしれない。――ありがとう」

示験王は露珠が差し出した茶盆から茶杯を取って礼を言った。

「そんなことをするかえ？　有昭儀さまだって身籠っていらっしゃるのに」

「自分が身籠っているからこそ、有昭儀が邪魔だったんだろう。妃嬪侍妾にしてみれば、他の女人が産んだ皇子ほど目障りなものはないからね。ただでさえ不仲なのに、凌婉儀は金盞銀台が咲いたと自慢げに触れ回っていた。有昭儀が殺意を抱いていても不思議じゃないね」

「こなたには分からぬ。いくら嫌っていても、鞦韆に細工するなど……。打ち所が悪かったら、流産だけでは済まなかったかもしれないのに」

「犯人はどちらでもよかったんじゃないかな。凌婉儀の子が産まれさえしなければ」

示験王が何気なく言うので、露珠はぶるりと震えた。

「ほんの数年前までこなたも後宮の一員だったのかと思うと恐ろしい」

「後宮の外にいても決して安全じゃないよ。後宮に行ったときには、勧められる食べ物や飲み物はできる限り口にしないようにしなさい。何かの手違いで毒入りのものが回ってこないとも限らない。誰に対しても警戒を怠《おこた》ってはいけないよ。後宮では、にこやかに接してくる人間ほど悪意に満ちている。周りは敵ばかりだと思って、気を抜かないように」

うなずきつつ、露珠は示験王の隣に座った。

「殿下も十四歳までは後宮でお暮らしになっていたのであろう？　危険な目に遭《あ》わなかったか

え」

「たくさん遭ったよ。毒を盛られたことは一度や二度じゃない。後宮から出て王府を構えるようになってからも、六人の毒見役が死んだ」

他人事《ひとごと》のような口ぶりが胸をえぐる。

「今も毒を盛られているのかえ？」

「たまにね。呉家には敵が多いから。宗室に生まれた以上は仕方ないことだけど、事が起きたときに真っ先に犠牲になるのは毒見役だから、寝覚めが悪いね」

「では、これからはこなたが毒味役を引き受けよう」

示験王は目を見開き、ふっと微笑んだ。

「君にそんな危ないことはさせられないよ」

「全然危なくないのじゃ。泥蟬《でいせん》の王族は毒殺《どくごろ》しの血を持っているからの」

「毒殺しの血？」

「言葉で説明するより、試してみたほうが早いの。何か毒は……あっ、水仙があった」

露珠は窓辺に向かった。几架《つくえ》に置いた花盆《かぼん》の黄水仙から、細い葉を数枚切って口に含む。

「やめろ、露珠！　今すぐ吐き出すんだ！」

示験王が血相を変えて駆け寄ってきた。しかし、すでに飲みこんだ後だ。

「もう飲みこんだのかい!?　大変だ、急いで医者を呼ばないと――」

「医者はいらぬ。口直しに玫瑰茶を飲めばよい」

玫瑰茶に蜂蜜《はちみつ》を一匙《ひとさじ》入れて飲むと、口の中に残った苦みや青臭《あおくさ》さは消えた。

「花も茎も葉も根も、水仙は全部が毒じゃ。茎や葉から出た汁に触れれば肌がかぶれるし、体が弱い者は匂《にお》いをかいだだけでも湿疹《しっしん》ができる」

「食べたら湿疹どころじゃない。中毒を起こしてしまうよ」

「根は腫《は》れ物に効く塗り薬になるのだが。決して食べてはいけない。こなた以外の人は」

「君だってだめだ。ここでおとなしくしていなさい。すぐに医者を連れてくるから」

「よいと言うておるに。殿下は心配症じゃの」

露珠はふふふと笑った。示験王に心配されるのは嬉しい。

「どうして医者を呼ばなくていいなどと言うんだ？」

「必要ないからじゃ。こなたは泥蟬《でいせん》の王女。この体には毒殺しの血が流れている」

露珠は左の掌《てのひら》を示験王《しけんおう》に見せた。白い掌の上に、うっすらと薄紅の花模様が現れる。

「これは阿朱里《あしゅり》という毒花じゃ。阿朱里とは〈神殺しの巫女〉を意味する。牡丹《ぼたん》に似た綺麗な花だが、神をも殺す猛毒を持つ」

伝説の毒花、阿朱里。それを食べたのが泥蟬人の祖先である。

「こなたの祖先は、かつて西域で栄えた継狗《けいく》の王に仕えていた。王の毒見役だったのじゃ。阿朱里を食べたことで、毒殺しの血が体をめぐるようになり、どんな猛毒を口にしても死なななった。我らの血に根を張った阿朱里があらゆる毒を殺してしまうからじゃ」

「あらゆる毒を殺す血？　ばかな……じゃあ君は、馬銭《ません》を飲んでも死なないっていうのかい」

馬銭は激しい痙攣《けいれん》を起こし、断末魔《だんまつま》の苦しみを味わって死に至る劇毒である。

「うん。馬銭なら、阿朱里の模様が青くなる」

露珠は左の掌に現れた薄紅の阿朱里を指さす。

「体に取りこんだ毒を殺すだけなら、毒見役としては役立たずじゃ。だって、どんな毒を食べても平気な顔をしているのだもの。毒が入っているのか否《いな》かさえ分からぬであろう？　本人だけが無事でも、王が毒に倒れては意味がない。なれど、泥蟬の祖先は優秀な毒見役だった。なぜなら、阿朱里の模様が口にした毒の種類を教えてくれるからじゃ」

幻覚や錯乱《さくらん》を引き起こす曼陀羅華《まんだらけ》や菲沃斯《ひよす》は赤、意識混濁や心臓麻痺《まひ》を引き起こす毛地黄《ジギタリス》や夾竹桃《きょうちくとう》は黄色、激しい痙攣や麻痺を引き起こす馬銭や冶葛《やかつ》は青、嘔吐《おうと》や腹痛を引き起こす水仙や瓢箪《ひょうたん》は薄紅、悪心やめまいを引き起こす躑躅《つつじ》や馬酔木《あせび》は緑、麻薬作用のある罌粟《けし》や麻は朱色、堕胎《だたい》薬に用いられる凌霄花《のうぜんかずら》や鬼灯《ほおずき》は紫、複数の毒物が混ざっている場合は黒。

「毒性が強すぎたり、毒の量が多すぎたりすると、少しは頭痛や吐き気を催《もよお》すこともあるが、翌日にはけろりとしている。ただ、毒が効きにくい体ゆえ、薬も効きにくいのが難点じゃ。体調を崩すと、人の何倍もの薬を飲まねばならぬ」

今回は水仙を食べたので、阿朱里が薄紅色になったのだ。

「……ちょっと待ってくれ。そういえば、初めて共寝《ともね》した日、君の左手に赤い痣《あざ》があったな。あれが阿朱里だとしたら……あのとき君は毒を盛られていたのかい？」

「毒の名までは判別できぬが、おそらくは曼陀羅華、菲沃斯、走野老《はしりどころ》、別刺敦那《ベラドンナ》などの幻覚作用のある毒であろうな。寝る前に飲んだ茶にでも盛られていたのだろう」

「どうしてもっと早く言わなかったんだ⁉」

示験王に詰め寄られ、露珠は首をすくめた。

「申し訳ございませぬ……。阿朱里など見せたら、殿下に気味悪がられるかと思って……」

あの頃は露珠が異民族出身だから、示験王は契《ちぎ》りを結んでくれないのではないかと考えていたのだ。阿朱里を見せたら、いっそう嫌悪されるかもしれないと不安だった。

「そうじゃない。毒を盛られていたのに、なぜ黙っていたんだと尋ねたんだ」

「なぜって……わざわざ殿下にお知らせするほどのことではないもの。こなたは毒殺しの血があるから、体は何ともなかったし……」

突然、伽羅《きゃら》の香りに包まれ、露珠は目を見開いた。

「八つ裂きにする」

くぐもった低い声音《こわね》が首筋を焼く。

「君に毒を盛ったやつには、生き地獄を味わわせてやる」

「……恐ろしいことをおっしゃる」

「恐ろしいのは、君に危険が及ぶことだ。今後もし毒を盛られていることに気づいたら、真っ先に俺に知らせるんだよ。いいね」

力強く見つめられて胸の奥が甘くざわめいた。大事にされるのは嬉しいけれど――。

「なれど、こなたは殿下の毒味役をしたいから……」

「だめだ。症状が軽いとはいえ、毒性が強ければ頭痛や吐き気が起きるんだろう？　君を苦しめるくらいなら、俺が毒を飲んだほうがましだよ」

「それはだめじゃ！　殿下にもしものことがあったら、そのほうがよほどこなたは苦しむことになる。お願いじゃ。毒味をさせてくりゃれ。こなたは殿下にたくさん助けていただいた。お返しにこなたも殿下を助けたい。こなたの力で殿下を守りたいのじゃ」

彼を想う気持ちを伝えたくてまっすぐに見つめる。

(殿下はご自身が歩んできた道をこなたに打ち明けてくださった)

呉荘太妃の不貞《ふてい》、貞和徳妃の死の真相、呉家の野望、そしてすべてを承知しているはずの崇成帝の無関心。示験王に寄り添って話を聞きながら、幾度となく胸がつぶれ、義憤に駆られ、涙がこみ上げてきた。時間をさかのぼることができるなら過去に行って、苦しんでいる彼に寄り添いたい。しかし、時間はさかのぼれない。だからこそ、これからは露珠にできる方法で彼を助けたい。非力な自分には、運命を変えることはできないけれど、つらいときにそばにいて、辛苦《しんく》を分かち合うことはできる。

「君はまさに毒花だね、露珠」

武人にしては優美な指が物言いたげに露珠の頬《ほお》を滑った。

「愛らしく見つめるだけで俺を従わせるんだから」

やわらかな眼差《まなざ》しが鼓動を高鳴らせる。露珠は惚《ほう》けたように示験王を見上げた。

(あの日から、殿下は少し……お変わりになった)

露珠に胸の内を打ち明けた日を境に、彼の態度が軟化したように思う。結婚当初から彼は優しかったけれど、最近はいっそう眼差しがあたたかい。黒い瞳に愛《いと》しさに似た感情が浮かんでいるような気がする。もしかしたら、勘違いかもしれないけれど。

「こなたに毒味を任せてくださるのかえ?」

「そうだね。月に一度くらいなら」

「月に一度⁉　それでは殿下を守れぬではないか」

「じゃあ、二十日に一度」

「全然だめじゃ!　毎日でなければ」

「毎日はいけない。百歩譲《ゆず》っても、十日に一度だ」

「こなたも譲歩しよう。三日に一度じゃ」

「間を取って五日に一度で手を打とうじゃないか」

三日に一度は譲れないと言い返そうとしたとき、示験王が露珠を抱き上げた。

「さて、毒見の話はこれでおしまいだ。そろそろ足を洗う時間だよ」

示験王の勧めで、纏足《てんそく》をほどくことになった。露珠を診察した太医によれば、纏足は施術《せじゅつ》するより解くほうが難しいらしい。いきなり纏脚布《てんきゃくふ》をほどくと、長い間、布で包んでやわらかくなった足が体の重さに耐えられず、腫れ上がって発熱まで引き起こしてしまうのだ。そこで太医は少しずつ纏脚布を短くし、巻き方を緩くしていく治療法を提案した。

『ただし、長年纏足してきたために骨が変形していますので、元通りの足にはなりません』

纏足をほどくと、足の横幅が広くなり、指先が丸くなったり、足の甲の肉が盛り上がったりして、不格好な足になってしまうという。それを聞いて、露珠は纏足を解くことを躊躇《ちゅうちょ》した。纏足より醜《みにく》い足になったら、示験王に足を見せられなくなってしまう。

『俺がどう思うかより、君がどうしたいかを考えてごらん』

庭仕事が楽にできるようになったら、嬉しい。歩ける距離が長くなったら、いろんな場所を散策してみたい。纏足の手入れをしていた時間が浮いたら、花の手入れにもっと時間を割きたい。纏足をほどけば、確実にできることは多くなる。

『こなたの足を見ないと約束してくださるかえ。それなら、安心してほどくことができる』

『そんな約束はしないよ。俺は君が纏足をほどくのを手伝うつもりだからね』

驚いた露珠の唇に、示験王は指先を押し当てた。

『俺が俺の秘密を君に打ち明けたように、君も君の秘密を俺にゆだねてくれ』

秘密を共有しようと甘く囁《ささや》かれて、どうして抵抗できよう。

「なぜ顔を隠しているんだい？」

「……だって、恥ずかしいもの」

露珠は両手で顔を覆《おお》ってぎゅっと目をつぶった。

示験王が盥《たらい》に薬湯を張って、露珠の足を洗ってくれている。纏脚布を取り去った素足がすっぽりと彼の手に包まれると、羞恥《しゅうち》が全身を駆けめぐって耳まで熱くなる。纏足をほどくと決めてから、毎日こうして彼に洗ってもらっているが、いまだに慣れない。

「顔を隠しても無駄だよ。君の足は俺の手の中だ」

「やっ、やめてくりゃれ！　くすぐったいではないかえ」

足の裏をくすぐられて身をよじる。指の間から見る示験王は面白がって笑っている。

「動かないで。お湯がこぼれてしまうよ」

「殿下がくすぐるからじゃ！」

「君が顔を隠しているから、意地悪したくなるんだ。顔を見せてくれたらやめるよ」

「みっともない顔だもの……。見せたくありませぬ」

「じゃあ、俺もみっともない顔をしよう。どちらがよりみっともないか勝負だ」

赤らんだ面《おもて》を見られるのは恥ずかしいけれど、示験王のみっともない顔がどのようなものなのか興味をそそられる。誘惑に抗《あらが》えず、露珠はそろそろと両手を顔から離した。

「……殿下は嘘つきじゃ。みっともない顔など、なさっていないではないかえ」

「嘘つきは君のほうだよ」

示験王が目元を緩めると、胸の奥がきゅっとなる。

「みっともないなんて嘘をついて、可愛《かわい》い顔を俺から隠していたんだね」

何も言い返せない。恥じらいと胸の高鳴りが舌を麻痺させていたせいだ。


三月半ばを過ぎると、宮中は牡丹宴《ぼたんえん》で賑わう。今日の宴《うたげ》は太上皇《たいじょうこう》が主催だ。宴が始まる前、露珠は園林《ていえん》の四阿《あずまや》で王府から運んできた牡丹を手入れしていた。太上皇と李《り》皇貴太妃に献上する予定の牡丹だ。富貴紅《ふうきこう》という品種である。富貴紅は花びらが真ん丸で厚く、色は鮮麗《せんれい》な赤。花が落ちずに枝についたまま枯れるので、縁起物として好まれている。

作業に没頭していると、視界の端に茜《あかね》色の裙《くん》が見えた。何気なく顔を上げ、露珠は首をひねった。そこにいたのは、いかにも神経質そうな美人だった。福髻《ふくけい》に結った黒髪がひどく重たげで、雪よりも白い首は折れそうなほど細く、切れ長の目元には棘《とげ》がある。

「松月王妃《しょうげつおうひ》さまです」

最初に声を上げたのは、美人のそばに控えていた侍女《じじょ》だった。示験王の異母弟・松月王に嫁《とつ》いだのが先帝の微貴人《びきじん》であったことを思い出し、露珠は慌てて立ち上がった。

「あなた、いったいどういうつもりなの？」

露珠が拝礼しようとすると、微妃《びひ》は刃のように冷たくとがった声で言い放った。

「何のことでしょう」

「とぼけないで。なぜ松月王殿下に色目を使うのかと訊いているのよ」

言われている意味が分からず、露珠は目をしばたたかせた。松月王・高才業《こうさいぎょう》とは、公《おおやけ》の場で会ったことはあるが、世間話をしただけで親密な付き合いはない。

「松月王殿下はあなたの絵ばかり描いていらっしゃる。私の知らないところで殿下を誘惑したんでしょう。さすがは蛮族《ばんぞく》の妓女《ぎじょ》だわ。殿方《とのがた》をたらしこむのはお手の物というわけね」

「はて……松月王殿下がこなたの絵を？」

姿絵を描いてほしいと頼んだ覚えはないし、描きたいと頼まれた覚えもないが。

「何かの間違いではございませぬかえ？　他の方の絵かも……」

「描かれているのは赤毛の纏足女よ！　あなた以外に誰がいるっていうの⁉」

微妃は声を荒らげた。憎らしげに露珠を睨《にら》みつける。

「金輪際《こんりんざい》、松月王殿下に近寄らないと誓ってちょうだい。さもないと、あなたの行状を示験王に訴えるわよ。夫がいる身でありながら、他の殿方を誘惑しているって」

「こなたはどなたさまも誘惑などしておりませぬ」

「だったら、どうして松月王殿下は四六時中あなたの絵を描いていらっしゃるのよ⁉　あなたがあの方を惑わせているからでしょう⁉」

微妃に小突かれ、露珠は後ろに転んでしまった。その拍子に弓鞋《きゅうあい》がころりと脱げる。

「なんて汚らわしい足なのかしら！　妓女は纏足を閨房《けいぼう》の技巧に使うと聞くわ！　あなたもその醜い足を使って松月王殿下をたぶらかしたのね！」

「何のことか、こなたには……」

「纏足がそんなに自慢なら、裸足《はだし》で歩いて見せびらかせばいいわ！」

微妃は侍女の名を呼んだ。

「纏足というものがどんなものか見てみたいの。示験王妃の足の布をほどきなさい」

「な、何をなさるのかえ……！　いやじゃ、やめてくりゃれ！」

侍女が力任せに纏脚布を引っ張る。露珠は抵抗したが、乱暴にほどかれてしまった。

「まあ、おぞましい！　まるで化け物の足だわ！」

微妃はあらわになった露珠の足を見て顔をしかめた。

「どうして殿方はこんなものを賞玩《しょうがん》なさるのかしら！　悪趣味にもほどが――」

「何の騒ぎかな」

四阿に冷淡な声が響き渡った。松月王を連れた示験王が露珠と微妃を交互に見やる。

「……示験王殿下、松月王殿下、ご挨拶《あいさつ》申し上げます」

微妃と侍女がさっと顔色を変えて拝礼する。示験王はそれを無視して露珠に歩み寄った。

「布がほどけてしまっているじゃないか。縛《しば》りなおしてあげよう。さあ、その椅子《いす》に座りなさい。――才業、微妃を連れて席を外してくれ」

示験王が振り向きもせずに言うと、松月王は微妃を伴《ともな》って四阿を出ていった。

「ひどい目に遭《あ》ったようだね。何があったんだい」

「こなたは松月王妃さまに嫌われることをしたらしいのじゃ……」

纏脚布で足を包まれながら、露珠は先ほどのやり取りを話した。

「妙だな。才業は君の絵を描いているなんて言ってなかったよ」

「ではやはり、松月王妃が勘違いなさっていたのかもしれぬ」

「どんな理由があったにせよ、微妃は君を侮辱《ぶじょく》した。許せないな」

露珠の足を包む手つきは優しいが、口ぶりには冷ややかな敵意がある。

「俺が始末をつけておくよ。二度とこんなことが起きないように」

「微妃を責めないでくりゃれ……。微妃の気持ちもわかるのじゃ。好きな殿方が自分以外の女子をしきりに絵に描いていらっしゃったら、こなただって悲しくなるもの」

永乾帝《えいけんてい》の後宮にいた頃、微貴人は口数の少ない控えめな女性という印象だった。誰かを蔑《さげす》んだり、いじめたりしていた記憶はないし、そんな噂《うわさ》を聞いたこともない。おとなしい微妃が声を荒らげて怒りをあらわにしたのには、よほどの理由があるはず。

（それほど松月王を慕《した》っていらっしゃるということであろう）

松月王が描いていたという女性が何者なのか分からないが、夫の関心がそちらに集中しているせいで、微妃はつらい思いをしているのだろう。

「君の悪い癖《くせ》は、自分より他人の心情を優先することだ」

纏脚布の端を結び、示験王は露珠に弓鞋を履《は》かせた。

「侮辱されたら腹を立ててもいいんだよ」

「腹は立ちませぬ。纏足をけなされるのには慣れておりますゆえ」

凱に来てから、纏足をからかわれたり、蔑まれたりすることは多々あった。心無い言葉を投げつけられれば傷ついたが、できるだけ気にしないように自分に言い聞かせてきた。

縛られ続けて変形した足は、露珠の体の一部である。凱の婦人から見ればさぞかし奇妙であろうが、露珠にとっては、なくてはならないものだ。だからどんなに他人に貶《おとし》められようと、自分だけは自分の足を嫌いになりたくなかった。投げつけられる暴言にいちいち反応していたら、口汚い言葉が心にこびりついてしまいそうだったから、聞き流す癖を身につけた。

「嘘をついたね」

大きな手が露珠の手をやわらかく包んでくれる。

「蔑まれることに慣れる人はいないよ。誰だって悪罵《あくば》されれば傷つく」

「こなたは傷ついておりませぬ」

「傷ついている事実から目をそむけているだけじゃないかい。本当はつらいはずだ」

掌《てのひら》から伝わるぬくもりを意識すると、胸がじんわり熱くなった。

「つらくても、どうしようもないもの。こなたの足が醜いのは本当のことゆえ……」

最初に足を縛られたのは、五歳のときだ。親指以外の四本の指を足の裏に向かって土踏まずの中に折り曲げられ、きつく縛られると痛くてたまらなった。激痛に耐えかねて纏脚布をほどこうとすると、侍女は怖い顔をして露珠を叩いた。

『戊流弩《ぼるど》さまに嫁ぐためです。痛くても我慢なさい』

炭火で焼かれるように痛む足で園林をぐるぐる歩き回らなければならなかった。そうしないと、纏足が完成した後で歩けなくなるからだ。自分の指を踏みつけて歩く苦痛は並大抵のものではない。足の甲が強張《こわば》り、皮膚《ひふ》が破れ、無惨に爛《ただ》れた。血や膿《うみ》が流れない指はなく、夜は脈打つ痛みにうなされ、ろくに眠れなかった。地獄の日々は三年続いた。

腸《はらわた》を断ち、骨を砕くような辛苦《しんく》の果てにできあがった纏足を侍女たちは美しいと誉めそやした。それは戊流弩の花嫁の証《あかし》であった。皆が褒めてくれるから、露珠も得意になった。自慢の足だった。苦労した甲斐《かい》があったと思った。これで戊流弩に嫁ぐことができると。

しかし、国が変われば価値観も様変わりする。凱で纏足を尊ぶのは、妓女たちの足を賞玩する蓮迷《れんめい》（纏足愛好家）くらいのもので、花街《かがい》の外で暮らす人々にとっては蔑みの対象でしかない。泥蟬を離れた瞬間から、露珠の足は美点ではなく、汚点になっていた。

（普通の足に戻れたらよいのに……）

官婢時代の露珠は、天足で自由に歩き回る同輩たちをうらやんでばかりいた。彼女たちの健康な足と変形した自分の足を見比べるたび、みじめさに襲われた。戊流弩の花嫁の証として自慢にしていた纏足は、官婢《かんぴ》として働く露珠の足手まといにしかならなかった。

――洗濯籠《せんたくかご》ひとつまともに運べないのかい？　おまえは本当に役立たずだね！

――ぐずの纏足女に食わせる飯はないよ。腹が減ったなら、その辺の草でも食いな。

――気持ち悪い足！　まるで鼠《ねずみ》の死骸《しがい》みたい！

露珠は何よりも先に凱の罵倒語を覚えた。毎日投げつけられるのがそれだからだ。

「……正直なところ、殿下にもお見せしたくないのじゃ。殿下がこなたの世話を焼いてくださることはありがたいと思っているけれど……」

足を洗ってあげようと示験王に言われたとき、露珠は強い拒否感を覚えた。裸の纏足は見るに堪えないほど醜怪だ。そんな禍々《まがまが》しいものを見せたら、示験王に嫌われるのではと恐れた。できることなら見せたくなかったが、示験王が好奇心ゆえではなく、まったくの善意から申し出てくれたことが分かったので、断り切れなかった。

(殿下だって、本心では醜い足だとお思いになっているのかもしれぬ)

露珠を気遣って口に出さないだけで、化け物のような足に嫌悪感を覚えているのではないだろうか。不安が頭をもたげ、露珠はうつむいた。

「君に見せたいものがあるんだ。二人きりになれる場所に行こう」

示験王は露珠を抱き上げた。侍従《じじゅう》に牡丹《ぼたん》の番をするように命じて四阿を出る。

見せたいものとは何だろうと首をかしげていると、示験王は洞門《どうもん》をくぐって小さな内院《なかにわ》に入った。牡丹が花盛りである。露珠は淡黄色や純白、真紅などの花に目を奪われた。

「まあ、なんと見事な姚黄《ようこう》であろう！　ふっくらと重なった花びらが美しい。玉楼子《ぎょくろうし》も雅《みやび》やかに咲いておるの。一輪、髪に飾ってみたい。あちらの火煉金丹《かれんきんたん》は花が真っ赤に燃えているようじゃ。似荷蓮《じかれん》も華やかに咲いている。花芯をのぞかせる姿はまさに春の蓮《はす》じゃ」

さまざまな品種の牡丹に見惚《みと》れていると、示験王は緑瑠璃《りょくるり》の瓦《かわら》がふかれた建物に入った。

「こなたに見せたいものとは、牡丹ではないのかえ？」

「残念ながら違うよ。もっと見苦しいものだ」

部屋の中に入り、示験王は露珠を長椅子に座らせた。玻璃が入った格子扉《こうしとびら》を閉める。

「なっ、何をなさるのかえ……!?」

示験王が錦の大帯《だいたい》をほどき、金糸で四爪《しそう》の龍が刺繍《ししゅう》された上衣《じょうい》の領《えり》をはだけ始めたので、露珠は両手で顔を覆った。指の向こうで肌脱ぎになる気配がする。

「……い、いけませぬ！　こ、こんな……ひ、昼間から……」

心臓がどきどきしている。掌の下で頬《ほお》がかあっと熱くなった。

「怖がらないで。肩を見てほしいだけだよ」

示験王が隣に腰を下ろした。露珠はおそるおそる両手を顔から外す。示験王は左肩をあらわにしていた。武人らしく鍛え上げられた左肩には、痛々しくひきつれた傷痕がある。

「初陣《ういじん》で火攻めに遭ってね。ひどい火傷《やけど》を負ったんだ」

　戦場を焦がした炎の苛烈《かれつ》さが大きな傷痕に生々しく残っている。

「今も痛むのかえ？」

「痛みはないけど、少し左肩が動かしにくいね。これでも治療を受けてましになったほうだ。以前は背中まで傷痕がまざまざと残っていたよ」

　どう思う、と示験王は露珠に視線を投げた。

「見るに堪えないほど醜いだろう？」

「そんなことは露ほども思いませぬ。殿下は立派な初陣を務められたからこそ、負傷なさったのじゃ。その証が醜いはずはございませぬ」

　露珠はそろそろと手を伸ばした。不格好に盛り上がった皮膚にそっと触れる。

「美しい傷痕じゃ」

　指先で、彼が歩んできた人生の軌跡を感じる。初めて駆け抜けた戦場ですさまじい猛火に襲われ、どれほどの恐怖を味わったのだろう。どうやって恐怖に打ち勝ち、武人として活躍してきたのだろう。こうして素肌に触れていれば、いずれ分かるような気がする。

「君も同じだよ、露珠」

　傷痕に触れる露珠の手に、あたたかい掌が重ねられた。

「君の足も、とても美しい」

「……こなたの足は戦場で負傷したものではありませぬ」

「どこで負った傷痕なのかはどうでもいい。大事なのはそれが君の一部だということだ。君が歩んできた人生の証であるというだけで、十分に美しいんだよ」

どくんと鼓動が耳をつんざいた。彼の肩に触れたまま、自分の両足を見下ろす。長い間、抑えこんできた感情があふれてきて、視界に熱い雨が降った。

「殿下だけじゃ……。凱の人で、こなたの足を美しいとおっしゃってくださる御方は」

醜い。おぞましい。気味が悪い。ひっきりなしに投げつけられる悪罵は、知らず知らずのうちに心を蝕《むしば》んでいた。だから、泥蟬では自慢だった纏足《てんそく》が凱では消し去りたい汚点になってしまったのだ。国と価値観が変わったせいではない。露珠の心が変わったせいだ。

泥蟬にいた頃も、皆が綺麗な足だと褒めてくれるから得意になっていただけ。本心から自分の足を誇りに思っていたわけではない。その証拠に、周りに不気味な足だとけなされるようになったとたん、自分の足を汚らわしいものとみなすようになった。結局、他人に振り回されて右往左往していたのだ。自分自身の目で物事を見ずに。

「俺だけじゃだめだ」

示験王に抱き寄せられ、露珠はむき出しの広い肩に顔を埋めた。

「君も言うべきだ。自分の足は美しいと。なぜなら、この足で人生を歩んできたから」

頼もしい言葉がぬくもりを帯びながら体にしみこんでいく。

「……こなたは、殿下に救われてばかりじゃ」

　初めて出会った日から今日にいたるまで、示験王に助けられ続けてきた。積もり積もった大恩は露珠の体の隅々まで行きわたるほどだ。

「いつか恩返しができればよいのだけれど……」

　逞《たくま》しい腕に抱かれて涙を流した後、露珠は手巾《しゅきん》で目元を拭《ぬぐ》った。

「君にその気があるなら、さっそく恩返しをしてもらおうかな」

　示験王は悪戯《いたずら》っぽく目を細めた。

「礼装を元に戻すのを手伝ってくれないか。いろいろ面倒で一人じゃ着られないんだよ」

　改めて示験王を見て、露珠は頰を赤らめた。左肩が完全にあらわになり、幾重にもなった衣装がしどけなく崩れてしまっている。

「……殿方《とのがた》の服装のことは存じませぬ。こなたではお役に立てぬかと」

「じゃあ、人を呼ぶしかないな。変な勘違いをされるだろうけど」

「勘違い……？」

　問い返した直後、言われている意味を理解して口をパクパクさせた。

「ひ、人を呼んではなりませぬ！　殿下の名誉を守るためにも、こなたが何とかしますゆえ」

　露珠は立ち上がった。気合を入れて姿勢を正し、彼に向き直る。

「ええと……まずは、何をどうしたらよいのかえ？」

「さっぱり分からないな。いつも侍従《じじゅう》にやってもらうからね」

「で、でも、少しはご存じであろう？　先ほど、ご自分で脱いでいらっしゃったのだし」

「脱ぐことはできるけど、着ることはできないんだよ」

示験王がにっこり微笑《ほほえ》んで空とぼけるので、露珠はむっとして唇をとがらせた。

「殿下は意地悪じゃ！　本当はご存じのくせにこなたをからかって！」

「からかっているんじゃないよ。可愛《かわい》い君にお願いしているんだ」

言い返そうとしたとき、示験王に手をつかまれ、ぐっと引き寄せられた。

「さあ、早く着せてくれ。急がないと、宴《うたげ》が始まってしまうよ」

耳元で示験王が笑っている。せめてもの意趣返しに、露珠は彼の胸をこぶしで叩いた。


太上皇主催の牡丹宴は三千種の牡丹が咲き匂《にお》う絳翠園《こうすいえん》で行われた。

「示験王府の侍従は主人の着替えも満足にできないらしいな」

豪快に酒杯をあおり、学律《がくりつ》は透雅《とうが》に視線を向けた。

「領が乱れているぞ。父上がおまえらしくもないと不審がっていらっしゃった」

「ああ、これは侍従がやったわけじゃないから。露珠が着せてくれたんだよ」

透雅はあえて領を正さずに煙管《きせる》をくわえた。礼装を元通りにしようとして真っ赤な顔で四苦八苦していた露珠を思い出すと、紫煙《しえん》まじりの笑みがこぼれる。

「示験王妃が？　いったいどういう……あーなるほど。そういうことか」

学律はにやりとして透雅の肩を小突いた。

「望んで娶《めと》ったわけじゃないとかなんとか言っておきながら、よろしくやってるようだな」

「露珠の愛らしさには逆らえなくてね」

透雅は整斗王妃《せいとおうひ》とおしゃべりしている露珠に目を向けた。

深紅の髪で結われた簪花高髻《しんかこうけい》も、そよ風と戯《たわむ》れる繊細な金歩揺《きんほよう》も、牡丹彩蝶文が織り出された衣装も、色鮮やかな綬帯鳥《じゅたいちょう》を縫《ぬ》い取った絹団扇《きぬうちわ》も、彼女の身を飾るものはどれも素晴らしいが、中でも一番美しいのは露珠の可憐《かれん》な笑顔だ。

（早く彼女を愛せるようになりたい）

最近はそんなことばかり考えている。過去を彼女に打ち明けてから、何かが変わった。いや、厳密に言えば変化が加速したのだ。最初の変化があったのはもっと前のこと。四年前、二人で寒牡丹を眺めたときから、透雅の目は彼女を追いかけるようになっていた。

結婚後も露珠のことが常に気にかかっていたが、近頃では寸刻さえ彼女から目を離したくない。今もこうして兄帝と酒を酌《く》み交わしながら、露珠を視線で追いかけている。

「夫婦円満とは結構なことだ」

兄帝がこぼした笑いまじりの言葉は、わずかに皮肉めいて聞こえた。

「ああ、そうだ。おまえに相談があるんだ」

学律は一通の文を取り出した。数日前、透雅が学律に渡した青艶《せいえん》からの文だ。

「何のことか分からなくて困っている。おまえなら分かるか？」

文を受け取る。金箔《きんぱく》を散らした紙には流麗《りゅうれい》な手跡でこう記されていた。

次に挙げる花をすべて私にくださいまし。北澄《ほくちょう》の翠《すい》貴妃、拓《たく》の戒文妃《かいぶんひ》、燎《りょう》の江嬪《こうひん》、南《なん》澄《ちょう》の万婕妤《ばんしょうよ》、崔《さい》の巣淑儀《そうしゅくぎ》、西肖《せいしょう》の張貞媛《ちょうていえん》、東烈《とうれつ》の朱才人《しゅさいじん》、梧《ご》の羊御女《ようぎょじょ》。

「花の名前なんか書かれてないけど？」

「だから、まいってるんだよ。あいつが俺に物をねだるのはこれが初めてだ。欲しいものがあるなら仙界の花だろうと贈るつもりだが、肝心《かんじん》の花の名が書かれていない」

花街流の謎かけだ。妓女《ぎじょ》は客の気を惹《ひ》くために謎めいた文を送ることがある。

「歴代王朝の寵姫《ちょうき》たちが愛した花かな」

「俺も最初はそう睨《にら》んだんだ。書庫にこもって調べてみたが、翠貴妃は牡丹が好きだったとか、戒文妃は桃を愛したとか、史書には書いてなかったぞ」

「まあ、寵姫の記述はだいたいどれもあっさりしてるからね」

史書は後宮の女性についてあまり多くを語らない。我が子が皇位につかなかった女性は、名と出身地、子の有無や寵愛の多少、封号《ほうごう》や諡号《しごう》くらいしか記録には残らない。

「花のことなら露珠が詳しい。彼女に尋ねてみるよ」

頼んだぞと学律が言うので、透雅は文を懐《ふところ》にしまった。

「ところで兄上、いつまでこんなことを続けるつもりなんだい」

青艶をどうするのかと言外に匂わせる。秘密は永遠に隠し通せるものではない。皇帝が市井《しせい》の妓女と恋仲であるなどということがもれたら、大事になってしまう。

「いつまでも彼女を日陰者にしておくつもりはない。時機が来たら、後宮に入れる」

学律はきっぱりと断言した。

「しかし、父上がお許しになるかどうか……」

太上皇はおそらく青艶の件を知っている。東廠《とうしょう》を手足として使う父帝の耳に入らぬ情報はないのだ。承知の上で何も言わないということは、目下のところは静観しているのだろう。

(青艶が身籠《みごも》ったら厄介《やっかい》なことになる)

生まれたのが女児であれば問題はない。だが、もし男児が生まれたら、皇位争いに無関係ではいられなくなる。そのとき、父帝はどう出るだろうか。市井で生まれた皇子を後宮に迎えるだろうか。あるいは後顧《こうこ》の憂《うれ》いを断つべく、冷酷《れいこく》な判断を下すか。

「父上は説得する。李皇貴太妃さまの立后《りっこう》と引き換えに」

皇帝の生母は聖母《せいぼ》皇太后という位につくのが慣例だ。しかし、学律の生母尹賢太妃《いんけんたいひ》は生前、皇太后の位につくことはなく、薨去《こうきょ》後に聖母皇太后が追贈《ついぞう》された。先帝の生母念貴太妃《ねんきたいひ》は女道士になって道観《どうかん》で余生を送っているが、やはり聖母皇太后には立てられていない。天子の母であるにもかかわらず、皇太后になれなかったのはひとえに李皇貴太妃の存在ゆえだ。

　在位中、李氏を寵愛し続けた父帝は譲位して太上皇となった後も彼女にのみ天寵を注いだ。念氏や尹氏を立后しなかったのは、両家の権勢を抑えるという意味もあるだろうが、もっと単純に言えば、彼女たちを李氏より上位に置きたくないからだ。太上皇は李皇貴太妃を深愛している。学律はそれを利用しようと考えているらしかった。

「李皇貴太妃さまを慈母《じぼ》皇太后とする」

　皇帝の嫡母《ちゃくぼ》（父親の正妻）は母后《ぼこう》皇太后である。だが、李皇貴太妃は皇帝の生母ではないし、嫡母ですらなく、庶母《しょぼ》（父親の妾《めかけ》）にすぎない。母后皇太后と呼ばれるには皇后を経験していなければならないので、皇后になったことがない李皇貴太妃は母后皇太后に冊立《さくりつ》できない。そこで学律は慈母皇太后という新しい尊号《そんごう》を作るつもりだという。

「李皇貴太妃さまを皇太后にする見返りとして、彼女の入宮を認めてもらうわけだね」

「そうだ。彼女は良家令嬢の身分で、名を変えて別人として入宮することになる」

「悪くない。以前から、祖母上は自分の目が黒いうちに皇太后を立てて後宮を安定させるようにと父上におっしゃっていた。祖母上を味方につければうまくいきそうだ」

　栄太皇太后は御年八十と高齢である。年嵩の自分に後宮の統治は重荷だとして、一日も早く皇太后を立てて妃嬪侍妾を統率させるようにと再三苦言を呈していた。太上皇が李皇貴太妃を立后したがっているのは事実だし、利害が一致するのではないだろうか。

「すでに祖母上にも話を通してあるし、李皇貴太妃さまの立后を群臣に認めさせるために動いている。皇子を産まなかった皇太后は五代前の至興帝《しきょうてい》の時代から存在しない。案の定、高官たちは渋い顔をしているが、必ず認めさせる。彼女を愛妃と呼ぶためにも」

日差しに濡れる精悍《せいかん》な面輪《おもわ》には強い決意がにじんでいた。

「本気で彼女を愛しているんだね」

「当然だ。皇位につかなければ、彼女以外の誰も娶りはしなかった」

多くの佳麗《かれい》を娶ってもなお、学律が愛しているのは柳《りゅう》青艶ただひとり。豊始帝の後宮に咲く花たちは等しく不幸だ。どんなに望んでも、皇帝の愛を得ることはできないのだから。

「天子になど、なりたくはなかったよ」

学律は手近な花盆《かぼん》から牡丹《ぼたん》を手折《たお》った。酔月娘《すいげつじょう》という品種の紅牡丹だ。外側の花びらは薄紅色で、中央に近づけば近づくほど色が濃くなっていく。その得も言われぬ妖艶な花顔は、金蓮《きんれん》嫦娥《じょうが》（纏足《てんそく》をした月の女神）と呼ばれる青艶のほろ酔い姿を思わせる。

「なぜ父上はおまえを後継に指名なさらなかったんだろうな。親王たちの中で一番父上に似ているのはおまえなのに」

昔からしばしば言われてきた。示験王は崇成帝によく似た冷徹な皇子だと。

「俺では長幼《ちょうよう》の序《じょ》に反するからね。兄上よりあとに生まれて助かったよ」

「運のいいやつだ」

ひどく恨めしそうに溜息をつき、学律は手折った牡丹を陽光にかざした。

「早くあいつの髪に挿してやりたい」

皇帝が宮女《きゅうじょ》の髪に牡丹を挿す行為は、進御《しんぎょ》（夜伽《よとぎ》）せよという意味になる。

「彼女が入宮したら、後宮が荒れそうだね。寵愛の偏《かたよ》りは波乱のもとだ」

「今だって十分荒れてるさ。寵妃を持たずに、満遍《まんべん》なく進御させているのにな」

「淩婉儀を気の毒に思うよ。鞦韆《ぶらんこ》の件、誰の仕業《しわざ》だったか分かったかい」

「宮正司《きゅうせいし》（後宮警吏《けいり》）は下級宮女を捕らえて自白させた。何でも、淩婉儀に虐待されていたので恨んでいたとか。わがまま娘の淩婉儀なら下級宮女に恨まれていても不思議じゃないが、あまりにも後宮に不穏な事件が続いているからな。単なる偶然とは思えない」

下級宮女は獄中で自死していた。まるで役目を終えて舞台から退場したかのように。

「尹貴妃《いんきひ》が階段で転んで流産したときも、呉麗妃《ごれいひ》が堕胎薬を盛られたときも、身重の安成妃《あんせいひ》が自害したときも、開貴人《かい》が死産したときも、真相はうやむやになったな」

豊始帝の後宮で御子が失われた事件は、淩婉儀の鞦韆事件で五度目だ。

「これ以上、不幸が続かないことを願いたいね」

「まだ続くような気がしている。黒幕を捕らえるまでは」

「心当たりが？」

「こんなことは言いたくないが、俺は垂峰《すいほう》を疑ってる。あいつは野心家だ。先帝陛下が崩御《ほうぎょ》なさり、俺が新帝に選ばれたときも周囲に不満を漏らしていた。『学律は尹家の後押しだけで皇位を得た』ってな。やつなら俺に男児が生まれるのを阻止《そし》したいと思っているだろう」

簡巡王《かんじゅんおう》・高垂峰は条寧太妃《じょうねいたいひ》が産んだ親王だ。透雅より一つ年上の二十五歳である。

学律より一月早く生まれているので、長幼の序に従うなら玉座にのぼっていてもおかしくなかったが、太上皇は垂峰を端《はな》から後継に数えていなかった。理由は母方の家柄が尹家に比べれば格段に落ちることと、垂峰自身、悪評が目立つ放蕩者《ほうとうもの》であること。そして、生母たる条寧太妃が父帝の寵愛を得ていないことだ。

条寧太妃はかねてから李皇貴太妃に敵愾心《てきがいしん》を燃やしており、幾多の問題を引き起こしてきた。垂峰が万乗《ばんじょう》の君となれば条氏は国母《こくも》となるから、今まで以上に高飛車《たかびしゃ》になることは間違いない。それでも太上皇の存命中は李皇貴太妃に手出しできないが、父帝が崩御しようものなら、待ってましたとばかりに李氏を虐《しいた》げるだろう。譲位してもなお李氏を手放さない父帝が、自分亡き後に彼女が苦しめられることを望むはずはない。

「垂峰兄上が野心家なのは間違いないけど、皇位を得るためにそこまでするかな」

確かに、垂峰の言動は玉座を欲している者のそれだ。挑発的な行動が少なくないし、権力の頂《いただき》にのぼることを本能的に求めているような嫌いさえある。

けれども、皇位を得るために学律の子を次々に始末していくほどの用意周到な残忍さは感じられない。垂峰は良くも悪くも情動に素直なのだ。学律を蹴落《けお》として玉座を得ようとするならば、野心はひた隠しにするのが上策。へりくだって学律に臣従《しんじゅう》するそぶりを見せ、学律が油断しているうちに陰謀《いんぼう》の駒《こま》を進めるべきである。あからさまに敵意をさらけ出して真っ向から対立し、進んで警戒されるような行いをするなど、下策中の下策だ。

「そもそも垂峰兄上が皇位につくためには、学律兄上の後嗣《こうし》を始末するだけじゃ不十分だよ」

「いずれは俺も始末するつもりなんだろ？」

「それでも足りない。もっと上を消さないと」

玉座から退いたとはいえ、依然として朝廷を動かしているのは父帝である。学律が崩御すれば、父帝が後継者を決める。帝位を狙うなら、まず太上皇を排除せねば。

「垂峰兄上は傍若無人《ぼうじゃくぶじん》な野心家だけど、父殺しをやってのけるほどの胆力《たんりょく》はないよ」

「そうか？　あいつは父上を憎んでいるように見えるが」

「憎んでいるからって、弑逆《しいぎゃく》にまで踏み出すとは思えない。なぜなら——」

透雅は続きをのみこんだ。皇帝付きの太監《たいかん》（高級宦官《かんがん》）がやってきたからだ。太監に耳打ちされると、学律は眉間《みけん》にしわを寄せた。

「どうやら俺は父親にはなれない定めらしいな」

「まさか有昭儀に何かあったのかい？」

「太鼓橋《たいこばし》の上から池に落ちたそうだ。太医が治療しているが……子は助かりそうにない」

これで六度目だな、と学律はつぶやいた。かける言葉もなく、透雅は黙りこむしかない。

(今回もすっきりしないままで終わりそうだな)

兄帝が言うように黒幕がいるのだろうか。この皇宮のどこかに。


「有昭儀さまはさぞかし御心を痛めていらっしゃるであろう」

示験王府へ帰る軒車《くるま》の中で、露珠は悲痛な面持《おもも》ちをした。

「大怪我をなさった上に御子まで亡くされるとは……。ほんにおかわいそうじゃ」

「有昭儀は淩婉儀の仕業だと言っているそうだよ。淩婉儀は無実を訴えているけど」

事件直前、淩婉儀は有昭儀と会っていた。淩婉儀によれば、有昭儀は淩婉儀が流産したことを嘲笑《あざわら》い、これ見よがしに自分の腹部をさすっていやみを言ったそうだ。

一方、有昭儀は淩婉儀と話した後、太鼓橋の上で池を眺めていると、後ろから突き落とされたという。下手人《げしゅにん》の姿は見ていないが、淩婉儀が好んで身につける香の匂《にお》いがしたので、淩婉儀に突き落とされたに違いないと騒いでいる。

宮正司はさっそく捜査を始めており、流産の件で侮辱された淩婉儀がかっとなって有昭儀を突き落としたのではないかという見方をしている。事件が起きた時刻、両者ともに使用人がたまたまそばにいなかったため、二人の証言だけが頼りだ。淩婉儀は窮地《きゅうち》に陥《おちい》ってしまったわけだが、あえて彼女の味方をする者はいないだろう。後宮の住人は、誰もが保身の術にたけている。わざわざ罪人と親しくして自分の首を絞《し》める愚か者はいない。

「お見舞いに花を持っていったら、ご迷惑であろうか」

露珠は泣き出しそうな顔で透雅を見上げた。彼女は他人に感情移入しすぎる癖《くせ》がある。凌婉儀の件でも胸を痛めていたが、今回も有昭儀の悲運を我が事のように嘆《なげ》いている。

「気持ちは分かるけど、有昭儀は異民族嫌いだ。君が見舞いに行けば、かえって神経を逆なですることになるよ。彼女が落ちつくまで、見舞いは控えておきなさい」

後宮の事件から露珠を遠ざけておきたいというのが本音だ。

（露珠が巻きこまれないとは限らない）

実家という後ろ盾がない露珠は薄氷の上に立っているも同然だ。もし濡れ衣を着せられたら孤立無援になってしまう。安全のため、彼女には極力、後宮から離れていてほしい。

「殿下のおっしゃる通りじゃ。こなたが出しゃばっては有昭儀さまの御心を乱してしまう」

露珠が納得してくれたので、透雅はほっとした。

「さて、君に頼みたい仕事があるんだ」

青艶の謎めいた文を露珠に見せる。

「北澄の翠貴妃、拓の戒文妃、燎の江嬪……この方たちはどのようなご婦人だったのかえ」

「翠貴妃は北澄の迅宗《じんそう》の寵姫だよ。貧しい筵《むしろ》売りの娘だったが、宮女狩りで後宮に入れられ、迅宗の目に留まって寵愛を受けた。皇子を一人産んで早世している」

透雅は学律から借りてきた史書をひもときながら、妃嬪《ひひん》たちの経歴を話して聞かせた。

「拓の武宗《ぶそう》が愛した戒文妃は出自が記録に残っていない。五男四女を産んでいるから、かなり寵愛を受けていたようだけど、没年も不明だ。江嬪は燎の名君、明帝《めいてい》の寵姫だね。良家出身で皇太后の侍女になり、明帝に見初められて嬪になった。皇子と公主を一人ずつ産んだが、二十四の若さで病没。南澄の万婕妤は隻腕皇帝、中宗《ちゅうそう》に愛された。名門出身で後宮一の才女と名高く、彼女が産んだ四人の皇子は優秀な親王として中宗の治世を支えた。ひとり娘は北方の異民族に嫁《とつ》いでいる。崔の太祖《たいそ》が愛した巣淑儀は諡号《しごう》の文思《ぶんし》皇后のほうが有名だな。遵《じゅん》の公主《こうしゅ》で、祖国が滅びたのち後宮に入った。三男三女を産み、太祖の崩御に従って殉死《じゅんし》」

張貞媛は西肖の後主《こうしゅ》が最も愛した寵姫である。父親の名を知らぬ卑賤《ひせん》の生まれで、もともとは歌妓《かぎ》だった。五男二女を産むが、二人の皇子は戦死し、残りの三人は早世した。二人の公主は消息不明。張氏自身は都に攻め入った反乱軍に殺害された。

朱才人は東烈の哀帝《あいてい》が寵愛した美女だ。出自没年ともに不詳。五人の公主を産んだ。

梧の堅宗《けんそう》に愛された羊御女は、史書には廃皇后《はいこうごう》羊氏と記されている。下級宮女だったが、美しい手をしていたために堅宗に好まれた。敵対する妃嬪たちを次々に陥《おとし》れ、皇后にまでのぼりつめる。しだいに怪しげな呪術に傾倒するようになり、皇帝暗殺をもくろんだため、廃位されて死を賜《たまわ》った。羊氏が産んだ四人の皇子と三人の公主は全員夭折《ようせつ》している。

「花にまつわる記述などないの」

　露珠は史書を眺めて難しい顔をした。

「不思議なのは、なぜ青艶姐《ねえ》さんは〈文思皇后〉を〈巣淑儀〉、〈廃皇后羊氏〉を〈羊御女〉と書いたのかということじゃ。普通は有名な呼称を使うはずであろう？　こなたは巣淑儀と言われてもぴんと来ぬ。文思皇后なら、貞女《ていじょ》と名高い崔の皇后だとすぐに分かるけれど」

　可愛《かわい》らしく腕組みをして首をひねる。

「故意に一般的ではない呼称を使ったところに、謎を解く鍵《かぎ》がありそうじゃ。皇后とはいいたくなかったのであろうか。そういえば、他に皇后はいないの。皆、諡号もないし。あっ、名前に花の名が含まれているのではないかえ？　翠瑞《ずいか》霞、江素《そき》姫、巣春眉《しゅんび》……だめじゃ。どれも花とは関係ないし、名前が残っていない者もいる。出自は……ああ、出自不明の妃嬪もいるのであったな。没年が不明の者もいるし……。総じて記録が少なすぎる。朱才人にいたっては五人の公主を産んだことしか分からぬではないか。仮にも君王に仕えた婦人たちの人生というに、史書にさえ詳しく記されないとは、女子の一生ほど儚《はかな》いものはないの」

　露珠は見ず知らずの妃嬪たちに感情移入しているようだ。

「とにかく、王府に帰ってからよく考えてみる。青艶姐さんが何を言わんとなさっているのか、主上《しゅじょう》は気をもんでいらっしゃるであろうから」

　たいそう意気込んでいる様子なのが愛らしく思われ、透雅は我知らず微笑《ほほえ》んだ。

「太上皇さまは青艶姐さんの入宮を許してくださるだろうか」

「李皇貴太妃さまの立后と引きかえなら、許可が下りるだろう。でも、入宮すれば大団円というわけじゃない。青艶の苦労はそこから始まるんだ」

入宮後、寵愛を独占する青艶には妃嬪侍妾《じしょう》たちの嫉妬が集中するだろう。悪意を向けられ、信頼を裏切られ、命を狙われ……神経をすり減らす日々が待っている。

「たとえ苦難が待ち受けていようとも、女子は恋しい殿方《とのがた》のそばにいたいと願うものじゃ」

「まるで恋をしたことがあるような口ぶりだね」

「あるとも。今も恋をしているもの」

思いがけない告白に、透雅は絶句した。動揺《どうよう》が喉《のど》をつまらせる。

「……いつからその男のことを想っているんだい」

「ええと……四年ほど前からじゃ。思い返してみれば、初めてお会いしたときから、心惹《ひ》かれていた。あの方の瞳を見た瞬間から……」

露珠は気恥ずかしそうに膝の上で手を握りしめた。

「でも、ずっと片想いじゃ」

「その男も……君のことを想っているかもしれない」

「ありえぬ。あの方はこなたを女子として見てくださらぬゆえ」

「……苦しい恋をしているんだね」

「うん……。でも、苦しいばかりではない。あの方を想うと胸があたたかくなるもの」

露珠は胸に両手を当てた。さながらそこに命よりも大切な宝玉を隠しているかのように。

「たとえ一生愛されなくても、こなたはあの方を想い続けるであろう」

ほの暗い情動がこみ上げてくる。露珠の肩をつかんで、想い人の名を聞き出して、その男をただちにこの世から消し去ってしまいたいような。

「いつか君の恋が叶うといいね」

透雅は憎しみにも似た衝動を握りつぶした。


(北澄の翠貴妃、拓の戒文妃、燎の江嬪、南澄の万婕妤、崔の巣淑儀、西肖の張貞媛……)

湯浴みのために侍女たちに服を脱がされている最中も露珠は青艶の文について考えていた。

(青艶姐さんは妃嬪たちの名を並べて〈花〉とおっしゃっているのだから、どこかに花とかかわる共通点があるはずじゃ)

巣淑儀、羊御女と、あえて一般的ではない呼称を選び、妃嬪で統一しているところも気にかかる。皇后を避けなければならならない理由とは何なのか。

考え事をしつつ白木香《もっこう》薔薇《ばら》の花びらが浮かぶ湯に裸身を沈めると、侍女が澡豆《そうず》で髪を洗ってくれる。澡豆は大豆や赤小豆、胡粉《ごふん》、烏瓜《からすうり》の根、桃花、李花、紅蓮花《こうれんか》、丁香《ちょうこう》、白檀《びゃくだん》や麝香《じゃこう》など、三十数種の生薬が配合された洗い粉だ。混ざり合う生薬の香りが心地よい。

「王妃さま、お湯加減はいかがでしょうか」

「牡丹《ぼたん》の手入れでお疲れでしょうから、御手を揉《も》んで差し上げます」

「香油で玉のお肌を磨きましょう」

侍女たちは入れ代わり立ち代わり露珠の世話を焼く。

示験王と親しくするようになってから、使用人たちは露珠にまめまめしく仕えてくれている。ついこの間までは愛想笑いさえせず、用事を頼んでも理由をつけて断っていた侍女たちがにこやかに微笑みかけてきて、頼みもしないのに茶菓を持ってきたり、爪や髪の手入れをしたり、肩を揉んだりするのだ。あまりの変わりように、かえって気疲れする。

「干し棗《なつめ》の漿水《ジュース》をお持ちいたしましたわ」

老女官が茶盆を持ってきた。玻璃《はり》の杯に赤みがかった琥珀《こはく》色の漿水が入っている。

「まあ、なんてこと！　この澡豆には麝香が入っているわよ」

露珠が礼を言って玻璃の杯を受け取ると、老女官は澡豆の香りをかいで青ざめた。

「王妃さまには麝香が含まれていない澡豆を使いなさいと言ったでしょう」

「申し訳ございません……！　うっかりしていて……」

「うっかりでは済まされないわよ。麝香は懐妊中のご婦人には毒薬も同じ。御子を流してしまう作用があるんだから。急いで洗い流しなさい」

髪を洗っていた侍女に厳しく言い渡し、露珠に向き直って頭《こうべ》を垂れる。

「わたくしの指導が行き届かず、お詫びの言葉もございません」

「かまわぬぞ。こなたは懐妊しておらぬゆえ」

「毎晩、殿下がお渡りなのですから、いつご懐妊が分かっても不思議ではありませんわ。万全を期すため、今後はいっそう注意を払ってお仕えいたします」

老女官が干し棗の漿水を持ってきたわけが分かった。棗は強壮、補血、鎮静など、妊婦の体調を整える薬効があり、懐妊したら積極的に摂《と》るようにと言われる果物だ。

（……懐妊するはずがないのに）

夜ごと添い寝しているだけなのだ。懐妊の兆候があらわれようはずもない。

（そういえば、青艶姐さんは干し棗を食べていた）

図らずも妓楼《ぎろう》に買われ、雛妓《すうぎ》として青艶の部屋に行った日のことを思い出す。あのとき、青艶は煙管《きせる》に手を伸ばしかけて引っこめた。そして干し棗をかじったのだ。

（貴妃、文妃、嬪、婕妤、淑儀、貞媛、才人、御女……）

ふと思いつくことがあって、青艶が挙げた妃嬪たちから国名と姓を外してしまう。

（朱才人は名も出自も没年も不明だけれど、五人の公主を産んだことははっきりしている）

史書は妃嬪たちが産んだ子の人数を明記していた。

「王妃さま！　いかがなさいまして⁉」

突然、露珠が湯船から飛び出したので、侍女たちが慌てた。

「用事を思い出した。ちょっと殿下のところに行ってくる」

ざっと布で体を拭いた。くるぶし丈の中衣《ちゆうい》をまとい、夜着を羽織《はお》る。

「お待ちくださいませ！」

侍女たちの制止を聞き流して、湯殿《ゆどの》から駆け出す。回廊《かいろう》を渡り、侍従《じじゆう》をつかまえて示験王の居場所を聞き出した。一刻も早く伝えたくて、彼がいる部屋に駆けこむ。

「殿下！　謎の答えが分かったぞ！　重要なのは妃嬪の姓名ではなく、位階だったのじゃ！　それから、妃嬪たちが産んだ子の人数！　まずはそれぞれの位階の……」

衝立の向こうへ行こうとして、露珠は見えない壁にぶつかったかのように立ち止まった。

示験王は入浴中だった。湯船につかる体には薄物一枚しかまとっていない。

『殿下は湯殿にいらっしゃいます』

侍従にそう言われて、何も考えずに主人用の湯殿に飛びこんでしまった。浴槽の縁にもたれている示験王と真っ向から目が合い、露珠はくるりと背を向けた。

「ゆ、湯浴みのお邪魔をしてしまいましたの……」

「かまわないよ。それより、謎の答えが分かったというのは本当かい？」

「うん。古《いにしえ》の花譜《かふ》では、官吏の等級の九品九命《きゆうひんきゆうめい》にならって花の優劣を定めている。そこに妃嬪たちの位階と産んだ子の人数を当てはめていけば、それぞれの花の名が分かる」

品《ひん》も命《めい》も官吏《かんり》の等級を示す。品は数が少ないほど位が高く、命は数が多いほど位が高くなる。

一品九命　蘭、牡丹、梅、蠟梅《ろうばい》、頭巾薔薇《ときんいばら》、水仙、鶴頂紅《かくちょうこう》、沈丁花《じんちょうげ》、菖蒲。
二品八命　瓊花《けいか》、紫蘭《しらん》、実海棠《みかいどう》、木犀《もくせい》、茉莉花、山茶花《さざんか》、含笑《がんしょう》。
三品七命　芍薬、蓮、梔子《くちなし》、丁香《ちょうこう》、桃、枝垂れ海棠、竹。
四品六命　菊、杏、辛夷《こぶし》、百合、豆蔲《とうこう》、萱草《かんぞう》、桜桃《おうとう》、薔薇、秋海棠《しゅうかいどう》、林檎、銭葵《ぜにあおい》。
五品五命　楊、玫瑰《まいかい》、梨、李、石榴《ざくろ》。
六品四命　聚八仙《しゅうはっせん》、迎春花《げいしゅんか》、素馨《そけい》、芙蓉《ふよう》、紫薇《さるすべり》、凌霄花《のうぜんかずら》、花海棠《はなかいどう》。
七品三命　金雀枝《えにしだ》、枸杞《くこ》、雪柳《ゆきやなぎ》、小手毬《こでまり》、庭梅《にわうめ》、芥子《けし》、木瓜《ぼけ》、鬼灯《ほおずき》、鳳仙花《ほうせんか》、夜合《やごう》、躑躅《つつじ》、午時花《ごじか》、錦帯花《きんたいか》、枳殻《からたち》、皐月《さつき》躑躅。
八品二命　蜀葵《たちあおい》、玉簪花《たまのかんざし》、滴露《ちょろぎ》、針桐《はりぎり》、木蓮《もくれん》、鶏頭《けいとう》。
九品一命　朝顔、木槿《むくげ》、葵、仙翁《せんのう》、熊竹蘭《くまたけらん》、昼顔、石竹《せきちく》、金蓮《きんれん》、淡竹葉《たんちくよう》。

露珠は侍従に紙と筆を持ってきてもらい、花譜の九品九命を書き出した。
「北澄の貴妃の位は正一品、産んだ子の人数は一人。花譜の九品九命にあてはめれば、一品九命の筆頭、〈蘭〉となる。拓王朝時代、文妃は正一品だった。戒文妃は九人の御子を産んでいる。すなわち、一品九命の上から九番目である〈菖蒲〉じゃ」

走り書きした紙を侍従に頼んで示験王に渡してもらう。

「位階が九品九命のいずれかを示し、産んだ子の人数がその中の何番目かを示すんだね」

燎時代、嬪は正三品。江嬪は二人の子を産んでいる。三品七命の二番目は〈蓮〉。

南澄時代、婕妤《しょうよ》は正三品。万婕妤は五人の子を産んだ。三品七命の五番目は〈桃〉。

崔時代、淑儀は正四品。巣淑儀が産んだ子は六人。四品六命の六番目は〈萱草〉。

西肖時代、貞媛は正四品。張貞媛は七人の子を産んだ。四品六命の七番目は〈桜桃〉。

東烈時代、才人は正五品。朱才人が産んだ子は五人。五品五命の五番目は〈石榴〉。

梧時代、御女は正七品。羊御女は七人の子を産んだ。七品三命の七番目は〈木瓜〉。

「ということは、青艶が欲しがっている花は蘭、菖蒲、蓮、桃、萱草、桜桃、石榴、木瓜か。困ったな。木瓜や蘭ならともかく、今の時期に蓮や石榴は手に入らない」

「青艶姐さんは花を欲しがっているわけではないと思う」

露珠は衝立の後ろに隠れて続けた。

「古来、蘭には蘭花と蘭草《らんそう》がある。蘭草は佩蘭《はいらん》や沢蘭《たくらん》ともいうが、特に沢蘭は婦人病の妙薬になり、女蘭《じょらん》という異名を持つほど婦人と縁が深い花じゃ。そこから派生して、女子が蘭の夢を見るのは男子を孕《はら》む兆《きざ》しだというし、蘭を佩《お》びたり、部屋に飾ったりすれば男子が生まれるともいわれている。ゆえに、蘭の花語は〈子授け〉じゃ」

「木瓜の花語も〈子授け〉だったような気がするな」

「木瓜の実はとても酸《す》っぱくて、思酸《しさん》の病（悪阻《つわり》）に効くからであろう」

菖蒲の花を人から贈られると富貴の子を産むという。子宝とゆかりのある花だ。

蓮の花語は〈恋人〉や〈美女〉だが、蓮の実は婦人病の生薬であり、蓮根には妊婦の体調を整える効能があるので、これも子宝と縁深い花といえる。

桃の花語も〈子授け〉だ。木瓜と同じく、酸味のある桃の実は悪阻の妙薬とされた。

萱草の別名には忘憂草《ぼうゆうそう》の他に宜男花《ぎだんか》がある。懐妊中の女性が萱草を身につければ男子を産むという伝承からつけられた名だ。

「桜桃の実は妊婦に勧められる果物だし、石榴は〈多子《たし》〉や〈多産《たさん》〉を意味する」

「つまり、青艶が挙げた花はすべて懐妊に関係しているわけか」

おそらく――青艶は皇帝に伝えたいのだ。彼の子を身籠《みご》っていることを。

「青艶姐さんは干し棗を食べていた。煙管に伸ばしかけた手を引っこめて。煙草は薬だといわれているが、妊婦には毒だと聞いたことがある」

露珠は周囲をはばかって声をひそめた。

「もし、御子を身籠っていらっしゃるなら、入宮を早めたほうがよいのではないかの。太上皇さまのお許しが出なければならぬが、主上の御子を市井《しせい》で産むわけには……」

「声が聞こえづらいな。こっちへ来てくれるかい」

「えっ、で、でも……殿下は湯浴みなさっているゆえ……」

「来てくれたら珍しい花の種をあげるよ」

珍しい花の種。どんな花だろう。期待感が羞恥心を上回り、露珠はそーっと衝立の陰から出た。彼を見ないように下を向いたまま、ほんの三歩ほど浴槽に近づく。

「そんなに離れたところにいたら、花の種をあげられないよ。もっと近くにおいで」

恥ずかしくてたまらないが、花の種は欲しい。露珠は頑張って浴槽のそばに行った。

「髪が濡れているよ。君も湯浴みしていたんだね」

「湯浴みの途中で飛び出してきた。謎の答えを一刻も早くお伝えしたくて……」

くしゃみが出た。湯で温まっていた体がすっかり冷えてしまっている。

「湯冷めしたんじゃないかな。夜着を脱いで湯に入りなさい。温まるよ」

「……ゆっ、湯とは、まさか、殿下が入っていらっしゃる湯のことかえ……？」

露珠は思わず顔を上げて目をしばたたかせた。示験王はやわらかく微笑《ほほえ》んでいる。

「俺と一緒に湯浴みするのはいやかい」

ずるい訊き方だ。いやだなんて、言えるはずがない。

「あ、あちらを向いていてくりゃれ。その間に湯船に入るゆえ」

示験王が顔をそむけたのを見届けて夜着を脱いだ。踏み台に乗って浴槽の縁をまたぐ。思ったより浴槽が深くて、体がぐらりと傾いてしまった。落ちると身構えた瞬間には、逞《たくま》しい腕に抱かれていた。濡れた薄物越しに引き締まった素肌を感じて鼓動がはねる。

「……珍しい花の種をくださるのではないのかえ」

「もうあげたよ」

甘い声音《こわね》とともに、何かあたたかいものが頰《ほお》に触れた。

「君の顔に咲いている。赤い阿朱里《あしゅり》の花が」

頰に口づけされたのだと知り、露珠は爪先《つまさき》まで赤くなるような気がした。

「……阿朱里は神をも殺す毒花じゃ」

「だからこそ、君にふさわしいんだよ。戊流努さえたぶらかす君にはね」

「こなたがいつ戊流努さまをたぶらかしたとおっしゃるのかえ？」

「俺は戊流努に似ているんだろう？　今、君は俺をたぶらかしているよ」

「……殿下は戊流努さまご自身ではございませぬ」

「そうかな。似たようなものだと思うよ。戊流努は神の姿をした狼、俺は人の姿をした狼だ」

「殿下が狼？　なぜじゃ？」

小首をかしげた直後、きゃっと声を上げた。足の裏を思いっきりくすぐられたのだ。反射的に引っこめた足を再びくすぐられ、露珠は体をひねって抵抗した。

「だめっ、だめじゃ！　もう！」

「君が隙《すき》だらけなのがいけないんだよ」

示験王は愉快そうに肩を揺らしている。露珠はむっとして彼を睨《にら》んだ。

「殿下だって隙だらけじゃ！」

片手で彼の顔にばしゃっと湯をかけた。真正面から反撃を食らい、示験王はますます笑う。全然こたえていない様子なのが不満で、露珠はばしゃばしゃと湯攻撃を繰り返した。

「やめてくれ、露珠。降伏する。君の勝ちだ」

示験王は何度も頭から湯をかぶり、両手を上げた。

「敗北の証《あかし》に君の体を洗おう」

「ええっ⁉　なんでそうなるのかえ⁉」

「側仕《そばづか》えが女主人に仕えるように、湯浴みの世話をするんだよ」

「で、殿下は側仕えではございませぬ」

「側仕えと思ってくれてかまわないよ。君に仕えるのは好きだからね」

「な、なれど、殿下に、そ、そのような、ことをして、いただくなんて、恐れ多くて……」

露珠はどぎまぎしながら後ずさった。薄物一枚で同じ浴槽に入っているという事実を今頃になって思い知る。胸にあてた両手の下で暴れる心臓は、今にも壊れてしまいそうだ。

（……こなたに、少しは魅力を感じてくださっているのだろうか）

露珠のあられもない姿に心を動かされたからこそ、彼は露珠に触れようとしてくるのだろうか。それとも単に、物慣れない露珠をからかっているだけなのか。もし、ほんのひとかけらでも魅力を感じてくれているのなら、ここで何が起きても――。

「ごめん。からかいすぎたね」

示験王は苦笑して侍女を呼んだ。露珠を女主人の湯殿《ゆどの》に連れて行くよう命じる。

「自分の湯殿に戻りなさい。もう一度温まり直して、湯冷めしないうちにおやすみ」

彼が妹を見るような目をしているから、ちくちくと胸が疼《うず》く。

「今夜は俺を待たなくていいよ。先ほどの件で、主上に書状をしたためないといけないから」

名残《なごり》惜しさを引きずりながら、露珠は湯殿をあとにした。

（……薄物一枚になっても、こなたは殿下の御心を動かせぬ）

妹のように見てほしくはない。女性として見てほしいのに。


数日後、示験王の別邸で皇帝と青艶が会うことになった。むろん、非公式である。示験王が敵娼《あいかた》の青艶を別邸に招待したという体《てい》で、二人を引き合わせたのだ。

夫と妓女《ぎじょ》の逢瀬《おうせ》に妻が同行するのは不自然だけれども、露珠も青艶に会いたかった。そこで髪を黒く染め、示験王府の侍従《じじゅう》に変装して同行した。

「おめでとう存じます、主上、青艶姐《ねえ》さん」

露珠は青艶の懐妊を言祝《ことほ》いだ。愛し合う二人が子宝に恵まれることほど幸せなことはない。

「こなたからのお祝いの品じゃ」

並蒂《へいてい》の紅牡丹《べにぼたん》の花盆《かぼん》を二人に贈る。並蒂とは、ひとつの萼《がく》から複数の花が咲く現象で、牡丹の場合は双頭牡丹《そうとう》や同心牡丹《どうしん》という。並蒂花は頭を並べた仲睦《なかむつ》まじい男女を連想させるので、二人がかたい愛情の絆《きずな》で結ばれるようにとの願いをこめた。

「ありがとうございます、戻妃さま」

青艶は弾けんばかりの笑顔を露珠に向けてくれた。愛する男性の子を体に宿しているという自信が、彼女の美しさをいっそう輝かせているのだろう。

「入宮なさったら、こなたを頼ってくりゃれ。短い間ではあったが、こなたも後宮で暮らしていたので、お困りのときにはお役に立てると思う」

「よかったな、青艶。入宮する前から頼もしい味方ができたぞ」

皇帝が精悍《せいかん》な顔をほころばせる。青艶は彼と視線を交わしてたおやかに微笑んだ。

「これから先のこと……不安がないと言えば嘘になりますが、戻妃さまのような方がいらっしゃると思えばとても心強いですわ」

「戻妃さまはやめてくりゃれ。たとえ一夜限りでも、青艶姐さんとこなたは姉妹になった仲じゃ。露珠と呼んでくだされればよい」

「そうね。じゃあ、親しみをこめて露珠と呼ぶわ」

何かを思いついたのか、青艶は悪戯《いたずら》っぽく目を細めて露珠に耳打ちした。

「色香が欲しいと嘆いていたけど、身についた？」

「えっ……ま、まだじゃ」

「必要なら、色香を引き出す方法を教えましょうか？」

「ぜひ教えてくりゃれ。こなたも青艶姐さんのようになりたい」

露珠が目を輝かせて詰め寄ると、青艶は色っぽい唇でくすりと笑った。

「好きな殿方《とのがた》に背中を向けてみなさい。わざと顔を見せずに、後ろを向くの。簡単に振り返っちゃだめ。こちらを向いてほしいと言われても応じないで。無防備な背中を見せて焦らすのよ。焦らせば焦らすほど殿方はあなたの色香に逆らえなくなって、あなたを抱きしめるわ」

なるほど、と露珠は真剣な面持《おもも》ちでうなずいた。効果が期待できそうな方法だ。

「楽しそうだね。俺も混ぜてくれるかい」

青艶と内緒話をしていると、示験王が二人の間に割って入った。

「殿下はだめじゃ。女子同士の秘密だもの」

「示験王殿下なら、女の秘密を暴くなんて無粋《ぶすい》なまねはなさらないでしょう？」

青艶が艶《なま》めかしい目元に笑みをにじませる。示験王は大げさに溜息をついた。

「兄上、さっさと青艶を後宮に連れて行ってくれないか。彼女が俺から露珠を奪う前に」

「泣き言を言うな。妻を寝取られるのは夫に甲斐性《かいしょう》がないからだ」

皇帝は豪快に笑って、示験王の肩を叩いた。

「その様子なら、次は戻妃から吉報を聞けそうだな」

「こなたから、とは何のことでしょう？」

「懐妊の知らせだよ。透雅とおまえはたいそう仲睦《なかむつ》まじいと聞いている。湯浴みの時間すら、離れようとしないほどだとな。喜ばしい報告を聞く日も遠くはないだろう」

「……殿下、大変じゃ。示験王府には主上の密偵がひそんでいる」

露珠は背伸びをして、示験王にこっそり耳打ちした。

「密偵か。それは俺のことかな。君と湯浴みしたことを兄上に話したから」

「なっ、なんでそんなことを主上に仰《おお》せになるのじゃ⁉」

「自慢したくなったんだよ。兄上は青艶と一緒に湯浴みしたことがあるかいってね」

「透雅の話を聞いて、俺も青艶と湯浴みしたくて居ても立ってもいられなくなったんだ。今夜はそのつもりで来た。すっかり支度《したく》は整っている。さあ行こう、青艶」

「湯浴みだけですわよ？　それ以上のことはなさらないでくださいまし」

「約束はできないぞ。金蓮嫦娥に誘惑されたら自制心が吹き飛ぶからな」

「私はあなたを誘惑したことなどございませんわ」

青艶がふいと顔をそむける。皇帝は彼女を抱き寄せて低く囁《ささや》いた。

「嘘つきめ。今この瞬間も、俺の自制心を叩き壊そうとしているくせに」

皇帝と青艶は寄りそって奥の部屋へ向かう。逢瀬の邪魔をしないよう、露珠は示験王に伴《ともな》われて別室に行くことにした。回廊《かいろう》に出ると、雨が降っていた。糸のような春時雨《はるしぐれ》が内院《なかにわ》に降り注ぎ、大きく枝を広げた花蘇芳《はなずおう》は天の涙に濡れてしっとりと輝いている。

（……青艶姐さんがうらやましい……）

回廊《かいろう》の途中で立ち止まり、露珠は内院を眺めて溜息をついた。

青艶は公《おおやけ》に皇帝の妃を名乗ることはできないけれども、恋しい皇帝と愛情で結ばれている。露珠は公に示験王妃を名乗っているけれども、示験王とはいまだ契《ちぎ》りさえ交わしていない。彼は露珠のことを女性としては見ていない様子で、いつまでも妹のような扱いだ。

「何を考えているんだい」

示験王は隣で紫煙《しえん》をくゆらせている。煙管をくわえた横顔は切なくなるほど美しい。彼は露珠よりもずっとずっと大人だ。示験王から見れば、露珠は稚《いとけな》い少女にすぎない。

「主上と青艶姐さんの今後のことじゃ。うまくいけばよいと思って」

「本当は違うことを考えているんだろう？」

示験王は苛立《いらだ》たしげに紫煙を吐いた。龍文の衣にまとう空気がすっと冷える。

「違うこととは何じゃ？」

「君が心の中で想っている男のことだよ」

どきりとした。示験王は露珠の恋心を見抜いているのだろうか。

「……心の中でお慕《した》いしているだけじゃ。ご迷惑かえ？」

「ああ、迷惑だよ」

心臓を引きちぎられたかのように、露珠は動けなくなった。

「……申し訳ございませぬ」

やっとの思いで喉《のど》から絞《しぼ》り出した言葉は、紅雨の音色にかき消されてしまった。

「謝ってほしいわけじゃない。慕うこと自体をやめてほしいんだ」

冷淡な溜息が紫煙と混ざり合って溶けていく。

「……それは、できませぬ」

露珠は袖《そで》の中で両手を握りしめた。焼けるように熱い胸が激しい痛みを訴えている。

「こなたの、初めての恋だもの……。忘れられませぬ」

「新しい恋をすればいいじゃないか。初恋なんてすぐに忘れるよ」

「新しい恋などしない！」

声高に言い返し、露珠は涙をにじませた目で示験王を睨《にら》んだ。

「こなたの恋は、ひとつだけでよい。他にはいりませぬ」

示験王にとっては迷惑かもしれない。異人の小娘に慕われても煩《わずら》わしいだけかもしれない。

それでも、露珠の心は示験王に恋い焦がれ続ける。彼以外の人に恋をするなんて想像もできない。露珠にとっては最初で最後の恋だ。誰が何と言おうと。

「俺が忘れさせる」

荒っぽく抱き寄せられ、戸惑いが全身を刺し貫いた。露珠の想いが迷惑だというなら、なぜ抱きしめるのだろう。ますます恋情が募るだけなのに。

もがいて逃げ出そうとすると、なおさらきつく抱きしめられた。

「……離してくりゃれ」

「逃がしはしない」

皮膚《ひふ》を焼くような低い声音《こわね》が首筋をかすめる。

「心の中で誰を想っていようと、君は俺のものだ」

どういう意味なのか尋ねようとしたとき、唇を奪われた。苦くて甘い口づけが体の芯を痺《しび》れさせ、目尻からしずくがこぼれ落ちる。

「……やっ、やめてくりゃれ……！　こんな、こと……いやじゃ……」

露珠は身をよじって顔をそむけた。口づけを知ったばかりの唇が熱い。露珠の恋情をすげなく突っぱねるくせに、どうして口づけなどするのか。例によって、からかっているだけなのだろうか。子どもじみた露珠がうろたえる様を面白がっているのか。

露珠のことが煩《わずら》わしいなら、口づけなどしないでほしい。心を弄《もてあそ》ばないで欲しい。恋情が通じたわけではないと知っていても、唇を重ねられれば胸が高鳴ってしまうのだから。

唇を嚙《か》んでうつむいていると、強引に抱き上げられた。何が何なのか分からぬまま、回廊の突き当たりの部屋に連れて行かれる。室内にはほんのりと明かりが灯っていた。

示験王は露珠を牀榻《しんだい》におろし、靴《くつ》を脱がせようとした。

「そのようなことは殿下がなさるべきではありませぬ。寝支度くらい自分でできるゆえ」

今夜は侍従《じじゅう》の扮装をしているので、纏脚布《てんきゃくふ》で足を包み、普通の靴に詰め物をして履《は》いている。一晩泊まる予定だから、侍従の扮装を脱いで夜着に着替えて睡鞋《すいあい》を履かなければならない。侍女は連れてきていないが、その程度のことなら人に手伝ってもらうまでもない。

「なっ、何をなさるのかえ……⁉」

乱暴に纏脚布をはぎとられ、露珠は体を震わせた。纏足《てんそく》をあらわにされることが恐ろしかったのではない。殺気立った示験王が恐ろしかったのだ。

当惑している間に、二つの纏足をむき出しにされてしまう。纏脚布が床に投げ捨てられるのを見て衝動的に牀榻から逃げ出そうとした。とたん、腕をつかまれて褥《しとね》に押し倒される。

「逃がさないと言っただろう？」

荒々しく口づけされ、簡素な結い髪が崩れた。精いっぱいの抵抗は易々と封じられる。気がついたときには両手を頭の上で押さえつけられていた。

「……殿下、お願いだから……もう、こなたを……」

からかわないでくりゃれと懇願《こんがん》しようとした刹那《せつな》。帯をほどく音が耳をつんざいた。

「そんな顔をしても無駄だよ」

示験王は冷ややかな情念を映す瞳で露珠を射貫《いぬ》く。

「泣き叫んでもやめない。君が恋を捨てるまでは」

噛みつくような口づけが涙まじりの吐息さえ食らい尽くそうとする。

（……こんなのはいやじゃ）

示験王と結ばれたいと願ってきた。けれどそれは、心が結ばれることと同義だ。彼を愛するだけではなく、彼からも同じように愛されることを夢見ていた。だから、これは違う。偽りの契りなど欲しくない。そんなものを得ても虚《むな》しさに襲われるだけだ。

押さえつけられた両手を握りしめ、露珠はさめざめと泣いた。

纏足をほどいたところで逃げられはしないのだ。報われぬ恋の苦しみからは、決して。

凶報は四月初めにやってきた。青艶が流産したのだ。知らせを受けるなり、露珠は商家の夫人に身をやつして香英楼《こうえいろう》へ駆けつけた。

床《とこ》に臥《ふ》せった青艶は見るからに憔悴《しょうすい》していた。十日ほど前には幸せそうに輝いていた花顔が幽鬼《ゆうき》のように青白くなり、泣き腫《は》らした瞳は悲しみの淵に沈んでいる。

青艶が起き上がって挨拶《あいさつ》しようとするので、露珠は慌てて止めた。枕辺に腰をおろし、青艶の手を握る。紙のように白い手は死者のそれのように冷たい。

「お母さんから事情を聞いた。さぞかしつらかったであろう」

事件が起きたのは二日前の夕刻。香英楼の妓女《ぎじょ》・向嬌月《しょうきょうげつ》が突然乱心した。

嬌月は死の恐怖に取り憑《つ》かれたように絶叫したかと思うと、たがが外れたように大声でけたけたと笑い、常軌を逸した様子で踊りくるい、手当たりしだいに物を投げた。

妓楼《ぎろう》の屈強な用心棒たちが暴れる彼女を押さえつけようとしたが、嫣月は獣じみた腕力で彼らを振り払い、窓から出て屋根の上に飛び乗った。馴染《なじ》み客に挨拶に行っていた青艶が香英楼に帰ってきたのは、まさにこの騒ぎの最中である。

青艶は嫣月を止めようとして大声で叫んだ。しかし、髪を振り乱して歌う嫣月の耳には届かなかった。嫣月も他の妓女同様に纏足をしていた。纏足靴を履いて足場が悪い瓦《かわら》の上を歩くだけでもどれほど危険か分からないのに、彼女は屋根の上で踊ったのだ。

周囲には野次馬が集まっていた。事情を知らない者たちは香英楼の妓女が曲芸を披露していると思ったのだろう。深紅の裙《くん》や花模様の袖《そで》が風にひるがえるたびに歓声が上がり、日暮れ時の花街には無責任な拍手喝采《かっさい》が響き渡った。

『いいぞ、金蓮瑤姫《ようき》！』

瑤姫は夏をつかさどる神・炎帝《えんてい》の娘とされる女神だ。炎帝は太陽を示すこともある。嫣月は持ち前の屈託のなさから、太陽の娘との意味をこめて金蓮瑤姫と呼ばれていた。

「……嫣月姐さんがよく言っていたわ」

露珠の手を握り返し、青艶は涙声を絞り出した。

「月のように淑《しと》やかな女人になってほしいという願いをこめて、伯母《おば》さんがつけてくれた名なのに、花街に入って、月とは正反対の女人になってしまったって……」

大半の妓女は妓籍《ぎせき》に入る際に本名を捨てるが、向嫣月は実名で店に出ていた。

光順《こうじゅん》年間初め頃まで、向家は一族から妃嬪《ひひん》を出すほどの名門だった。しかし、光順帝に仕えていた向麗妃《しょうれいひ》が寵愛《ちょうあい》を失ってからは没落の一途をたどり、膨れ上がった借金のため、一族の子女が身売りする始末であった。幼くして両親を亡くした嬌月が六つで苦界に足を踏み入れたのも、伯父《おじ》が博打《ばくち》でこしらえた借金を返すためだった。

「だけど私は、金蓮瑤姫という二つ名が好きだったの。嬌月姐さんにぴったりだったもの。いつも明るくて、元気で、おおらかで、あったかくて……」

悲運の人だったにもかかわらず、嬌月は誰にでも親切で人情味にあふれ、妹分の青艶が一人前の妓女になれるよう導いてくれた。雛妓《すうぎ》たちに慕われ、大勢の遊客に愛され、花街の重鎮たちにも一目置かれていた太陽の娘は、唐突《とうとつ》にその命を散らした。

乱心の果て、彼女は屋根から転げ落ちたのだ。

「毒入りのお菓子を食べたせいで錯乱《さくらん》したのだと聞いた」

「ええ……。私宛《あ》てに届いた巧花兒《こうかげい》を食べたせいよ。示験王殿下の名前で届いたの。おいしそうだったけれど、私は胸やけがしたから嬌月姐さんにあげたのよ」

巧花兒は小麦粉に蜂蜜《はちみつ》と水と油を加え、花の形を作ってからりと揚げた菓子である。青艶の好物だそうだ。赤砂糖とすり胡麻《ごま》がまぶされていて美味だが、時間が経つと油っぽくなってしまう。出かける用事があった青艶は、おいしいうちに食べてと巧花兒を嬌月に譲《ゆず》った。

「あの巧花兒には……胡麻じゃなくて、曼陀羅華《まんだらげ》の種がまぶしてあったのよ」

夏から秋にかけて朝顔に似た漏斗《ろうと》状の花を咲かせる曼陀羅華は、生命力が強く、手入れせずともよく育つが、葉、花、蕾、実、根、種すべてが毒である。

食べると、吐き気、めまい、嘔吐、腹痛、体の痺れ、幻聴、幻覚、錯乱、麻痺、痙攣《けいれん》などの症状が出る。悪夢を見て極度に興奮し、奇行を起こすので手がつけられない。最悪の場合は他者に襲いかかったり、自害の意志もないのに自傷行為に及んだりする。

曼陀羅華の種は胡麻に似ているので、すりつぶして巧花兒にまぶしたのだろう。

「雛妓たちも同じものを食べていたの。嬌月姐さんはお菓子を独り占めするような人じゃなかったから……。雛妓たちも中毒を起こして暴れたらしいわ」

伝聞調なのは、彼女が錯乱状態の雛妓たちを見ていないからだ。嬌月が屋根から転げ落ちるのを目撃するや否《いな》や、青艶は急いで現場に駆けつけた。そして見てしまった。地面に横たわった嬌月を。それはさながら壊れた人形だった。細腕はあらぬ方向に折れ曲がり、傷だらけの白い足がむき出しになり、辺りには鮮血が飛び散っていた。

日没とともに、青艶は絶叫した。その後の記憶はない。

目覚めたときには牀榻に横たわっており、そばにいた医者から子が流れたことを告げられた。衝撃的な情景を見て激しく心が乱れ、体に悪影響を及ぼしたことが原因だった。

（……あまりにもむごい。嬌月姐さんと御子を同時に喪《うしな》うなんて……）

雛妓たちはなんとか正気を取り戻したが、嬌月はむろん助からなかった。

「狙われたのは私なのよ。なのに、嬌月姐さんが死んでしまった……。私が巧花兒を姐さんにあげたばっかりに……私のせいよ……私が殺したんだわ……私が、姐さんを……」

菓子は示験王から送られたことになっていた。犯人は示験王が皇帝と青艶の仲立ちをしていることを知っており、皇帝の子を身籠《みごも》った青艶を排除しようとしたのだ。

示験王によれば、皇帝と青艶の仲は一年以上前から続いているらしい。単純に皇帝の寵愛を受ける青艶が邪魔なら、もっと早く毒入りの菓子を送ってきたはず。だが、青艶は何の気なしに自分宛《あ》ての巧花兒を嬌月に譲っている。一度でも毒を盛られた経験があれば、そんな軽率な行為はできない。毒に対して警戒心が薄いところを見ると、青艶は今回初めて毒を盛られたのだろう。裏を返せば、青艶は帝胤《ていいん》を宿したから狙われたということになる。

(後宮で頻発《ひんぱつ》している流産事件と関係がありそうじゃ)

犯人は青艶を殺したかったのではない。皇帝の子を始末したかったのだ。

「私、何も分かってなかったのよ。学律さまに……主上《しゆじよう》に恋をすることがどういうことなのか」

氷の褥に寝ているかのように、青艶はガタガタと震えた。

「初めてお会いしたときは、いずれ玉座にのぼる御方だなんて思わなかったんだもの」

「当時は一親王殿下であらせられたのだろう」

「いいえ。四年前、主上と示験王殿下は名門の御曹司《おんぞうし》と身分を偽って花街通いをなさっていたのよ。最初にお目にかかったのは嫣月姐さんの馴染み客、角掌家《かくしようか》の酒宴だったわ」

高級妓楼が建ち並ぶ曲酔《きよくすい》では、どこも一見客お断りである。各妓楼の妓女と会うにはその妓楼の馴染み客の紹介が必要で、紹介者主催の宴席に妓女を招くのが通例だ。角掌家は司礼監《しれいかん》に籍を置く高級宦官《かんがん》。香英楼では嫣月を敵娼にしていたから、彼が仲立ちしたらしい。

「一目惚《ひとめぼ》れしたのかえ？」

「その反対よ。第一印象は最悪だったの。私、官家《かんけ》が大嫌いだから」

青艶は戦争孤児である。農夫だった父親は泥蟬遠征に徴兵され、戦死した。一兵卒《いつぺいそつ》の遺体を持ち帰ってくれる人などいないので、亡骸《なきがら》は戻ってこなかった。親類の家に身を寄せていた青艶は幼い弟妹とともに追い払われ、行く当てもなく、浮浪児になるしかなかった。

「戦《いくさ》が私から父さんを奪った。戦を始めるのは誰？　官家よ。いつだって貴族や皇族が自分たちの都合で戦を始めるんだわ。父さんみたいな一兵卒を使い捨てにして」

七つの青艶は弟妹の空腹を満たすために残飯をあさり、ときには盗みを働いた。

「ある日、とうとう役人に捕まって牢《ろう》に入れられそうになった。そのとき、通りかかった男が役人に袖《そで》の下を渡して助けてくれた。その男が私を香英楼に売った女衒よ」

腕ずくでさらわれたわけではない。妓女になればたくさん食べられると聞いて、自ら妓籍に入ることを決意したのだ。美貌《びぼう》を磨き、礼儀作法《れいぎさほう》を身につけ、詩文を学んで史書をひもとき、歌舞音曲《かぶおんぎよく》の稽古《けいこ》に精を出し、名妓になるべく奮闘した。努力の結果、十四で水揚げしてからわずか二年後には、柳青艶は香英楼の看板妓女となっていた。

「学律さまに初めてお会いしたとき、私は十六だった。不愛想だったから、笑わぬ花魁《かかい》と呼ばれていたわ。お母さんは愛想よくしろってうるさく言ってきたけど、香英楼に通ってくる遊客のほとんどは官家の殿方《とのがた》だから、作り笑いすらする気になれなかった」

片や学律は、こざっぱりとした陽気でひょうきんな青年だった。話し上手かつ聞き上手で、幇間《ほうかん》が場を盛り上げるまでもなく、彼がいるだけで一座は爆笑の渦《うず》に包まれた。

「名門の御曹司《おんぞうし》って威張り散らす人が多いのよ。親の七光りで豊かな生活をしているくせに、まるで一代で財産を築いたかのように大威張りで私たちを見下すの。でも、学律さまはちっとも威張ってなくて気さくだった。下女への心づけも弾んでくれたし、初会から妓女に不埒《ふらち》な目を向けるような無作法もしなかったし、下品な冗談もおっしゃらなかった」

「それなのに、なにゆえ第一印象が最悪だというのじゃ？」

「あまりにも出来すぎているからよ。恵まれた人生を歩んできた人なんだって直感したわ。食べるものに困ったこともなく、誰かを妬《ねた》んだこともなく、天を呪ったこともない人だって」

生まれたときから食うや食わずの暮らしだった。戦に父を奪われ、住む家すらなくして野良犬のような日々を送った挙句、苦界に身を沈めた。必死で働いて看病をしたのに、弟妹は病気で死んでしまった。辛酸《しんさん》をなめて生きてきた青艶の目から見れば、学律という青年は天命に甘やかされて育った苦労知らずの道楽息子に他ならなかった。

『おまえはなんで笑わないんだ?』

何度目かに侍った酒席で、学律が青艶に尋ねた。青艶は何も答えず、筆を借りてさらさらと薔薇《しょうび》の絵を描き、学律に手渡した。

「買笑花《ばいしょうか》の故事かえ?」

薔薇の異名に買笑花というものがある。とある時代、皇帝の寵妃が「花は買うことができますが、人の笑いはお金で買うことなどできません」と言った。皇帝は「金で買えぬものなど、この世にはあるまい」と返した。すると、寵妃は艶《あで》やかに微笑《ほほえ》んで千金を皇帝に差し出し、「それでは私が今日一日、主上の笑いを買い取ります。さあ、お笑いになってくださいませ」と言って皇帝をやりこめた。この故事から、薔薇は買笑花と呼ばれるようになった。

青艶は買笑花の故事を引いて、「たとえ上客のあなたであろうと、私の笑いをお金で買うことはできません」と学律を言い負かしたのだ。

『さすがは音に聞く金蓮嫦娥だ。気位の高さは曲酔一だな』

薔薇の絵を見るなり、学律は呵々大笑《かかたいしょう》した。

『よし決めたぞ。俺は一月以内に金蓮嫦娥を笑わせてみせる』

学律は毎日のように香英楼を訪ねてきて、笑い話や滑稽な歌で青艶を笑わせようとした。ときにはおどけた踊りを披露したり、道化姿で寸劇を演じたり、危なっかしい手つきで楽器を奏でたり、不意打ちでへんてこな顔をしてみせたりした。彼が悪ふざけをするたび、他の妓女たちは腹を抱えて笑っていたが、青艶はくすりとも笑わなかった。

「本音を言えば、ちょっと笑いそうになることもあったの。学律さまって本当に愉快な御方なんだもの。でも、笑ったら私の負けでしょ。意地でも笑わないように頑張ったわ」

ひょうきん者の学律と負けず嫌いな青艶の攻防は、一進一退を繰り返しながら続いた。

学律が指定した期限の最終日、青艶はさる園林に呼び出された。薔薇が盛りの季節だ。木組みの日陰棚には可愛《かわい》らしい薄紅色の薔薇が絡みつき、甘い香りを漂わせていた。

「学律さまは女装姿で私をお待ちになっていたわ」

がっしりとした長軀《ちょうく》にまとった女物の衣装。白粉《おしろい》を塗って頰紅《ほおべに》をつけた派手な化粧《けしょう》。優雅に絹団扇《きぬうちわ》を持つ立ち姿は妙に女らしいのに、逞《たくま》しい体つきからにじみ出る男らしさを隠せていない。学律が甲高《かんだか》い裏声で挨拶《あいさつ》すると、青艶は危うく噴き出しそうになった。

「笑いをごまかそうとして、ずっと思っていたことを口に出したわ。――あなたはいつも楽しそうでいらっしゃる。よほど苦しみのない恵まれた人生を歩んでいらっしゃるのねって」

『おまえだって恵まれているじゃないか』

『父を戦で亡くし、弟妹を養うために身売りした私が？』

『恵まれているとも。おまえのような若さも美貌も持たず、歌舞音曲や詩文の才能もなく、一晩に十数人の客を取っているのに二束三文《にそくさんもん》しか稼《かせ》げない妓女はごまんといるぞ。水揚げの旦那《だんな》に粗暴な扱いをされて死んだ下級妓女は少なくないし、不治の病に罹《かか》って野垂れ死にした者も、仮母《おかみ》に虐《しいた》げられて二目と見られぬ容貌《ようぼう》にされた者も、恋人に裏切られ、失意の果てに自害した者もいる。彼女たちと比べたら、おまえは幸運なほうじゃないか？　若く美しく、高級妓楼《ぎろう》に籍を置き、才気煥発《かんぱつ》、あらゆる芸事に秀で、一晩の玉代《ぎょくだい》は銀三十両、落籍《らくせき》するなら銀二千両は下らぬといわれる金蓮娼娥。これで不幸だというのはいささか無理があるぞ』

『……私だけが不幸なのではないとおっしゃるのね』

『誰だって、誰かよりは恵まれているということだ。幸にも不幸にも上には上がいるし、下を見ればきりがない。天下一幸せな者がいないように、天下一不幸な者もいないんだ』

学律は薔薇棚《しょうびだな》から一輪手折《たお》り、棘《とげ》を丁寧《ていねい》に切り落とした。

『幸福の道でも不幸の道でも一番になれないなら、誰かより恵まれているか否《いな》かでぐずぐず悩むなど、ばかばかしい。そんなくだらないことをしている暇があったら、自分が両手に持っているもので今を精いっぱい楽しんだほうがいい。この世で時間だけが万民に平等だ。我が身の不運に酔ってぼやぼやしていると、あっという間に寿命が尽きるぞ』

恥じらう乙女《おとめ》のような薔薇を青艶に差し出し、武骨な白塗りの顔であっけらかんと笑う。

『笑って生きろよ、金蓮娼娥。不愛想を一生貫いたところで、行きつく先はしわくちゃの婆《ばあ》さんだ。どうせ婆さんになるなら、笑いじわだらけの婆さんになれ。泣いた数より笑った数を数えて死ね。全力で楽しまなければ、人生なんか生きる価値はない』

しばし青艶は無言で学律を見つめ返した。薔薇を受け取り、思いっきり噴き出す。学律の結い髪が薔薇棚の梁《はり》に引っかかり、頭にのせた大ぶりのかもじが不様に崩れていたのだ。我慢の限界だった。青艶は笑い転げた。腹の皮がよじれるほどに。

『とうとう笑ったな』

転げ落ちかけたかもじを支えつつ、学律はからからと大笑した。

『大いに自慢して回ろう。俺は一朶《いちだ》の薔薇で金蓮嫦娥の笑顔を買ったと』

憎まれ口を叩いてやりたかったが、何を言っても笑い声で台なしになった。

「お会いするたびに何度も笑い死にしそうになったわ。そうしていつの間にか、学律さまに恋していた……。床入《とこい》りする夜、まるで生娘《きむすめ》みたいに緊張したの。十四で水揚げしてから、閨事《ねやごと》なんて数え切れないほど経験してきたのに。胸がどきどきして、足がそわそわして、恥ずかしさで全身が熱くなって……同時にとても切なくて、心がばらばらになりそうだった」

水揚げ前の自分に戻りたかった。男を知らない無垢な体で学律と結ばれたかった。かりそめの妻ではなく、一生をともにする妻になりたかった。どれほど惜しんでも、失ったものは戻らない。自分のすべてを恋しい人に捧げることは、もはやできないのだ。

翌朝、青艶は胸の内にわだかまった感情を学律に打ち明けた。

『何を言ってるんだ、青艶。昨夜、おまえは俺にすべてをゆだねてくれたじゃないか』

『いいえ、すべてではありませんわ。娼妓になる前の私を差し上げることは、未来永劫《えいごう》叶わないのです。それが、どうしようもなく、悲しくて……』

さめざめと泣き出した青艶を抱き寄せ、学律は「覚えておけ」と囁《ささや》いた。

『俺が惚《ほ》れたのは今のおまえだ。あまたの苦難を乗りこえ、歯を食いしばって生きてきた柳青艶なんだよ。もしおまえがお気楽な箱入り娘だったら、こんなに惚れこみはしなかった』

『……私のような、穢《けが》れた女でもいいとおっしゃるの？』

『俺が一晩中抱いていたのは、穢れた女なんかじゃない』

涙で濡れた唇に優しい口づけが降った。

『薔薇と見紛《みまが》う、最高に美しい女だよ』

その日のうちに、学律は青艶の落籍を申し出た。仮母はせっかく育てた金のなる木を簡単に手放すものかと渋ったが、学律が身分を明かすと掌《てのひら》を返して承諾《しょうだく》した。

「学律さまが親王殿下だと知って気後れしたの。落籍を申し出てくださったのは嬉しかったけど、王府に嫁《とつ》ぐのは怖かった。お妃さまたちに受け入れてもらえないだろうと思って」

まったくの杞憂《きゆう》だった。当時二十一の学律は独り身で、王府には妻妾がいなかったのだ。

「選侍《せんじ》の身分で王府に入ることが決まっていたそうじゃな」

「信じられなかったわ。農夫の娘に生まれ、遊里で生きてきた私が親王殿下の選侍になれるなんて。思い返してみれば、あの頃が一番幸せだった……」

永乾《えいけん》元年末、先帝が崩御《ほうぎょ》。永乾帝には皇子がいなかったため、太上皇は第四子の学律を後継に指名した。突如として万乗の君となった学律は、慣例通り後宮を持つことになる。

「学律さまは掟《おきて》を破って私を入宮させるとおっしゃったの。だけど、私は拒《こば》んだ」

新帝の朝廷は不安定である。足場も固めぬうちに掟を破ったら、群臣は学律を波業帝《はぎょうてい》の再来だと騒ぐだろう。新たに始まる学律の治世に傷をつけないため、青艶は身を引いた。

「恋心は完璧《かんぺき》に封じたつもりだった。あの恋はひとときの夢だと思うことにして……」

「容易に封じられる恋など、恋ではない」

「そうね……。私も忘れられなかったわ。何をしていても、誰と会っていても、学律さまを探しているの。ほんの寸刻だって、あの方を想わずにはいられなかった」

昨年の元宵節《げんしょうせつ》、灯籠《とうろう》に彩られた花街で、青艶は学律と再会した。彼もまた彼女を忘れられずにいたのだ。募る恋情を抑えられず、二人は密やかな逢瀬《おうせ》を重ねた。

「身籠《みご》ったと知ったとき、学律さまの御子だとすぐに分かったわ」

恋心が再燃してからというもの、青艶は学律以外の男性に身を任せることが耐えられなくなっていた。客と床入りする際は客を薬で眠らせてやり過ごした。

「天にも昇る心地だった。でも、伝えるべきか迷ったの。学律さまはもう一親王じゃない。天子さまだもの。一介の妓女《ぎじょ》に御子を産ませてくださるかしらって、不安だったわ」

いつまでも隠し通せることではない。青艶は謎めいた文に身籠った事実をたくした。

(主上はあんなに喜んでいらっしゃったのに……)

青艶の懐妊を知るなり、学律は文字通り飛び上がって喜んだ。示験王によれば、妃嬪侍妾《ひひんじしょう》が身籠ったときとは比べものにならない喜びようだったそうだ。学律は愛する青艶にこそ、我が子を産んでほしいと願っていたのだろう。

「産んでほしいとおっしゃってくださって、どれほど嬉しかったか……。なのに……守れなかった。嬌月姐《ねえ》さんも、学律さまの御子も……私のせいで、死んでしまった」

生気のない花顔に悲嘆の色が広がる。泣き腫《は》らした目元から涙が途絶えることはない。

「かわいそうな子……。この体に宿ったばかりに、生まれることさえできないなんて」

真っ白な手が、がらんどうになった腹部を虚《むな》しくさすった。

「私……間違った恋をしてしまったんだわ。学律さまを愛してはいけなかった。御子を身籠ってはいけなかった。始めから、何もかも間違いだったのよ。生きる世界が違うんだもの。苦界に身を沈めた私に、学律さまをお慕《した》いする資格なんて……」

「そんなことを言ってはだめじゃ。短い間とはいえ、青艶姐さんの体に主上の愛情の証《あかし》が宿った。悲しい結果になってしまったが、そなたが身籠ったことは間違いではなかった。そう思わねばならぬ。さもなければ、そなたを母として天より下った命が浮かばれまい」

豊始帝の後宮には不幸が続いている。たとえ青艶が後宮に入っていたとしても、無事に子は産まれなかったかもしれない。しかし、どんな結果であろうと、間違いだったとは言ってほしくない。子というものは、母に間違いだと言われたら、殺されたも同然だから。

瑠弥麗火宮《るみりかきゅう》で暮らしていたとき、露珠は――朶薇那《だびな》は毎年、母に花を贈っていた。

もちろん自分は瑠弥麗火宮から出られないから、侍女に鉢花《はちばな》を渡して母に届けてもらってい た。鬱金香《チューリップ》、花金鳳花《ラナンキュラス》、釣鐘草《カンパニュラ》、香雪蘭《フリージア》、風信子《ヒヤシンス》。いろんな花を丹精こめて育て母に贈った。それもそのはず、文が返ってくることを期待したが、型通りの返礼以外何も戻ってこなかった。大切に育てた鉢花は、母には届いていなかったのだ。

『今更言い出せないわ。鉢花を第六王妃さまに届けていないなんて』

侍女たちがこそこそ話しているのを朶薇那は耳にした。

『第六王妃さまは朶薇那姫をお産みになったことを心底後悔《こうかい》なさっているのよ。間違いを犯してしまったと泣き暮らしていらっしゃるのに、朶薇那姫の鉢花を献上できるはずないわ』

朶薇那を産んだことで母は父王の怒りを買い、冷遇されていた。第一王妃から最下級の妃にまで転落したのだから、その元凶たる朶薇那を疎んじていたとしても無理はない。

苦境に立たされた母を不憫《ふびん》に思いつつも、自分を産んだことを後悔していると聞かされれば平常心ではいられなかった。母にとって、自分は〈間違い〉だった。生まれた瞬間から、過ちの塊《かたまり》だった。幼い心を叩き壊され、朶薇那は幾日も涙に暮れた。

「御子にはどうか、存在を否定するのではなく、別れの言葉を言ってくりゃれ。いつの日か、来るべきときが来たら、黄泉《よみ》で再会しようと」

露珠には祈ることしかできない。無残に散り落ちた曲酔《きょくすい》の花と、母の胸に抱かれることなく九泉《きゅうせん》へ旅立った赤子が、苦しみのない来世を迎えられるように。

四月中旬、宮中では桜桃の宴《うたげ》が行われる。皇帝は普段通り快活にふるまっていた。内心は愁嘆の最中にいるだろうが、断腸《だんちょう》の思いを龍顔《りゅうがん》に出すわけにはいかない。青艶は後宮の寵姫《ちょうき》ではないから、彼女が宿した御子は初めから存在しないことになっているのだ。

華やかな歌楽《かがく》の途中で、露珠は宴席を離れた。季節は早くも初夏である。日陰棚に絡みついた木香薔薇が淡い黄色の花を咲かせ、甘やかな香りを放っている。

「杖《つえ》を忘れているよ」

後ろから声をかけられ、露珠の肩がびくっとはねた。振り返ると、礼装姿の示験王が立っていた。露珠がうっかり宴席に置き忘れてきた杖を持っている。

「ありがとう存じます、殿下」

体に針金が入ったようなぎこちない手つきで受け取る。

（……あの日以来、殿下との距離が遠くなってしまった）

別邸の夜、あれ以上のことはなかった。露珠が童女のように泣きじゃくったせいだろうか、示験王は無言で部屋を出ていった。ほどなくして皇帝付きの宦官《かんがん》が現れ、示験王に頼まれたと言って露珠の身支度《みじたく》を手伝ってくれた。

翌日からなんとなく話しづらくて、気まずい日々が続いている。

（殿下はなぜあんなことをなさったのであろう？）

無理やり組み伏せれば、露珠が示験王を嫌いになると思ったのだろうか。確かに少し怖かったけれど、露珠の心は相変わらず彼にときめいている。つい先ほど、杖を受け取る際、かすかに指先が触れ合って、とくんと胸が鳴った。早くわだかまりを解いて、以前のように親しくしたい。けれど、どうすればいいか分からなくて、うつむくことしかできない。

（……もう添い寝すらしてくださらぬ）

あれ以来、示験王が臥室《しんしつ》を訪ねてこない。露珠と同じ臥所《ふしど》に寝ることにうんざりして、距離を置きたいのだろうか。あるいは露珠以外の女性のもとへ行っているのだろうか。

どちらもいやだ。とはいえ、露珠は彼に好かれていないのだから、どうしようもない。

「先日のことを謝りたいんだ」

示験王は慎重に言葉を選びながら続けた。

「君の意思を無視して……野蛮《やばん》なことをしてしまった。すまない」

「謝りたいのはこなたのほうじゃ。殿下が迷惑だとおっしゃっていたのに、意固地《いこじ》になって、恋は捨てられぬと言い張ってしまった。お怒りを買うのも当然であろう」

「いや、君は悪くないよ。君の心は君のものだ。俺が君に何かを強制することはできない」

「では……こなたは恋を捨てなくてもよいのかえ？」

そうだ、と示験王は苦みを伴《ともな》う声音《こわね》で言った。

「これからは君の初恋を邪魔しないよ。この間のような過ちは決して犯さない」

「過ち？　何のことかえ？」

「……あの夜のことだ。あれは間違いだった」

呼吸が止まった。記憶が脳裏《のうり》を駆けめぐる。

「許してくれとは言わない。許してもらえるとも思わない。それほどひどいことをしたんだ。心から悔《く》いている。あの日に戻れるなら、自分を殴《なぐ》りつけてやりたい」

示験王は懺悔《ざんげ》するようにうなだれた。両手はかたく握りしめられている。

「同じ間違いは繰り返さない。今後、君の部屋には立ち入らないと誓うよ」

「……共寝はしてくださらぬと？」

「心配いらない。使用人たちには、君に忠実に仕えるよう、俺からよく言い聞かせておく」

示験王が宴席に戻った後も、露珠はその場に立ち尽くしていた。

（……間違いだった……）

思い当たるふしがある。件《くだん》の夜、露珠は髪を黒く染めていた。赤髪ではなかったのだ。

示験王の様子がいつもと違っていたのは、彼の瞳に映っていたのが露珠以外の女性だったからなのか。愛《いと》しい誰かを見つめながら、彼は露珠の帯をほどいたのだろうか。

さわやかな風が木香薔薇の甘い香りをさらう。初夏の日差しは痛いほど明るかった。

第三章

君が為に断腸《だんちょう》す

学律《がくりつ》の文を届けて青艶《せいえん》の部屋を出ると、仮母《おかみ》が透雅《とうが》を待ちかまえていた。

「殿下、角掌家《かくしょうか》をどうにかしてくださいませ」

司礼監太監《しれいかんたいかん》に仕える宦官《かんがん》の秘書官を掌家という。角掌家こと角蛮述《ばんじゅつ》は向嬌月《しょうきょうげつ》の馴染《なじ》み客であり、学律と青艶を引き合わせた人物でもある。

「蛮述が何かしたのかい」

「ここのところ毎日お見えになって、一晩中、嬌月の部屋にいらっしゃるんです。数日なら嬌月を偲《しの》んでくださっているのだろうからと大目に見てきましたけどね、もう半月ほど経つんですよ。いい加減、嬌月の部屋を片付けなきゃいけないってのに……」

曲酔《きょくすい》では、死んだ妓女《ぎじょ》の部屋は七日以内に片付けるのがしきたりである。

「そりゃあ嬌月はたんと稼《かせ》いでくれましたよ。あたしの自慢の娘でしたとも。でも、死んでしまったものはしょうがないでしょう。立派な葬儀で送り出してやりましたし、仮母として義理は果たしたつもりです。いつまでもあの子を特別扱いするわけにはいかないんですよ。死人のために空けておく部屋はないんです。うちには娘たちがたくさんいるんですから」

　蛮述が嬌月の部屋をそのままにしておくよう厳命しているので、困っているらしい。

「俺が話をしてみよう」

　お願いしますよ、と仮母に拝み倒され、嬌月の部屋に向かう。曲がりくねった廊下《ろうか》の突き当たりに位置する向嬌月の部屋は、彼女の人柄を偲ばせる華やかな内装だった。

　壁際の几架《つくえ》には芍薬《しゃくやく》の花盆《かぼん》、書棚《しょだな》には藤の盆景が置かれている。鴛鴦蓮花《おしどりれんか》文の窓掛け、梔子《くちなし》が咲いた絹張りの紅灯《こうとう》、清雅な筆致の花鳥画、蘭《らん》が描かれた磁器《じき》の香炉《こうろ》、色鮮やかな花蠟燭《はなろうそく》、落花流水《らっかりゅうすい》模様の絨毯《じゅうたん》……目に映るすべての調度《ちょうど》に花の意匠《いしょう》がほどこされていた。

『わたくしの部屋は一年中、百花《ひゃっか》の時ですの』

　客が仙境《せんきょう》で遊ぶ気分を味わえるようにとの心遣いから、嬌月は自室を花で飾ることを好んだ。粋人《すいじん》たちはこの部屋を〈花の閨《ねや》〉と称賛し、幾夜も仙境の夢を結んだ。今もなお千紫万紅《せんしばんこう》の趣《おもむき》に溺《おぼ》れる花の閨は、亡き女主の帰りを待つようにひっそりと静まり返っている。

「あの日、会いに行く約束をしていたんですよ」

　蛮述は長椅子《ながいす》に腰かけて酒杯をあおっていた。ほんのりと明るい紅灯の光が、女好きのしそうな甘ったるい顔立ちに重く暗い影を刻みつけている。

「今度こそ求婚しようと思っていました。ずっと迷っていたけど、やっと決心したんです。すげなく断られてもいいから、当たって砕けてみようって」

「嬌月を妻に迎えるつもりだったのか」

「そうですよ。騾馬《らば》のくせに、一人前の男みたいに彼女を娶《めと》ろうとしていたんです」

宦官は蔑《さげす》みの意味をこめて騾馬と呼ばれることがある。

「みっともないのは百も承知です。妓女にとって、宦官に落籍《らくせき》されることがどれだけ不名誉なことかもよく知っています。……だからこそ、なかなか決心がつかなかったんですよ。嬌月を騾妾《らしょう》にするのは忍びなかったから……」

騾妾とは宦官の妻妾《さいしょう》の蔑称《べっしょう》である。花街《かがい》の内でも外でも、宦官に嫁《とつ》ぐ女性は嘲笑《あざわら》われるのが常だ。一度でも宦官に嫁げば、再嫁《さいか》先もまた宦官以外にはない。

「もっと早く言えばよかった。ぐずぐず悩んでばかりいないで、妻になってほしいと言うべきだったんだ。臆病風に吹かれて気後れしていたせいで、このざまだ……」

（……本気で彼女を愛していたんだな）

角蛮述は根っからの道楽者である。世渡り上手で仕事ぶりは有能だが、自堕落《じだらく》な性格ゆえ悪い噂《うわさ》が絶えず、渡り歩いた美女は数知れない。香英楼《こうえいろう》に通いつめるようになるまでは、曲酔中の妓楼《ぎろう》で気ままに遊び回るだけでなく、皇宮の女官ともたびたび懇《ねんご》ろになっていた。

ひとところに留まっていられない浮気者がどうして嬌月に囚われたのかは知らない。だが、嬌月を敵娼《あいかた》にしてから、蛮述の女道楽がぱったりとやんだのは事実である。

「嬌月もきっと君の気持ちを察していたと思うよ」

「いいえ、嬌月は全然分かってなかったんです。彼女の日記を見てください」

蛮述は卓上の冊子《さっし》を開いてみせた。日付は彼女が不慮《ふりょ》の死を遂《と》げる前日だ。


明日の夜、蛮述さまがお見えになる。改まったお話があるみたいで怖い。もしかしたら、わたくしと縁切りしたいとおっしゃるつもりなのかも……。わたくしも、もう二十五。花の盛りは過ぎてしまった……。蛮述さまがお望みになるなら身を引くしかないけれど、妹たちの誰かがあの方の新しい敵娼になるのかと思うと、心が焼き切れてしまいそう。どうか明日、悪いことが起きませんように。蛮述さまがわたくしをお見捨てになりませんように。あの方の腕に抱かれるためだけに、わたくしは生きているのだから……。


奥ゆかしげな手跡《しゅせき》が千々《ちぢ》に乱れる想いを切なげに吐露《とろ》していた。

「嬌月は俺が縁切りを申し出るかもしれないと不安に思ったまま死んだんです。縁切りどころか、彼女を落籍したいと申し出るつもりだったのに……」

蛮述は毒を喉《のど》に流しこむように酒杯を干して、こぶしで卓を叩いた。

「なぜだ……!!　なぜもっと早く言わなかったんだ!?　俺の妻になってくれと、君が愛《いと》しくてたまらないんだと、君以外には誰もいらないと、共白髪《ともしらが》まで添い遂げたいと……」

慟哭《どうこく》にも似た言葉がかすれ、花蠟燭の炎が揺れた。

「遅すぎた……遅すぎたんだ‼　あの日にはもう、何もかも手遅れだった！　もっと早く俺の気持ちを伝えていれば、嫣月は不安を抱えずに済んだはず。たとえ、最悪の事態が避けられなかったとしても、こんなことを書き遺《のこ》して死ぬはずじゃ……」

あの日、凶報を受けた蛮述が駆けつけたときには、嫣月は息絶えていた。彼は愛する女の死に目にも会えなかったのだ。彼の悲憤《ひふん》と自責の念はいかばかりであろうか。

（……永別とは、こうも突然やってくるものなのか）

死は唐突《とうとつ》にやってくる。思いがけない形で人と人を永遠に引き裂く。そんなことは先刻承知だ。死には慣れているつもりだった。戦場に出るたび、死の洪水に立ち会ってきたのだ。だが、どれほど痛ましくても、それらは所詮《しょせん》、他人事《ひとごと》だった。

（もし、露珠《ろしゅ》に何かあったら……）

想像するだけで怖気《おぞけ》が立つ。毒のように酒をあおり、過去の己に向かって罵声《ばせい》を放つ蛮述の姿が未来の透雅を映しているものではないと、なにゆえ言い切れるのか。

逆に透雅自身が露珠よりも先に鬼籍《きせき》に入ることもありうる。それが最後になるとも知らず、何気なく彼女と別れた後で二度と彼女のもとに戻ることができなくなるかもしれない。

どうして明日も今日と同じ日が来ると思いこんでいたのだろう。嫣月と蛮述の例を見るまでもなく、永《なが》の別れはたわいない日常にこそ、ひそんでいるというのに。

（……あんなことをするつもりはなかったんだ）

別邸で犯した過ちが頭にこびりついて離れない。露珠が自分以外の誰かをひたむきに慕《した》っているると知ったとたん、自制心が吹き飛んでしまった。無理やり口づけして、腕ずくで契《ちぎ》りを結ぼうとした。何が何でも彼女を他の男から引き離したかった。自分だけのものにしたかった。露珠が涙ながらに抗《あらが》えば抗うほど、彼女に慕われる男への敵意が腸《はらわた》を焼いた。

（まるで嫉妬《しっと》しているみたいじゃないか）

お笑い草だ。心を持たぬ木偶《でく》のくせに、一人前の男よろしく修羅《しゅら》を燃やすとは。

あれから露珠を避けている。共寝《ともね》はしないし、日中にともに過ごす時間も減らした。露珠に怖い思いをさせたくないからだ。凱《がい》軍の兵士に襲われかけた経験ゆえか、彼女は異性に怯《おび》えるようなそぶりを見せることがあった。だからこそ、透雅は彼女に対する言動に注意を払ってきたのだ。もっとも苦労はしなかった。純真可憐《かれん》な露珠のそばにいれば、おのずと言葉から棘《とげ》が抜け落ち、行動には彼女への気遣いがにじんだから。

しかし、たった一度の愚行《ぐこう》が積み重ねてきた信頼を反故《ほご》にした。露珠を泣かせてしまった。傷つけてしまった。過去の忌《い》まわしい記憶を思い出させてしまった。

どうやって償えばいいのか分からず、いたずらに時間ばかりが過ぎていく。このままずっと隔《へだ》たりを埋められないのだろうか。彼女を愛することができないまま、いつの日か必ずやってくる永別を迎えなければならないのだろうか。

（時間がかかるだろう）

信頼を取り戻すには時間を要する。その間、永の別れが訪れないことを祈るばかりだ。

「この部屋のものは全部、君が引き取るべきだよ」

透雅は嬌月の日記を蛍述に返した。他の頁《ページ》にも、蛍述への恋慕が切々と綴《つづ》られていた。

初めて会ったときから惹《ひ》かれていたこと。彼と過ごす日はあっという間に時間が過ぎてしまうこと。蛍述に妻妾がいないと聞いてひそかに喜んだこと。彼に贈られた纏足靴《てんそくぐつ》を履《は》くと不思議と舞が上手になること。昨年贈った襪《くつした》を蛍述がまだ愛用しているのを見て嬉しくなったこと。彼には曲酔《きょくすい》の外にも親しくしている女性がいるかどうか、知りたくてたまらないこと。恋心を打ち明けたいが、妓女《ぎじょ》の戯言《たわごと》と聞き流されてしまいそうで怖くて言い出せないこと。

あと少しだったのだ。あと少しだけ、互いに勇気を出していれば、少なくとも二人が互いの想いを知らぬまま死に別れることは、避けられたはずなのに。

「嬌月もそれを望んでいる。彼女が花の閨に迎えたかったのは、君だけなんだから」

仮母《おかみ》にはもうしばらく大目に見てくれるよう頼み、心づけを渡して香英楼をあとにした。

月が天の頂《いただき》にのぼろうとしていた。建ち並ぶ妓楼は紅の灯籠で染め上げられ、開け放たれた窓からは陽気な歌楽と笑い声が漏れ聞こえてくる。

享楽《きょうらく》の都は長い夜を貪《むさぼ》っていく。これが今生《こんじょう》最後の宴《うたげ》だとでもいうように。

五月一日の朝、鳥歌《ちょうか》が示験王府《しけんおうふ》を訪ねてきた。

「それでね、とうとう整斗王《せいとおう》と口づけしちゃったの！」

蓮《はす》の実餡《あん》の葛饅頭《くずまんじゅう》をむしゃむしゃ食べながら、鳥歌はきゃっきゃとはしゃいだ。

「あたしから無理やりしたんじゃないわよ。整斗王があたしを抱きしめて口づけしてきたの！　不意打ちだったから、びっくりしちゃったわ。あたしが驚きすぎて固まってると、整斗王がものすごい勢いで謝ってきたのよ。『君が可愛《かわい》かったから、つい……してしまった』だって！　おかしくって大笑いしたわ。だって整斗王ったら真っ赤になってるんだもの。あたしがおなかを抱えて笑うから、ますます恥ずかしがって……ねえ露珠？　聞いてるの？」

鳥歌が惚気話《のろけばなし》を中断して、露珠の鼻先で手を振った。

「何ぼうっとしてるのよ。具合でも悪いの？」

「すまぬ。ちょっと考え事をしていたのじゃ」

「考え事って？　悩みがあるなら、あたしに話してみなさいよ」

露珠はもやもやする胸の内を鳥歌に打ち明けた。

「髪を黒く染めていたときに殿下が露珠を押し倒したからって、別人と間違えたとは限らないでしょ。単に示験王の好みが黒髪で、黒髪の露珠に欲情したのかも」

「それはありえぬ。殿下はこなたの赤髪が好きだとおっしゃっていたもの。……やっぱり人違いじゃ。殿下には、情動を抑えきれなくなるほどの想い人がいらっしゃるのじゃ」

あれから示験王は日中もあまり露珠に会ってくれない。政務が忙しいというのが表向きの理由だが、本当は愛しい女性に会いに行っているのかもしれない。

「思いつめるのはよしなさいよ。仮に示験王に恋人がいたとしても、恋を諦める必要はないわ。恋人を忘れるくらい自分に夢中にさせればいいだけの話よ」

「……そんなこと無理じゃ。こなたは共寝しても、一緒に入浴しても殿下の御心を動かせなかったのだもの。女子として魅力が足りないのじゃ」

露珠に魅力があるなら、とっくに床入《とこい》りを済ませて本当の夫婦になっているはずだ。

「じゃあ、どうするつもり？　恋を諦めるの？」

「……殿下のことはお慕いしているけれど」

「よその女に譲《ゆず》っちゃうの？　自分の夫なのに？」

「……結ばれていないゆえ、夫とお呼びしてよいものかどうか」

「結婚してるんだから、夫には違いないでしょうが。示験王はあなたのものよ。よその女にくれてやることないわ。彼が欲しいなら、策を練《ね》って落とせばいいじゃない」

「姉者は妙策をご存じかえ？」

「あたしはひたすら猛攻を仕掛けて整斗王を攻略しかけてるけど、香の匂《にお》いだけをまとって寝込みを襲うとか、素肌が透ける衣を着て舞うとか、抱きついて胸を押しつけるとか、扇情的《せんじょう》な言葉を耳元で囁《ささや》くとか、水浴び姿を見せつけるとか、露珠にはできないでしょ？」

露珠は首を縦に振った。

「だったら、別の方向から攻めたほうがよさそうね。例えば、媚薬《びやく》とか」

「殿下に怪しげな薬を飲ませるのはいやじゃ」

「媚薬には女性用のものもあるわよ」

「ということは、こなたが飲めばよいのかえ。飲んだら、どうなるのじゃ？」

「媚薬の種類によっていろいろよ。色っぽくなったり、羞恥心《しゅうちしん》が薄れて積極的になったり」

「色っぽくなるものがほしい！」

露珠は身を乗り出した。色香が足りないなら、薬で補《おぎな》えばいいのだ。

「どこに行けば買えるのかえ？」

「薬屋にはあるでしょうけど、示験王妃が媚薬を買いあさってたなんて噂になったら、外聞が悪いわ。宝倫大長公主《ほうりんだいちょうこうしゅ》さまに相談してみましょう。以前、おしゃべりしたときに、古今東西の媚薬を集めてるっておっしゃっていたの。宝倫大長公主さまなら、どんな媚薬もお持ちだわ。お優しい方だし、お願いすれば、少し分けてくださるんじゃないかしら」

宝倫大長公主は男女のことに詳しい。有益な助言をくれるかもしれない。

善は急げと宝倫大長公主府を訪ねた。公主は降嫁《こうか》しても皇籍を離れるわけではないため、彼女たちの多くは夫の邸《やしき》ではなく、自身の封号《ほうごう》を冠した邸に住んでいる。

「まあ、媚薬が欲しいの？」

しどけなく寝椅子《ねいす》に横たわり、宝倫大長公主は紫煙《しえん》をくゆらせていた。今の今まで寝床にいたらしく、大ぶりの髻《もとどり》が崩れ、つややかなほつれ髪が白い首筋にかかっている。

足元では見目麗《みめうるわ》しい青年が彼女の足の爪の手入れをしていた。ここでは茶菓を持ってくるのも、団扇《うちわ》で女主人をあおぐのも、壁際にずらりと控えているのも美青年だ。年齢は全員二十代半ば。何人かは首や腕、手の甲などに並蒂《へいてい》の蓮の刺青《いれずみ》をしている。鳥歌によれば、彼らは宝倫大長公主の男妾《だんしょう》で、並蒂蓮の刺青はお気に入りの印だそうだ。

「いいわよ。どれにする？　春情蓮《しゅんじょうれん》？　鴛鴦蘭《えんおうらん》？　合歓蝶《ごうかんちょう》？　華燭散《かしょくさん》？」

それぞれの効能を聞いてみたが、どれも過激なものばかりでぎょっとした。

「あの……初心者向けのものはありませぬかえ？」

「初心者ですって？　あなた、まだ生娘《きむすめ》なの？」

宝倫大長公主は軽く目を見開き、官能的な唇から細く紫煙を吐いた。露珠は肩をすぼめて小さくうなずく。周りにたくさん男性たちがいるので、ものすごく気まずい。

「婚儀から五か月近く経つでしょうに、透雅はいったい何をしているのかしら」

「殿下のせいではありませぬ。こなたに色香がないのが問題なのです」

「色香がない女はいないのよ。色香の使い方を知らない女がいるだけ」

吸い終わった煙管《きせる》を男妾に渡し、爪を綺麗《きれい》に整えた指で水菓子をつまむ。

「どのように使えばよいのでしょう？」

「言葉で教えるのは難しいわ。まずは、房事《ぼうじ》を経験しなくちゃね。これぱかりは知識をつめこんでもだめなの。肌で感じることが大事よ。殿方《とのがた》の熱を素肌で受け止めて初めて、女の体は花開くのだから。実際に経験しなければ、何も始まらないわ」

宝倫大長公主は男妾に命じて、婀娜《あだ》っぽい仙女図が描かれた酒壺《しゅこ》を持ってこさせた。

「このお酒は風月酒《ふうげつしゅ》というの。女を素直にしてくれる媚薬よ。素面《しらふ》では自制心が邪魔して言い出せない恋情も、するする口に出せるようになるわ」

「素直になるだけなのですかえ？」

「初心《うぶ》で頑《かたく》なな生娘は自分の恋を咲かす方法さえ知らない。彼女に必要なのは情炎に注ぐ油ではなく、恋心を潤す花の雨よ。花の雨は臆病さを洗い流して、咲《そ》き初めの蕾《つぼみ》を開かせてくれる。素直になれば、乙女《おとめ》の美しさは引き立つわ。風月酒は生娘にうってつけの媚薬なの。芍薬《しゃくやく》の香りが移してあるから、口当たりがよくて飲みやすいわよ。試してご覧なさい」

「ありがとう存じます、宝倫大長公主さま」

丁重に拝礼して、酒壺を受け取る。

「恋は甘い蜜よ。そして苦い毒。溺《おぼ》れすぎないように注意して。後戻りできなくなるわ」

「大長公主さまも、恋をなさっているのですかえ？」

「ええ、叶わぬ恋をね」

「叶わぬ恋⁉　お相手はどなたですか⁉」

鳥歌が鼻息荒く尋ねると、宝倫大長公主は薔薇の吐息のような溜息をもらした。

「天よ」

「ええっ⁉　天って、あの天⁉」

「もしかして、天帝をお慕いになっていらっしゃるのかえ⁉」

鳥歌と露珠は顔を見合わせた。

「だから言ったでしょう。叶わぬ恋だと」

宝倫大長公主は天女のような花顔に悪戯《いたずら》めいた笑みを浮かべた。

「あなたたちがうらやましいわ。その気になれば、恋を叶えられるんですもの」

「大長公主さまの恋もいつか叶うかもしれませぬ。天帝が夢枕にお立ちになるかも」

「夢の中で逢瀬を果たすなんて素敵ね。でも、私の恋は叶わないわ。今生《こんじょう》では決して」

艶冶《えんや》なる微笑にかすかな哀傷の色がにじむ。天子の娘に生まれ、大長公主として富と権力をほしいままにしながら、彼女の心は空《から》の杯のように渇《かわ》いているのだろうか。

釈然としないまま、暇乞《いとまご》いをして大長公主府をあとにする。

「ねえねえ、宝倫大長公主さまの恋のお相手って誰だと思う？」

軒車《くるま》に乗るなり、鳥歌は行儀悪く足を組んで座った。

「天帝だとおっしゃっていたではないかえ」

「あれは手に入らないもののたとえよ！　今生では決して結ばれない相手っておっしゃっていたから、禁断の恋に違いないわ。すでに妻妾《さいしょう》がいる方？　いいえ、そんなの障害にならないわ。大長公主さまほど高い地位にいらっしゃるご婦人なら、想い人を手に入れる方法はいくらでもあるはずよ。つまり、権力を使っても手が届かないところにいる殿方ってことよね。もう死んじゃった方かしら。それとも、遠い異国へ行ってしまった方？」

「人のことを詮索《せんさく》するのはよくないぞ、姉者」

「露珠だって興味あるでしょ。宝倫大長公主さまがどなたを恋い慕っていらっしゃるのか」

「ないといえば嘘になるが、人の恋路を噂《うわさ》の種にするのは、はしたないことだもの」

「ほらね、興味あるんじゃない！　露珠も一緒に考えて。死んだ人、異国に行った人、それ以外にどんな人がいる？　そうねえ－誰か他に……あっ！　分かった！　皇族よ！」

　鳥歌はぽんと手を叩いた。

「皇族の殿方に恋をなさっているんだわ！　哀魯《あいろ》では親族で結婚することもあるけど、凱では同姓の男女の結婚は禁忌《きんき》でしょ？　惹かれ合っていても絶対に結ばれないわ。皇族の誰だろう？　異母兄の太上皇さま？　異母弟の案易王《あんえきおう》？　従兄の恵兆王《けいちょうおう》？　従弟の洪列王《こうれつおう》？　伯父の登原王《とうげんおう》かもしれない。登原王は八十をとっくに過ぎたご老体だけど、若かりし頃の男ぶりが偲《しの》ばれる偉丈夫《いじょうふ》だし、叔父の呂守王《ろしゅおう》だってお年を召しても男前だわ。お二人とも王妃さまだけを寵愛《ちょうあい》なさっているから、宝倫大長公主さまの恋は報われないだろうし――」

鳥歌のおしゃべりを聞き流しつつ、露珠はすがるように酒壺を抱きしめた。

果たして、風月酒は叶わぬ恋に効果を発揮するだろうか。確証はないが、できることは何でもやってみよう。ただ泣き暮らしていても、この恋は実らないのだから。


透雅が皇宮から示験王府に戻ったときには、辺りは薄暗くなっていた。

（学律兄上に気を遣わせてしまったな）

夫婦仲がぎくしゃくしていると聞きつけて、学律は透雅に五時花《ごじか》を贈った。

五時花は立春《りっしゅん》、立夏《りっか》、大暑《たいしょ》、立秋《りっしゅう》、立冬《りっとう》の花々を描いた絵画である。端午《たんご》の節物《せつぶつ》なので、通常は端午節の宴で下賜《かし》されるのだが、一足先に賜《たまわ》ってきた。

『閨《ねや》に飾って、示験王妃とともに眺めるがいい』

兄の厚意をむげにしたくないが、露珠の臥室《しんしつ》には入れない。もう二度と、彼女を怯えさせたくないのだ。五時花は彼女に贈るだけにしておこう。

「王妃さまは内院《なかにわ》を散策なさっています」

透雅が部屋を訪ねると、示験王妃付きの侍女《じじょ》は困惑気味に答えた。

「散策だって？　この雨の中に？」

夕刻から雨が降り出した。先ほど通ってきた内院も銀糸の雨に覆《おお》われていた。

「宝倫大長公主府からお戻りになって、王妃さまはお酒をお召しになりました。ずいぶん深酒をなさり、酔い覚ましに外の風に当たってくるとおっしゃって……」

一人になりたいからと、侍女を伴《ともな》わずに部屋を出ていったという。

透雅は油紙傘《ゆしさん》を持って内院に降りた。視界は銀糸のような雨で覆われている。黄色い木香薔《もっこうば》薇《ら》が絡みついた薔薇棚《しょうびだな》も、楚々《そそ》と香る茉莉花《まつりか》の生垣《いけがき》も、水辺で艶《つや》っぽく咲き競う燕子花《かきつばた》も、装いを凝《こ》らした美人のごとき石楠花《しゃくなげ》も、上品な紫の鉄線《てっせん》も、麗《うるわ》しい立ち姿で小道を彩る蜀葵《たちあおい》も、金色の星がきらめき渡るように咲く金糸桃《きんしとう》も、霧雨に濡れてしっとりと色づいていた。

名を呼びながら内院を歩き回り、透雅は睡蓮池のそばで立ち止まった。

睡蓮池にかかる石橋の上に、赤髪の乙女の姿がある。傘もささず、露珠は踊っていた。いや、千鳥足《ちどりあし》で歩いているのかもしれない。いずれにせよ、舞っているように見えた。

彼女が飛びはねるたびに孔雀緑《くじゃくみどり》の裙《くん》が花開き、金鈴鞋《きんれいあい》がりんりんと高らかに歌う。袖《そで》が翻《ひるがえ》れば百蝶文《ひゃくちょうもん》が舞い遊び、雨のしずくを含んできらめく赤髪が薄闇と戯れる。

さながら牡丹《ぼたん》の舞のような麗姿《れいし》だ。声もなく立ち尽くし、ふいに血の気が引いた。

（まさか、毒を盛られたのでは……）

人づてに聞いた向嬌月の最期を思い出した。毒を盛られて乱心した嬌月は屋根の上で踊りくるい、足を踏み外して地面に叩きつけられたのだ。石橋の欄干《らんかん》はせいぜい脛《すね》の辺りまでしかない。欄干のそばで転んだら、そのまま池に落ちてしまうだろう。

透雅は駆け出した。石橋の真ん中で露珠の腕をつかむ。

「露珠、部屋に戻ろう。湯浴みの支度《したく》をさせているから――」

「離してくりゃれ！」

思いのほか強い力で、露珠は透雅の手を振り払った。

「こなたのことが嫌いなら、こなたには触らないでくりゃれ」

「君のことが嫌い？　いったい何を言っているんだ」

「ごまかしても無駄じゃ。こなたには分かっている」

杖《つえ》にすがって立ち、泣き腫《は》らした瞳で透雅を睨《にら》む。

「殿下は黒髪の女子が好きだから、こなたが髪を黒く染めていたときに誰かと間違えてあんなことをなさったのじゃ。そうでなければおかしいもの。毎日共寝《ともね》していても、一緒に浴槽に入っても何もなさらなかったのになぜ、あの日だけ突然……」

しゃくりあげるように細い肩が揺れた。

「殿下の目には、こなたなど映っていなかった。だから、こなたの想いを迷惑だと言いながら、あのようなことをなさったのじゃ。他に好きな方がいらっしゃるなら、こなたを王府から追い出して、その方をお迎えになればよいではないかえ。殿下は望んでこなたを娶《めと》ったわけではないのであろう？　こなたとの結婚は間違いなのであろう？　ならば、こなたは出ていく。おそばにいて邪魔者になるくらいなら、ひとりぼっちになるほうがましじゃ！」

透雅を睨みつける二つの翡翠《ひすい》には激情が映っていた。彼女がここまで苛烈《かれつ》な感情をあらわにしたことはない。初めて会ったときから、戻露珠は喜怒哀楽を体中で表現するような少女ではなかった。笑ったり、怒ったり、誰かに共感しすぎて胸を痛めても、どこかで一線を引いて、それを踏み越えないように自分を律している節があった。

（つらい思いをしすぎたからだ）

露珠は生まれてすぐに離宮に隔離され、使用人に育てられた。母親に抱かれたことも、父親に微笑《ほほえ》みかけられたこともなく、兄弟姉妹の顔さえ知らぬまま成長した。

毒花の意味を持つ名をつけられ、狼に食われることが生まれてきた意味だと教えこまれた。纏足《てんそく》を強制され、杖《つえ》にすがらなくては長時間歩けない足にされた。

祖国が滅びるときには、家族同然だった使用人たちに置き去りにされた。飢えた獣のような凱の兵士に襲われ、齢《よわい》十二の少女には残酷《ざんこく》すぎるほどの恐怖を味わった。異国に連れて行かれて官婢《かんぴ》の焼き印を捺《お》され、厳しい労働を強《し》いられ、上役や同輩からは纏足を理由に蔑《さげす》まれた。永乾帝《えいけんてい》の侍妾《じしょう》になってようやく安定した暮らしが始まったという矢先に夫を喪《うしな》い、またしても寄る辺がなくなった。彼女に襲いかかった苦難を数え上げればきりがない。

災厄《さいやく》に見舞われるたびに感情を爆発させていたら、彼女の心はとっくに擦り切れていただろう。ゆえに、情動を自制することを覚えたのではないだろうか。心の痛みは感じないふりでやり過ごし、目の前の現実と精いっぱい戦ってきたのではないだろうか。

そして——とうとう堪え切れなくなってしまったのだ。

(俺のせいだ)

彼女の心を引き裂いたのは、間違いなく透雅だ。謝らなければ。償わなければ。彼女を想う気持ちが空回《からまわ》りして、言葉が出てこない。

「……待ってくれ！」

露珠が透雅に背を向けて走り出した。傘を放りすててすぐさま追いかける。後ろから抱きしめると、露珠は透雅の腕から逃げようとしてもがいた。

「いやっ、いやじゃ……！　こなたのことが好きではないなら、このようなことは……」

「君が欲しかったんだ」

透雅は彼女を抱く腕に力をこめた。さもないと、露珠が霧雨にさらわれてしまいそうで。

「あの日、俺が欲しかったのは君だ。君に似た誰かじゃない」

「……でも、こなたは髪を黒く染めていたから」

「髪の色が違っても君は君だ。間違えるはずがない」

冷たい霧雨に降られてもなお、焼けるように胸が熱い。

「君が心の中である男を慕っていると言っただろう？　初恋だから忘れられないと、新しい恋などしないと……。それでかっとなって、自分を止められなくなった。唇を奪って、肌を合わせれば、そいつを恋い慕う君の心ごと、手に入りそうな気がして……」

愚かなことをしたものだ。腕ずくで組み敷いたところで、恋心を奪えるはずはないのに。

「君が抗《あらが》うから、ますます気が立ってしまった。そんなに俺に口づけされるのがいやなのかと。俺に抱かれたくないのかと。俺よりも、心の中の恋人のほうがいいのかと……」

「殿下はばかじゃ！」

いつか聞いた台詞《せりふ》が腕の中で響いた。

「こなたがお慕いしてきたのは殿下じゃぞ。なにゆえご自身に悋気《りんき》を起こされるのかえ」

「……君が、俺を？」

頰《ほお》を真っ赤にしてうなずき、露珠は透雅の腕をぎゅっと握った。

「初めてお目にかかったときに心奪われてしまった。殿下は凱の兵士からこなたを助けてくださり、ご自分の天幕に引き取って親切にしてくださったもの。こなたを王府で引き取りたいと朝廷に申し出てくださったことも人づてに聞いている。その上、後宮では、こなたが先帝のお目に留まるように取り計らってくださって……」

なれど、と露珠は涙声を絞《しぼ》り出した。

「先帝にお目にかかった夜、本当は殿下がお見えになるのを期待していたのじゃ。また殿下にお会いしたかった。殿下のことが恋しくてたまらなかったゆえ……。先帝が侍妾に召し上げてくださり、苦役から解放されたことは何よりありがたかったけれど、先帝に嫁《とつ》いでしまえば殿下には嫁ぐことができぬ。殿下の妻になることは叶わぬ夢と思っていた……。でも、夢は叶ったのじゃ。殿下に望まれたわけではないとはいえ、示験王妃になることができたのだから」

「じゃあ……君が心の中で想っている男とは、俺のことなのかい」

「さっきからそう申しているではないかえ」

露珠がなおさら強く腕にしがみついてくる。透雅は当惑しながら彼女を見下ろした。

「……でも、君は……片想いをしていると言ったじゃないか」

「片想いだと思っていたのじゃ。だって殿下は、こなたを望んで娶ったわけではないとおっしゃったし、こなたと共寝していても、同じ浴槽に入っても何もなさらぬし……。口づけだって別邸でされたのが初めてじゃ。しかもあの日、こなたは髪を黒く染めていたから、別人と勘違いされたのかと思った。殿下には想い人がいて、その方とこなたを間違えたのだろうと」

複雑に絡み合った糸がゆるゆるとほぐれていく。

「君だってばかだよ、露珠」

透雅はかすかに笑みをこぼした。いったい何を恐れていたのだろうか。追いかけなくても、腕ずくで組み敷かなくても、初めから彼女は透雅の腕の中にいてくれたのに。

「片想いじゃないんだ。俺も君が好きだから」

四年前、露珠が透雅の肩に積もった雪を払ってくれたときから、ずっと。

『どうか気づいてくりゃれ。殿下は傀儡《くぐつ》ではなく、人なのだということに』

ようやく気がついた。自分は木偶《でく》ではないのだと。

「確かに望んで娶ったわけじゃない。だけどそれは、君のことが嫌いだったからではなく、君を愛する自信がなかったからだ。自分を心のない傀儡だと思いこんでいたから」

脈打つ心臓の音がはっきりと聞こえる。

「君には幸せになってほしかった。だから、俺以外の男に嫁いでほしかったんだ。誰よりも君を愛して、君を可愛《かわい》がって、君のためならどんな苦労も厭《いと》わない男に嫁ぎ、これまで味わってきた艱難《かんなん》を打ち消すような幸福な一生を送ってほしかった」

愛情というものが欠落した自分では、露珠を幸せにできないと思っていた。

今では、まったく違う確信が全身に満ちている。露珠が愛《いと》しい。誰よりも愛おしい。露珠の何もかもに囚われている。彼女がいない日々など想像もできない。十年後も二十年後も三十年後も――死に瀕《ひん》するその日まで、彼女を愛し続けている自分の姿が目に浮かぶ。

「今日まで君を愛していることに気づかなかった。知らなかったんだ。君を見かけるたびに視線で追いかけてしまうことや、ふとしたときに君を思い起こすことが、恋のせいだとは」

「……本当かえ？　殿下も、こなたに……恋してくださっているのかえ？」

露珠がおそるおそる振り返った。牡丹のような面差《おもざ》しは涙と霧雨に濡れている。自分を見上げてくる儚《はかな》げな花顔にいっそう恋情をかきたてられた。

「ああ、しているよ」

頬に張りついた赤い髪をそっと払い、水底のような瞳をのぞきこんだ。

「最初で最後の恋を、君に」

この体が心を持たぬ木偶ならば、滾《たぎ》るように胸が熱くなることもないはずだ。彼女を愛するあまり、勘違いで自分自身に悋気を起こすはずがないではないか。

高透雅は人だ。心を持つ人間だ。露珠がそのことを教えてくれた。

「こなたのことを……好いてくださっていたのなら、なぜ共寝しても、入浴しても、何もしてくださらなかったのかえ?」

不安げに眉《まゆ》を引き絞り、口づけを誘うように唇を震わせる。

「ひょっとして、こなたのことは好きだけれど……魅力は感じないのかえ?」

「……露珠。君は男というものがまったく分かっていないね」

透雅は苦笑した。彼女の無知が恨めしく、憎らしく、愛おしい。

「どういう意味じゃ?」

不思議そうに問い返した朱唇をふさぐ。露珠は抗わなかった。少しずつ自分に身をゆだねてくれるいじらしさに煽《あお》られ、幾たびも口づけを繰り返す。

「俺のことが好きなら、なぜ別邸で口づけしたときは拒《こば》んだんだい」

「あのとき、殿下はこなたの想いを迷惑だとおっしゃったであろう? こなたのことが嫌いなのに口づけなさるなんて、こなたをからかっていらっしゃるとしか思えなくて……」

お互いに思い違いが多すぎたようだ。

「今後、からかうときは予告することにしよう。君を混乱させないために」

「そうしてくだされば嬉しい。でも、その前に、こなたの質問に答えてくりゃれ。『男というものがまったく分かっていない』とはいかような意味じゃ？」

「あとで教えるよ。五時花を眺めながらね」

「五時花？　端午の節物の？　それとこれと、いったい何の関係があるのかえ？」

不審そうに目を細める露珠に傘を持たせて抱き上げる。

「いつまでも雨に打たれていては風邪《かぜ》をひいてしまう。部屋に戻ろうか」

「こなたは大丈夫じゃ。体は丈夫だもの」

「それは好都合だ」

「好都合とは？　どういう意味かえ？」

「じきに分かるよ」

「今知りたいのに」

「ここでは教えられない。続きはあたたかい部屋で話そう」

「ここも十分あたたかいぞ。殿下の腕の中は湯船のようにぽかぽかしているゆえ」

露珠が潤んだ瞳で見つめてくる。無邪気な彼女のことだ、自分が誘惑していることも知らないのだろう。今に己が軽挙を悔《く》いることになるだろうが、後悔先に立たずである。

「本物の湯船のほうがもっとあたたかいよ」

「それはそうかもしれぬが、殿下の……ちょっと待ってくりゃれ。話がずれておる。こなたの質問に答えていらっしゃらぬぞ。思わせぶりなことばかりおっしゃって」

露珠が不満げに足をじたばたさせる。小気味よく響く鈴の音につられ、透雅は笑った。

牡丹の乙女《おとめ》が無知でいられる時間も、残りわずか。

雨の逢瀬《おうせ》から数日後、露珠は風邪を引いて寝込んでいた。雨に濡れて体が冷えたせいだろうか、風邪で寝込むなんて実に六年ぶりだ。

「薬の時間だよ」

示験王が臥室《しんしつ》に入ってきたので、露珠は布団を頭からかぶった。

「もうそんな時間かえ？　ついさっき飲んだばかりなのに……」

「あれは朝の薬だ。これは昼の薬だよ」

「……飲みたくないの」

「飲まなきゃだめだよ。太医《たいい》の指示だからね」

「……苦すぎるのじゃ。量も多いし」

毒殺しの血を持つがゆえ、露珠の体は薬が効きにくい。薬を服用する場合は、通常の倍以上の量を飲まねばならない。苦い薬を大量に飲むことになるので、病気は嫌いだ。

「言うことを聞かないと、お仕置きするよ」

「なっ、何をなさるおつもりかえ？」

「お仕置きだから、君のいやがることだ。たとえば、雨の夜にしたことはどうかな。君はひどくいやがっていたし、恥じらって真っ赤になっていた。あれなら罰になるだろう」

かあっと頬が熱くなり、露珠は布団の中で縮こまった。

（……とうとう殿下と結ばれたのじゃ）

霧雨の夜、示験王が閨《ねや》を訪ねてきた。ただの添い寝ではなかった。

本当の意味で共寝したのだ。翌朝には熱を出して寝込む羽目になったが、示験王の腕に抱かれて甘い夢を見たことはしっかりと記憶している。初めてのことばかりで戸惑った。ちょっぴり怖かったのも事実だ。それに、ものすごく恥ずかしかった。

羞恥が滾るあまり、何度も気が遠くなりそうになったけれど、示験王が愛しげに声をかけてくれるたび、なんとか踏みとどまった。彼が与えてくれる優しさを取りこぼしたくなかった。あり余るほどの愛情を全身で受け止め、この十六年間で最も幸せな一夜を過ごした。

（……どんな顔をしてお会いすればよいか、いまだに分からぬ）

あれから数日経つのに、示験王と顔を合わせるたびにどぎまぎする。彼の声を聞き、彼の姿を見るだけで、否応《いやおう》なしにあの夜のことを思い出して、体中が火照《ほて》ってしまう。

「どうやら、お仕置きして欲しいようだね？」

「えっ、い、いやじゃ！　お仕置きはいらぬ！」

彼が具体的に何をするつもりなのか見当もつかないが、露珠が羞恥心のあまり失神しかけるような行為であることは疑うべくもない。

「ちゃんと薬を飲むゆえ、許してくりゃれ」

「じゃあ、早く出ておいで。君の可愛《かわい》い顔を見たいんだ」

蠱惑《こわく》的な声音《こわね》とともに、布団が持ち上げられる。視界が明るくなり、端整な容貌《ようぼう》が目に飛びこんできた。どこか気だるげな美貌に、しばし見惚《みと》れてしまう。

（どうしよう……。朝にお会いしたときよりも、殿下がますます素敵になっていらっしゃる）

契《ちぎ》りを結んでからというもの、示験王がこれまで以上に美男子に見えるようになってしまった。おかげで鼓動は速くなる一方だし、火照《ほて》りはひどくなる一方だ。

「熱があるみたいだね。太医を呼んでこようか」

示験王がひたいに手をあててくれる。大事にしてもらえるのが誇らしくも面映《おもは》ゆい。

「ううん、大丈夫じゃ。この熱は病ではなく、殿下のせいゆえ」

「俺のせい？」

「殿下とお会いすると、ぐんぐん熱が上がってしまうのじゃ。それもこれも、殿下が美男子すぎるのが悪い。もう少し魅力を抑えてくりゃれ。さもないと、こなたは死んでしまう」

なるほど、と示験王は喉《のど》の奥で低く笑った。

「それについてはお互いさまじゃないかな？　俺も君に会うと熱が出るよ」

「ええっ⁉　殿下も熱があるのかえ⁉」

「触って確かめてくれるかい。きっと高熱だ」

露珠は跳び起きた。枕辺に腰かけた示験王のひたいに手をあてる。

「熱はないようじゃぞ？」

「手じゃ分からないだろうね。唇を使って調べてごらん」

「く、唇⁉　え、ええと……唇でひたいに触れるということかえ？」

「それもいいけど、こうしたほうがもっと分かりやすいよ」

抱き寄せられ、唇を重ねられた。じかに伝わる熱に侵され、頭がぼんやりする。

「ほら、俺も熱いだろう？」

間近で微笑《ほほえ》みかけられると、体が溶けてしまいそうになった。

「……殿下はこなたを殺そうとなさる」

どきどきする胸を押さえて、小さな怒りをぶつけるように示験王を睨《にら》んだ。もっとも、甘い口づけのせいで瞳が潤んでいたから、迫力不足は否めない。

「君を殺しはしないよ。これからずっと可愛がるつもりだからね」

示験王は白磁《はくじ》の器を持ち、匙《さじ》で露珠に薬湯を飲ませようとした。

「自分で飲めるのに」

「俺の楽しみを奪わないでくれ。君に苦い薬を飲ませるのが好きなんだから」

「悪趣味じゃの」

ぶつぶつ文句を言ったが、結局はおとなしく薬を飲むことになってしまう。口直しに蜂蜜を入れた芍薬《しゃくやく》茶を飲むと、ようやく人心地ついた。

「父上のご機嫌伺《うかが》いのために、皇宮に出かけなければならないんだ。帰りは遅くなるから、俺の代わりに芙蓉《ふよう》を置いていくよ」

示験王は青磁の花瓶に挿した淡紅色の木芙蓉《もくふよう》を見せた。芙蓉はときとして蓮《はす》の美称として使われることもあるので、蓮を水芙蓉《すいふよう》、槿花《むくげ》に似た花を木芙蓉と呼んで区別する。

芙蓉は夫容《ふよう》と同音だ。〈夫の姿〉を意味する。

「可愛い夫じゃ。殿下がお帰りになるまで、共寝《ともね》してもらおう」

露珠は牀榻《しんだい》から降りて、牀榻のそばの几架《つくえ》に置かれた花瓶に歩み寄った。酒に酔って頬《ほお》を染めた美人のような、頼りなげなたたずまいが美しい。

「共寝はだめだよ。君の隣で寝ることができるのは、俺だけだ」

後ろからふわりと抱きしめられて、思わず目頭《めがしら》が熱くなった。

ずっと片想いだと思っていた。この恋は芽吹《めぶ》かぬ種だと。けれども、違った。示験王も露珠に恋情を寄せてくれていたのだ。心が重なり、唇が重なったとき、胸の内で花の種が芽吹いたような気がした。実らぬ恋ではなかった。咲かぬ花ではなかった。身も心も結ばれ、露珠は名実ともに示験王妃となった。これからは彼の腕の中こそが露珠の居場所だ。

「木芙蓉のお礼に、こなたは殿下に紅豆《こうとう》を贈りたい」

紅豆は相思子《そうしし》ともいう。相思子とは恋の実を意味する。光沢のある赤い実で、古くから愛情の証《あかし》とされ、愛し合う男女が互いに贈り合う品として好まれた。

「相思子か。今すぐ欲しいな」

「今は持っておらぬ。内院《なかにわ》の紅豆樹《こうとうじゅ》が実をつけたら、差し上げよう」

「嘘をついてはいけないよ」

そのままの姿勢で、示験王は露珠の唇に触れた。

「相思子なら、ここにあるだろう?」

心臓が壊れそうだ。顔中が紅豆色に染まっているのを感じる。示験王が愛情を表してくれるのは嬉しいけれど、身を焼くような恥ずかしさには慣れそうにない。

「早く相思子をくれないかい」

優しく囁《ささや》かれれば、抗《あらが》うことなどできない。露珠はゆっくり振り向いた。彼を見上げると、あたたかい口づけが降ってくる。

「相思子が媚薬《びやく》になるというのは本当だね」

紅豆には死に至る猛毒がある。しかし、高温で煮て毒消しすれば、媚薬になるという。

「一度味わったら、やめられなくなってしまう」

「……殿下。皇宮に参内なさるのでは……」

「少しくらい遅れてもいいよ。妻を労《いたわ》っていたと言えば、父上はお許しくださる」

幾度も口づけされると膝が萎《な》えて、示験王に寄りかからずに立っていられなくなった。

露珠はうっすらと靄《もや》がかかったような瞳で、壁に飾られた五時花を眺めた。

立春の梅と水仙、立夏の薔薇《しょうび》と燕子花《かきつばた》、大暑の蓮と石榴《ざくろ》、立秋の桔梗《ききょう》と玉簪花《たまのかんざし》、立冬の山茶花《さざんか》と木瓜《ぼけ》。季節の花々を色鮮やかに描き出した五時花は、霧雨の夜に示験王が飾ってくれた。二人で寄りそって五時花を眺めた後、牀榻に入って帳《とばり》をおろしたのだ。

「五十年先も一緒に五時の花々を眺めよう」

愛おしげな囁きが胸を震わせる。露珠は甘えるように示験王の手を握った。

「その頃には、こなたはおばあさんになっているであろうの」

「きっと花のように可愛いおばあさんだろうね」

「殿下は素敵なおじいさんになっていらっしゃるに違いない。楽しみじゃ」

「妬《や》けるな。今の俺より、五十年後の俺のほうが好きなのかい」

「それは分からぬ。五十年後の殿下には、まだお会いしておらぬゆえ」

五十年先のことなど、考えたこともなかった。露珠の――朶薇那《だびな》の命は十六年と定められていたから。本来なら今年、朶薇那は戊流弩《ぼるど》に嫁いで死ぬはずだったのだ。

けれど、戻露珠には未来がある。長く生きればその分、つらく苦しいこともあるだろうが、示験王のそばにいれば大丈夫だ。二人なら、どんな苦難も乗り越えられる。

五月十七日は燎《りょう》王朝の太祖《たいそ》の忌日《きにち》だ。今からおよそ二千年前、大燎帝国を興した高皇帝・応《おう》峻《しゅん》は、宗室の祖先とされている。例年は親祭《しんさい》ではなく、勅命《ちょくめい》を受けた官吏《かんり》が代行するが、今年は皇帝が統山《とうざん》に行幸《ぎょうこう》し、御自ら高帝廟《こうていびょう》を祀る。

祭祀《さいし》に参列する皇族、妃嬪《ひひん》、皇族夫人、百官は燎時代の礼装に身を包む。男性は燎式の冕服《べんぷく》であり、女性は裾《すそ》を体に巻きつけて着る曲裾深衣《きょくきょしんい》である。

「えっ、同衾《どうきん》したの!?　あたしより先に!?」

姫百合《ひめゆり》模様の曲裾深衣を着た鳥歌が大きく目を見開いた。波打つ黒髪はふんわりとした鬢《びん》で耳を覆《おお》い隠す垂雲髻《すいうんけい》に結われ、無数の雨粒を連ねたような金歩揺《きんほよう》を挿している。

「ちょっと、何抜け駆けしてるのよ!?　ずるいわよ！」

広大な蓮池にかかる廊橋《ろうきょう》（屋根付き橋）の半ばで、鳥歌は露珠の袖《そで》を引っ張った。

「ず、ずるいと言われても困るの……」

露珠は清楚《せいそ》な梔子《くちなし》の花が咲く曲裾深衣を着ていた。赤髪はやはり垂雲髻に結い、頭頂に作った小ぶりの髷《まげ》に左右から金歩揺を挿し、梔子の花飾りをつけている。

「こうなったら洗いざらい話してもらうわ。順を追って話して。まず何された？　待って待って、場所はどこ？　普通に臥室《しんしつ》？　それとも内院の四阿《あずまや》？　まさか軒車《くるま》の中じゃないわよね？

押し倒されてから帯をほどかれたの？　帯をほどかれてから押し倒されたの？」

興味津々《しんしん》の鳥歌に質問攻めにされて、露珠はたじたじになった。

「こ、この話は祭祀の後にしてくりゃれ。もうじき始まるゆえ、身を慎《つつし》まねば」

「まだ時間はあるでしょ。ねえ教えてよ。ぼかさないで。具、体、的に！」

「しつこいぞ、姉者。あとで話すと言うておるのに。ほら、急いで高帝廟に行こう」

「こらっ、待ちなさい！　逃げようったってそうはいかないわよ！」

露珠は火照る頰をおさえつつ先を急ぐ。鳥歌の質問攻撃をのらりくらりとかわしていると、後方から華やかな一団がやってくるのに気づいた。

先頭を歩いているのは、太上皇が寵愛《ちょうあい》する李皇貴太妃である。李皇貴太妃は宝倫大長公主より一つ年上の四十六歳。絶世の美女ではないものの、長年後宮に君臨してきた寵妃の風格ゆえか、見る者を圧倒する冷ややかな威厳に満ち満ちている。

彼女の隣を歩く婦人は呉荘太妃《ごそうたいひ》だ。示験王の義母なので、露珠は何度もご機嫌伺いに出向いている。年齢は李皇貴太妃と同年。大輪《たいりん》の牡丹《ぼたん》を思わせる容色には、名門の生まれゆえ気位の高さがにじんでおり、凜《りん》とした歩みにも品格が感じられる。

尹貴妃を始めとした皇帝の妃嬪たちが二人に従っていた。皇后と皇太后が空位である豊始帝《ほうしてい》の後宮において、李皇貴太妃は事実上の女主人だ。妃嬪たちは姑《しゅうとめ》同然に彼女に仕え、李皇貴太妃の威光にあやかって寵愛《ちょうあい》を得ようと苦心している。

「楽しそうなおしゃべりをしていたわね。何の話をしていたの？」

露珠と鳥歌が跪《ひざまず》いて拝礼すると、李皇貴太妃は親しげに微笑みかけてくれた。

「お答えいたします、李皇貴太妃さま。この子がとうとう示験王と床入《とこい》り――」

「はっ、蓮の花を眺めていたのです！」

露珠は鳥歌の言葉にかぶせて声高に言った。

「これだけたくさんの蓮が咲いているのだから、どこかに並頭蓮《へいとうれん》があるはずじゃと。並頭蓮は瑞祥《ずいしょう》ゆえ、ぜひ見てみたいと話しておりました」

並頭蓮は一つの萼《がく》に二つの花がついた変わり咲きの蓮だ。いわゆる並蒂《へいてい》の一種である。男女が頭を並べて共寝する寓意《ぐうい》を含んでおり、夫婦和合の象徴とされている。

「並頭蓮なら私も見たいわ。どういう仕組みで並蒂が起きるのか、一度じっくり調べてみたいと思っていたのよ。祭祀まで時間があるから、水辺に降りて探してみましょうか」

「やめておきなさいよ。あなたのことだから、探し始めたら夢中になって時間を忘れてしまうでしょ。皇貴太妃が祭祀に遅刻したら大恥よ」

呉荘太妃はあけすけな物言いで李皇貴太妃をたしなめた。二人は入宮以来の友人だと聞いている。呉荘太妃の遠慮《えんりょ》のない口ぶりも、二人の親密さを表しているのだろう。

「仕方ないわね。並頭蓮探しは祭祀が終わるまで我慢しましょう」

李皇貴太妃は残念そうに蓮池を見やり、露珠と鳥歌に目を向けた。

「一緒に高帝廟へ行きましょうか。殿方《とのがた》たちがお待ちかねでしょうから」

李皇貴太妃と呉荘太妃に付き従って廊橋を渡った後、それぞれの輿《こし》に乗る。

紅の牆壁《しょうへき》で囲まれた高帝廟の門前には、すでに百官が集まっていた。燎時代の礼装に身を包んだ官吏たちが勢ぞろいすると、あたかも二千年前にさかのぼったかのようだ。

(殿下とお話しする暇はなさそうじゃの)

古めかしい冕服姿の親王たちの中に、示験王の姿を見つけた。彼もこちらに気づいたらしく、こっそり視線を交わし合う。面映《おもは》ゆくて、ちょっぴり頬《ほお》が熱くなる。

やがて、太上皇と皇帝を乗せた宝輦《ほうれん》が到着した。崇成帝と豊始帝が姿を現す。ここから先は、万乗《ばんじょう》の君も自分の足で歩かなければならない。

武官たちの手で朱塗りの門扉《もんぴ》が開かれる。御親祭の始まりである。

石畳《いしだたみ》が敷かれた神道《しんどう》の先にある正殿《せいでん》、向かって右の東配殿《はいでん》、向かって左の西配殿。すべて黄瑠璃瓦《こうるりがわら》をふいた壮麗《そうれい》な建物だ。百官は正殿前の広場で遥拝《ようはい》し、男性皇族は東配殿《はいでん》で、女性皇族、妃嬪および皇族夫人は西配殿にて、太上皇と皇帝は正殿で祈禱《きとう》を行う。

御親祭は滞《とどこお》りなく進んでいた。

――錦衣衛《きんいえい》の武官たちが西配殿に駆けこんでくるまでは。

「示験王妃さま、別室へ来ていただけませんか」

迷わず露珠のもとにやってきた壮年の武官が険しい面持《おもも》ちで言った。

錦衣衛は東廠《とうしょう》の下部組織だ。事件事故の捜査や犯人の逮捕などを担当する。

「靴《くつ》を調べさせていただきたいのです」

「靴？」

露珠は自分の足を見た。今日はやや大きめの貯香鞋《ちょこうあい》を履《は》いている。貯香鞋は木底の部分が抽《ひき》斗《だし》のような形になっており、その中に香料がつめてある。纏足《てんそく》をほどき始めてから二月ほど経つ。順調に自然な足に戻りつつあったが、最近少し腫《は》れているので膏薬《こうやく》を塗っている。強烈な膏薬の匂《にお》いをごまかすため、貯香鞋の中に香料を入れているのだ。

「なにゆえ靴をお見せせねばならぬのじゃ？」

「ご協力くださらない場合、手荒な真似《まね》をしなければならなくなりますよ」

有無を言わさぬ口ぶりに気おされた。錦衣衛は強権を振るって官民に恐れられているというが、まさに評判通りだ。助けを求めて周囲を見回すと、祈禱の声が止まった。

「祈禱の最中に何の騒ぎですか」

祭壇の前で経文を唱えていた李皇貴太妃が、側仕《そばづか》えの女官に手を取られて立ち上がった。錦衣衛の武官は長い外套《がいとう》の裾を払い、うやうやしく頭を垂れる。

「正殿で事件が起こりました。示験王妃には取り調べを受けていただきたく」

殿内がざわついた。誰もがこそこそと揣摩臆測《しまおくそく》を囁《ささや》き合い、露珠をちらちらと見る。

「どのような事件か聞かないことには、示験王妃を退席させるわけにはまいりません」

李皇貴太妃に睨《にら》まれ、錦衣衛の武官は言いにくそうに目を伏せる。

「……正殿で異臭騒ぎが起こり、太上皇さまと主上《しゆじよう》がお加減を悪くされております」

「主上はご無事なのですか⁉　まさか……重篤《じゆうとく》ではありませんわよね？」

「どちらにいらっしゃいますの⁉　すぐにお目にかかりたいわ！」

有昭儀《ゆうしようぎ》と凌婉儀《りようえんぎ》が競い合うように悲鳴じみた声を上げた。

「詳細は申し上げられません。示験王妃以外の方はご祈禱をお続けください」

「祈禱なんてしている場合じゃないわ！　主上に会わせて！」

「主上にもしものことがあったら……わらわは九泉《きゆうせん》までお供いたします！」

「ここは燎高帝の陵《みささぎ》です。心を静かにしなければ、燎祖《りようそ》の逆鱗に触れますよ」

李皇貴太妃は涼しい声音《こわね》で二人の言葉を遮《さえぎ》った。

「示験王妃は錦衣衛の捜査に協力しなさい。他の者は祈禱に戻るように」

「太上皇さまもお加減を悪くされているんですよ？　ご心配ではないんですか？」

「ご危篤かもしれませんわ。急いでお会いにならないと、手遅れになるかも……」

「匹婦《ひっぷ》のようにうろたえるのはよしなさい。あなたたちの夫は天下を睥睨《へいげい》する万乗の君です。不測の事態が起きても冷静さを失わず、己が務めを粛々《しゆくしゆく》と果たさなければなりません」

殿内は静まり返った。李皇貴太妃は自分の席に戻って祈禱を再開する。

露珠はおとなしく錦衣衛についていくことにした。武官たちに囲まれるのは怖いから、李皇貴太妃に許可をもらって鳥歌にも同行してもらう。

別室に入るなり、武官は纏足靴を両方脱ぐように要求してきた。示験王以外の男性が靴に触れるのはいやだけれど、捜査のためと言われれば拒《こば》めない。

やむを得ず左右の貯香鞋を脱いで彼らに手渡した。武官たちはしばらく貯香鞋を調べていたが、木底の抽斗に気づいて中を確認し、両方の靴から方形の黒い塊《かたまり》を取り出した。

「それは何じゃ？　こなたは入れた覚えがないが」

「阿芙蓉《あふよう》ですよ」

千年前、西方より薬として伝来した阿芙蓉は、阿片《あへん》とも呼ばれる麻薬である。

阿芙蓉の熟しきらない果実を傷つけると、白い樹液が出てくる。乾燥させると黒く変色し、粘土状に固まる。これが阿片だ。鎮痛、鎮静、催眠《さいみん》、下痢《げり》止めなどに効果を発揮するものの、依存性が高く、連用すると麻薬中毒になり、苦しみのうちに死に至る。

かつては薬として活躍していた阿芙蓉は、仁啓《じんけい》年間末から麻薬としてその名を知られるようになった。煙草《たばこ》のように喫煙することが流行り、中毒者が増えていると聞く。

「崇成十五年の禁令により、阿芙蓉の所持はかたく禁じられています。なにゆえ、示験王妃さまは阿芙蓉をお持ちになっているのですか」

「こなたが靴に入れておいたのは香じゃ。阿芙蓉ではない」

「白を切るおつもりですか。では、詳しい取り調べを受けていただきます」

武官たちが露珠の両腕をつかんだ。

「本当に知らぬのじゃ！　こなたのものではない！」

「そうよ！　露珠が阿芙蓉なんか持ってるはずないじゃない！　この子には阿芙蓉を吸って偽物の幸せに浸ってる暇はないのよ！　現実が幸せいっぱいなんだから！」

烏歌が一生懸命にかばってくれたが、武官たちは露珠の体に縄をかけた。

「ご自分で使わなくても、他人に譲ることができるでしょう。阿芙蓉は烏羽色《からすばいろ》の黄金だ。ほんの一かけらに千金の値打ちがある。中毒者なら、阿芙蓉のために何でもしますよ。どのような大罪であろうとも。阿芙蓉を餌《えさ》にすれば、人を操ることさえ容易《たやす》い」

「こなたが阿芙蓉を使って誰かを操ろうとしたと言いたいのかえ？」

「操ろうとしたのではなく、すでに操ったんでしょう」

武官は侮蔑《ぶべつ》の眼差《まなざ》しで露珠を見下ろした。

「あなたには大逆の疑いがかかっています」

「大逆じゃと⁉」

「驚いたふりなどなさって白々しい。神宮監《しんきゅうかん》の宦官《かんがん》をそそのかして、太上皇さまと主上の弑逆《しぎゃく》を命じたのは、示験王妃さま――あなたでしょう？」

正殿で太上皇と皇帝が倒れた。その知らせが東配殿にもたらされたのは、錦衣衛が露珠を連行してから間もなくのことだった。

「いったい何が起きているんだ？」

透雅は苛立《いらだ》ちを抑えながら蛮述を見やった。厳粛に祈禱が行われていた東配殿に、今しがた蛮述がやってきた。蛮述は宦官の最高職・司礼監掌印太監《しれいかんしょういんたいかん》に仕える掌家だ。今回の統山行幸《ぎょうこう》では皇宮に残った司礼監掌印太監の名代として、祭祀《さいし》に参列していた。

「正殿の香炉《こうろ》に夾竹桃《きょうちくとう》の生木が混入されていたんですよ。祭祀用の香木に紛れこませてね。異臭がすることに祭官《さいかん》が気づいたときには、時すでに遅しで……」

夾竹桃は白や薄紅の可憐《かれん》な花を咲かせる毒植物。すべての部分に毒がある。口にするのはもちろん危険だが、生木を燃やした際の煙にも毒性が含まれているので、煙を吸っただけでも中毒を起こす。症状は毛地黄《ジギタリス》中毒と似ており、吐き気、頭痛、嘔吐《おうと》、めまい、腹痛、痙攣《けいれん》、意識混濁《こんだく》など。重篤化すれば、心臓麻痺《まひ》が起こって死亡する。

「太上皇さまと主上が相次いでお倒れになった後で、香木を用意した神宮監の宦官たちを取り調べたところ、そのうちの一人が犯行を自白しました」

宗廟《そうびょう》をつかさどる宦官の役所を神宮監という。高帝廟も宗廟の一つなので、神宮監の宦官が日々清掃を行い、香や灯火の管理をして燎祖の御霊《みたま》に仕えている。

「そいつは阿芙蓉中毒者でした。阿芙蓉を買う金欲しさに、以前からたびたび高帝廟の宝物を盗んで転売していたようです」

昨夜、神宮監の宦官は見慣れない男に呼び止められた。

『阿芙蓉が欲しいなら融通《ゆうずう》してやる。その代わり……』

今日の祭祀で正殿の香炉に夾竹桃の生木を紛れこませるよう、取引を持ちかけた。

「神宮監の宦官は男につかみかかったらしいんですよ。言う通りにするから、先に阿芙蓉をくれと。よほど阿芙蓉が欲しくて切羽詰《せっぱつ》まってたんでしょうね」

男は『阿芙蓉を持っているのは自分の雇い主だ』と言った。

雇い主とは誰なのかと神宮監の宦官が尋ねると、「金蓮《きんれん》」という答えが返ってきた。

『阿芙蓉は蓮鞋《れんあい》の中だ。おまえが首尾《しゅび》よく仕事を終えたら、私が雇い主から預かってくる』

蓮鞋はすなわち纏足靴。統山行幸の随行員《ずいこういん》の中で纏足靴を履いているのは、露珠だけだ。

「男は捕縛《ほばく》されたのかい」

「いまだ捜索中です。何せ、神宮監の宦官の証言が意味不明で男の特徴が分からないんですよ。人相も背恰好《せかっこう》も分からないというわりに、胸に目玉がついていたとのたまう始末で」

「胸に目玉？　化け物だとでも？」

「阿芙蓉中毒者の言うことはあてになりませんからね。大方、幻覚でも見たんでしょう」

「その男自体も幻覚……というわけではなさそうだ。少なくとも阿芙蓉が出てきている」

「ええ。供述通り、示験王妃さまの靴から阿芙蓉が見つかりました。今後、示験王妃さまの身柄は錦衣衛の……東廠の監視下に置かれます」

　自白を引き出すためなら、東廠はどんな残酷《ざんこく》な拷問《ごうもん》も厭《いと》わない。透雅は視線を鋭くした。

「露珠は無事なんだろうな？」

「今のところは。手荒な真似《まね》はしないように指示していますから、拷問は行っていません。しかし……さらに不利な証拠や証言が出てくれば、示験王妃さまの身の安全は保障できませんよ。太上皇さまと主上のご容態も、思わしくないですし……」

　正殿内にいた官吏や宦官も症状を訴えているが、最も重症なのが父帝と学律だという。

「濡れ衣だ。何者かが露珠を犯人に仕立て上げるために、纏足靴に阿芙蓉を仕込んだんだ」

「冤罪《えんざい》の可能性は十分に考えられますが、現状は示験王妃さまに不利ですね。示験王妃さまは泥蟬《でいせん》の王女でいらっしゃる。わざわざ蛮族《ばんぞく》の姫に味方する者は朝廷にはいません。祖国を滅ぼされたことを恨んで凱皇帝を弑《しい》そうとしたという動機も成り立ちますし、厄介《やっかい》ですよ」

「次はその手で来るだろうな。露珠に仕えている侍女の誰かがありもしない動機を証言する」

　これは陰謀《いんぼう》だ。それも周到に用意された策略に違いない。

「露珠に会わせてくれ。彼女の無事を確認したい」

　透雅は蛮述に案内されて、統山のふもとにある離宮の獄舎《ごくしゃ》へ急いだ。

露珠は藁《わら》敷きの獄房《ごくぼう》にうずくまっていた。ここは地下の獄舎なので、夏の昼間だというのにひんやりしている。膝を抱えて縮こまり、纏脚布《てんきゃくふ》に包まれた両足を見るともなしに見る。

(……誰かがこなたを陥《おとし》れたのじゃ)

身に覚えのない罪で投獄《とうごく》された。これが陰謀《いんぼう》であることは、宮廷の事情に疎《うと》い露珠にも分かる。錦衣衛によれば、露珠の罪状は太上皇および皇帝の弑逆未遂《みすい》。証拠も証人も、露珠が首謀《しゅぼう》者《しゃ》だと語っている。冤罪を晴らすことができなければ、極刑はまぬかれない。

(……もう殿下にはお会いできないのだろうか)

処刑はむろん恐ろしい。けれども死の恐怖以上に、示験王に会えなくなることのほうが何倍もつらい。ようやく身も心も結ばれた。恋しい人の妻になる喜びを知った。五十年先も一緒に五時の花々を眺めようと約束した矢先に、無実の罪で引き裂かれてしまうなんて——。

「露珠!」

獄房の外から愛しい声が聞こえてきて、露珠は頭を上げた。

「殿下……! もうお会いできぬかと……」

堅牢《けんろう》な木格子《きごうし》の向こうに、示験王の姿があった。獄吏《ごくり》が鍵を開けるなり、示験王が駆けこんでくる。露珠は立ち上がって駆け寄ろうとしたが、足が疼《うず》いて転びそうになった。

「まさか拷問されたのかい!?」

血相を変えた示験王がすかさず抱きとめてくれた。

「尋問《じんもん》は受けたが、ひどいことはされていない。靴を取り上げられてしまったので、纏脚布のままで歩いたのじゃ。獄舎までの道のりは遠かったゆえ、足が痛んでいるのであろう」

「すぐに医者を手配しよう。新しい靴も必要だね」

示験王は獄房の外に控える側仕《そばづか》えにあれこれと指示を出した。

「殿下、こなたは無実じゃ。太上皇さまと主上を弑《しい》すなんて、夢の中でもありえぬ。だって、お二人は殿下の家族だもの。誠意を尽くしてお仕えしているつもりじゃ。逆心など抱いたこともない。本当じゃ。こなたは、嘘はついていない。どうか信じてくりゃれ……」

「君が無実であることは、誰よりもよく知っているよ」

カタカタと震える露珠の肩を、示験王はあたたかい掌《てのひら》で包んでくれた。

「俺が君の潔白を証明する。しばらくの間、辛抱《しんぼう》してくれないか」

どれくらい待てばよいのか。そもそも無実を証明することが可能なのか。ここにいれば、どんな目に遭《あ》うのか。不安が次々に頭をもたげてくるけれど、口には出さなかった。

(殿下はこなたを心から信じてくださっている……)

露ほども疑いを抱いていないことが、真摯《しんし》な口ぶりから伝わってくる。示験王になら自分の命を預けられる。彼を信じて待ちたい。いつかまた、彼の腕の中に戻る日を。

「約束してくださるかえ?」

涙をためた目で見上げると、甘く優しく唇が重ねられた。

「必ず君を連れて王府に帰る。また二人で五時花《ごじか》を眺めよう」

露珠を救うべく、透雅は捜査に立ち会うことにした。錦衣衛の武官たちはそろって渋い顔をしたが、蛮述が口利《くちき》きしてくれたおかげで、太医《たいい》に話を聞くことができた。

「なぜ父上と兄上の症状は際立って重いんだ？　お二人は香炉の近くにいらっしゃったのか」

「いいえ、お二人より神宮監《しんきゅうかん》の宦官たちのほうが香炉の近くにいましたよ」

「妙だね。香炉の近くにいた者のほうがより多くの煙を吸っているはずなのに」

香炉の近くにいた者たちは軽症で、香炉から離れていた者が重症というのは奇妙だ。

「妙と言えば、神酒《しんしゅ》の毒見役の一人が具合を悪くしているんですが、夾竹桃中毒《きょうちくとう》とみられる症状を訴えておりましてね。症状の激しさが太上皇さまと主上にそっくりなのです」

「毒見役は正殿に入れないはずだが？」

祭祀に使われる神酒の毒見役は七名いる。いずれも正殿には立ち入らず、別室にて毒見を済ませ、祭祀が終わるまでそこに控えることになっている。

「ですから妙なのです。毒見役は夾竹桃の煙を吸っていないのに夾竹桃中毒になっています」

「神酒に夾竹桃が入っていたのでは？」

「それはあり得ないでしょう。残りの六名の毒見役は健康そのものですから」

「その毒見役は神酒の他に何か口にしたのかい？」

「はあ、それが……私も聞いて呆《あき》れましたが、棗《なつめ》の粽《ちまき》を四つに、甘露餅《かんろもち》を一皿、包子《まんじゅう》を三つ、蓮《はす》の実入りの花糕《カステラ》を多数、玫瑰餅《まいかいもち》を五個以上……」

祭祀の最中は飲食禁止だ。正殿に入れない毒見役も例外ではない。

「まるまると太った大食漢なんですよ。当人によりますと、祭祀の間、空腹に耐えられなくなりそうだと踏んでこっそり食べ物を持ちこんだそうです」

「単なる食べすぎじゃないのかい」

「私も初めはそう思いましたが、他の毒見役に話を聞くと、この男は日ごろからこれくらいの量をぺろりと平らげるそうなんです。今日の量は普段より少ないくらいだと」

食べすぎではないなら、やはり毒を盛られているのだろう。

「別件という可能性は？　その男は誰かに恨まれていて、食べ物に毒を盛られていたとか」

「恨みの線は薄いでしょう。子どもの頃から親しくしていますが、やつは陽気で気持ちのいい男ですよ。食い意地は張っていますが、他人に恨まれるような人物ではありません」

答えたのは錦衣衛の武官だった。食いしん坊の毒見役とは幼馴染《おさななじみ》らしい。

「今日の毒見役だって、あいつは非番だったのに代理で入ったんですよ。もともと予定に入っていた者が、母親が急病で倒れたので看病したいから休みたいと申し出たもので。それも昨日のことですよ。本来なら母親の急病くらいじゃ休めないんですが、あいつが上役に頼みこんで、代わりに自分が随行《ずいこう》するって申し出たんです」

　他の毒見役にも話を聞いてみた。

「ええ、いいやつですよ。図体通り、懐《ふところ》の大きい男でね。俺も金に困ってたときにいくらか融通してもらったことがありますよ。あとで返そうとしたら、『それはあげたものだから受け取れない』なんて言うんです。自分だって金に余裕があるってわけじゃないのに、気前がいいんですよ。今日だって、皆の分の点心も持ってきてくれましたし……あ」

　小柄な毒見役はしまったと言いたげに目を泳がせた。

「何だって？　他にも点心を食べた者がいるのかい」

「あ、ええ……その、い、いつもはこんなことはしないんですよ。規則で禁じられていますから。ただ、今日はちょっと魔がさしたと言うか……」

「規則違反のことは聞かなかったことにしよう。まず質問に答えてくれ。君たちも同じ点心を食べたのかい？　それなのに誰も気分を悪くしていない？」

「同じですが、同じじゃないですよ。あいつ、妙なところできっちりしていましてね。自分が食べる分と、俺たちに配る分は別々の袋に入れておくんです。だから、あいつが食べた点心と、俺たちが食べた点心は、内容は同じですけど、中身は全然違います」

「君たちが食べた分には、毒が入っていなかったんだね」

　食いしん坊の毒見役は同輩たちに慕われていた。恨みから毒を盛られた線は薄い。にもかかわらず、持参した点心を食べた後、夾竹桃中毒で倒れた。

「毒が盛られていたとすると、疑わしいのは彼が食べた点心だ。全部、調べてみよう。毒見役の事件と正殿の事件には、何か共通点があるかもしれない」

別の場所にいた毒見役と二人の天子が同じ中毒症状を訴えている。偶然とは思えない。


初更《しょこう》ごろ、露珠は獄中で文を書いていた。夾竹桃中毒になった毒見役が毒見の後で口にしたという食べ物に毒物が含まれていないか、実際にそれらを食べて調べ、結果を書いた。

先だって、示験王の側仕えが食盒《じゅうばこ》を持ってきた。食盒の中には棗入りの粽や甘露餅などの点心がたくさん入っていた。食盒に添えられていた文を読み、露珠は嬉しくなった。

(殿下がこなたを頼りにしてくださっている)

王府では五日に一度、毒見している。示験王の役に立つことが誇りだ。彼に助けられるばかりではなく、露珠だって自分にできることをしたい。

示験王の側仕えに食盒と文を持たせて帰した後、予期せぬ客人が獄房を訪れた。

「……松月王《しょうげつおう》？」

木格子《きごうし》の向こうに立っていたのは、示験王の異母弟、松月王・高才業《さいぎょう》だった。手にした提灯《ちょうちん》が浮かび上がらせる立ち姿は、今にも闇に溶けてしまいそうなほど心許《こころもと》ない。

「あなたが投獄されたと聞いて、心配になって来てみたんだ。大丈夫かい？　怪我《けが》はない？」

「こなたは大丈夫じゃ。それより、太上皇さまと主上のご容態は？」

「詳しいことは分からないんだ。李皇貴太妃さまが太医以外の立ち入りを禁じていらっしゃるから……。外から様子を見る限りでは、よくないようだね。特に兄上のほうが重篤みたいだ。善契《ぜんけい》兄上のことを思い出したんだろうか、太医たちが青くなって右往左往《うおうさおう》していたよ」

父と兄の生死にかかわることなのに、松月王の口ぶりはやけに他人行儀だった。

「一刻も早く快復なされればよいの。お二人とも凱の柱であらせられるゆえ」

もし状況がよくならなければ、凱は一度に二人の天子を喪《うしな》うことになる。

「僕はあなたのほうが心配だよ」

松月王は獄吏に憚《はばか》って声をひそめた。

「あなたが犯人じゃないことは分かっている。きっと誰かに濡れ衣を着せられたんだね。でも、このままじゃ、あなたは大逆人として極刑に処されてしまう」

松月王が手招きするので、露珠は木格子のそばに歩み寄った。

「僕があなたを逃がしてあげるよ」

「逃がす……？」

「ここから逃げ出すのを手伝うよ。身を隠せる場所も用意する」

「罪人を逃がすのは罪であろう？」

「あなたは罪人じゃない。誰かの陰謀《いんぼう》で陥れられた被害者だ。そうだろう？」

「うん……。こなたには身に覚えがない。だから、示験王がこなたのために事件を捜査してくださっているのじゃ。真相が明らかになればここから出られるはず……」

「真相が明らかになる前に、もっと残酷《ざんこく》なことが起きるよ」

松月王は青白い細面を痛ましげにしかめた。

「真犯人はあなたを犯人に仕立て上げようとしている。やつにしてみれば、あなたが獄中にいるときこそ好機だ。獄房の中で何が起きても、誰の目にも触れないんだからね」

「まさか……こなたが獄中で殺されるというのかえ？」

「真犯人にとっては、そのほうが好都合だろう。死人に口なしさ。誰であろうと死んでしまえば、自分の無実を訴えることさえできなくなる。宮中ではよくあることだよ。誰かが何らかの罪を疑われて投獄される。裁判が始まる前に、その者は獄中で謎の死を遂《と》げている。捜査は打ち切られ、事件はうやむやのうちに終わる。真相は永久に闇の中だ」

ぞくりとした。地下牢《ちかろう》によどむ夜気が全身を突き刺す。

（……獄中にいるだけで危険なのじゃ……）

獄吏に殺されるかもしれない。首に帯を巻きつけて吊るせば、自死に見せかけられる。あるいは、地下牢に火を放たれるかも。獄吏たちが逃げ出せば、露珠は炎の中に置き去りだ。

真犯人がどんな手段をえらぶのかは、そのときが来なければ分からない。

「ここにいる時間が長くなればなるほど、危険が増すよ。逃げるなら早いうちがいい」

「……なれど、こなたを逃がしたら松月王が罪人になってしまうであろう?」

「そんなことは気にしないで」

松月王はおっとりと微笑《ほほえ》んだ。柔和な目元に諦観が色濃くにじむ。

「僕は病人だ。太医には二十歳《はたち》まで生きられないだろうと言われている。どうせ遠からず死ぬんだから、罪人になることなんか怖くないよ」

「なんて恐ろしいことをおっしゃるのじゃ。松月王には微妃《びひ》がいらっしゃるであろう。大逆人を逃亡させたら、微妃まで罪に問われるかもしれぬぞ」

「彼女に罪は及ばないよ。すでに離縁状をしたためてきた。僕と微氏は他人だ」

「微妃は先帝から賜《たまわ》った花嫁であろう。離縁なんて絶対にだめじゃ」

「僕が欲しかったのは微氏じゃない」

きっぱりと言い切り、松月王は憂《うれ》いを帯びた笑みを浮かべた。

「あまり長話をしていると怪しまれるな。そろそろ帰るよ。夜更けに人を遣わすからね」

「待ってくりゃれ。こなたは……」

呼び止めようとしたとき、松月王が胸を押さえて前かがみになった。苦しげに顔を歪めてうめき、すがりつくようにして木格子をつかむ。

「胸が痛いのかえ⁉　大変じゃ、急いで人を呼ばねば……!」

「平気だよ。いつものことだから……」

胸を押さえたまま、松月王は短く息をつめた。

「僕は生まれつき心臓が弱くてね。ときどき発作が起きて……胸が苦しくなる。でも、痛みはしばらくすれば引くんだ。部屋に戻って薬を飲むよ。驚かせてしまってごめんね」

「獄舎には一人でいらっしゃったのかえ？　もし側仕《そばづか》えが来ていないのなら、獄吏に迎えを呼びに行かせて、迎えが来るまでここでやすんでいたほうがよいのでは」

「残念ながら一人じゃないんだ。獄舎の外に側仕えが待っている。……一人で来ればよかったな。あなたが引きとめてくれるなら」

松月王は苦笑して木格子から離れた。そのまま立ち去ろうとするので、慌てて呼び止める。

「こなたを案じてくださるのはありがたいことだが、こなたはどこにも行かぬ」

「何だって？　こんなところに残るっていうのかい？」

「罪を疑われている身ゆえ、やむを得ぬ。濡れ衣を着せられたまま逃げ出せば、いろんな人に迷惑がかかる。冤罪《えんざい》が明らかになるまでは、おとなしくしているしかない」

露珠は木格子をぎゅっと握った。ここにいれば、口封じに殺されるかもしれない。棘《とげ》のような恐怖が喉《のど》の奥に突き刺さって鋭い痛みを発している。

逃げたい。示験王のもとへ行きたい。暗い獄房《ごくぼう》で縮こまって独り寝するのではなく、彼のぬくもりに抱かれて眠りたい。しかし現状、露珠の身分は囚人だ。無断で獄舎から逃亡すればさらに罪状が増えることになるし、逃亡にかかわった人たちも同罪となる。夫である示験王にも累が及ぶだろう。諸々の事情を考えれば、感情に任せた行動はできない。

「真相が明らかになるとは限らないよ。捜査中に父上や学律兄上が崩御《ほうぎょ》なされば、事件の真相よりも大逆人の処罰のほうが優先される。冤罪のままで処刑されるかもしれない」

「最悪の事態になる前に、示験王がこなたの無実を証明してくださる」

「そんな保証がどこにあるんだい」

「ここにある」

露珠は自分の胸に手をあてた。

「こなたは殿下を信じている。ゆえに、ここで待つ」

示験王は必ず露珠を連れて王府に帰ると約束してくれた。また二人で五時花を眺めようと約束してくれた。だから露珠は、獄房の中で彼を待つ。

「……そこまで、透雅兄上のことを愛しているのかい。自分の命を預けられるほどに」

松月王がかすれた声で問う。露珠は自信たっぷりにうなずいた。

早く示験王に会いたい。そのためには、ここで生きのびなければ。何が起きようとも。

（点心には毒が入っていない？）

獄舎からの返信に目を通し、透雅は椅子《いす》の背にもたれた。

毒が入っていると思われるものを露珠に食べさせるのには抵抗があったが、実のところ彼女に調べてもらうのが一番確実なので獄舎に点心を届けさせた。結果は予想とは違っていた。

（毒見役が食べた点心だけに毒が盛られていたんだろうか？）

その可能性がないとはいえないが、問題の点心は毒見役の胃袋の中だ。調べようがない。

「毒見役の容態は？」

「悪くなる一方です。吐瀉《としゃ》がひどくて、現場は筆舌《ひつぜつ》に尽くしがたい有様ですよ」

老齢の太医《たいい》は疲れ切った様子で向かい側の席に座った。皇宮の規則で、太医は皇族以外を診療することが禁じられているが、毒見役は例外である。彼らが毒にあたった場合、その症状や経過、治療の効果などを詳細に記録する必要があるからだ。

「彼も災難だったね。人に恨まれるような生き方をしてきたわけではなさそうなのに」

「人には恨まれていなくても、天には恨まれていたのかもしれませんよ。大事な祭祀《さいし》の最中に点心を貪り食らうような不届き者ですからな。まあ、今回助かれば、これに懲りてあの者も摂生するようになるでしょう。ただでさえ、心臓を患《わずら》っているんです。暴飲暴食ばかりしていると、毒を盛られるまでもなく早晩、ぽっくり逝《い》きますよ」

「心臓を患っている？　彼には持病があったのかい？」

「まだ若いのに心臓病の薬を常用していますよ。そうしないと発作が頻繁《ひんぱん》に起きて危険なのでね。何しろあの図体ですから。私の言いつけ通り薬は一日三度飲んでいますが、食事の量を減らすよう指導するたび、『俺の唯一の楽しみを奪わないでくれ』と泣き言を……」

「昨日も飲んでいたんだろうね？」

「空の薬包をきちんと畳んで懐《ふところ》に入れていましたから、食前に飲んだんでしょう」

「薬に毒が盛られていた可能性は？」

「ないでしょう。念のため空の薬包を調べましたが、毒物は付着しておりませんでした」

「どんな生薬を使っている薬なんだい」

老齢の太医が生薬名を列挙するので、透雅は黙って聞いていた。

「……待て。毛地黄《ジギタリス》と言ったかい？」

「ええ。毛地黄は心臓の病に効きますので。とはいえ、もとは毒物ですから、扱いがきわめて難しいんです。分量を少しでも間違えると、良薬が劇毒になってしまいます。私は間違えたことなどありませんよ。あれにはコツが……示験王殿下？　どちらへ？」

太医の声を無視して部屋を飛び出し、透雅は高帝廟の正殿へ急いだ。

正殿は事件が起きた当時のままにするよう厳命されているので、現場は保存されていたが、神酒が入っていた酒壺《しゅこ》は空になっていた。丁寧に洗われており、かすかな匂《にお》いすらも残っていない。何者かがひそかに中身を捨てたのだろう。むろん、証拠を消すために。

しかし、逆に言えば、神酒にこそ仕掛けがあったという証でもある。

透雅は先ほどの部屋に戻った。太医にある仮説について話す。これから行う実験の手はずを相談し、太医に準備を任せた後で、昨日の毒見役たちを呼んだ。

「事件解決のため、君たちの協力を仰《あお》ぎたい」

つぶさに事情を説明すると、六名の毒見役たちは快く承諾《しょうだく》してくれた。

「では、三名は別室へ。事件当時と同じように、夾竹桃《きょうちくとう》の生木が混入した香を焚《た》く。気分が悪くなったら、すぐに申し出てくれ。残りの三名は、ここで薬を飲んでほしい。これには心臓の病に効く毛地黄が調合されている。心臓の病を患っていない君たちに合わせて量は加減してあるから、通常なら中毒は起こらない。服用後に不調を感じたら、我慢せず即座に申し出ること。いつでも治療を始められるよう、どちらの部屋にも太医が控えている」

それぞれの部屋に分かれて実験を始める。ほどなくして、結果が出始めた。

「夾竹桃の煙を嗅《か》いだ三名、心臓病の薬を飲んだ三名、全員に中毒症状が現れました」

老齢の太医がひたいの汗を拭きながら報告する。

「頭痛、めまい、激しい吐瀉、手足の痺《しび》れ、意識の混乱……太上皇さまと主上、太りじしの毒見役を苦しめている症状と同じです」

「やはり、神酒に毒が盛られていたんだ。毒見にも引っかからない、ごく微量の毒が」

夾竹桃なのか毛地黄なのか、それ以外の毒なのかは、もはや不明である。夾竹桃、毛地黄、福寿草《ふくじゅそう》、鈴蘭《すずらん》などの毒草は中毒症状が似通っているため、区別しにくい。

「祭祀に使われた神酒に、分量を加減された毒が入っていた。毒物ではあるが、ごくごく少量であれば、これといった症状は出ない。だから毒見の際には何の問題もなかった。しかし、夾竹桃の煙を吸いこめば、体内に摂《と》りこまれた毒が牙をむく」

神酒は香りが強く甘い。毒の量が少なければ、独特の臭《くさ》みや苦みはかき消されてしまう。

「夾竹桃も生薬として使いますが、毛地黄とは併用しません。毒性が増幅しますからね。神酒に盛られていたのが毛地黄だとしたら、太上皇さまと主上のご容態が悪いのも当然です」

「神酒は油をたっぷりしみこませたおがくず。夾竹桃の煙は火付け役。両者が体内で出会って初めて、毒が暴れ出す仕組みになっていたんだ」

正殿にいた官吏や宦官《かんがん》が軽症で済んだのは、彼らが毒入りの神酒を飲んでいないからだ。太りじしの毒見役が倒れたのは、心臓病の薬を飲んだからだろう。神酒を飲んで毒を摂りこんでいた体内に、薬に含まれる毛地黄が入ってきた。両者が交わることで毒性が増幅され、中毒症状が出た。奇しくも、夾竹桃の煙を吸って倒れた父帝や学律と同様に。

太りじしの毒見役は代役だった。親切心から同輩の仕事を急きょ引き受け、高帝廟親祭に随行した。前日の予定変更だったために、犯人は彼の持病について知らなかったのだ。

(――誰なんだ？)

二重に毒を仕掛け、露珠に濡れ衣を着せて、父帝と学律を亡き者にしようとした人物。

その正体を暴くには、まだ何かが足りない。

露珠はまんじりともせずに牢獄の一夜を過ごした。

（……昨夜は無事であったが、今日こそは何か仕掛けてくるやもしれぬ）

少しでも体を休めておこうと思い、横になって膝を抱えていたが、獄吏《ごくり》に首を絞められる自分や地下牢《ちかろう》が火事になって焼け死ぬ自分を何度も想像してしまい、一睡もできなかった。

示験王が真相を明らかにするまで独力で生きのびなければならないのだが、実際に獄吏に襲われたら腕力では勝てないし、地下牢が火事になれば逃げ場がない。

（……色仕掛けで獄吏を懐柔《かいじゅう》するしかないかの）

嫌悪感が先立つが、生きのびるためには手段をえらんでいられない。

あれこれ悩んでいると、獄吏が朝餉《あさげ》を持ってきた。干し肉の切れ端が入った冷たい粥《かゆ》という、あまり食欲をそそられない食事だったが、何かしら食べなければ、いざというときに力が出ない。喉に流しこむようにして早々と平らげ、再び思案に戻る。

何気なく左の掌《てのひら》を見て、露珠は目を見開いた。

（赤い阿朱里《あしゅり》が出ている……）

毒殺しの血の証である、左手の阿朱里。赤くなるのは、曼陀羅華《まんだらけ》、菲沃斯《ひよす》、走野老《はしりどころ》、別刺敦那《ベラドンナ》などの精神を破壊する毒物が原因だ。一瞬、昨夜食べた点心のせいかと思ったが、あれから半日近く経っている。通常、阿朱里が反応するのは、毒を口にしてから一刻（約十五分）前後。点心のせいではない。つい先ほど食べた粥が原因だろう。

粥に毒が盛られていた。それも幻覚や錯乱《さくらん》を引き起こす猛毒が。犯人の狙いは明らかだ。露珠に正気を失わせたいのだ。公《おおやけ》の場で無実を訴えることすらできないように。

我知らず、口元から笑いがこぼれた。一晩中、眠らずに悩んでいたのがばかみたいだ。

（こなたの天命はまだ尽きておらぬようじゃ）

当分の間、犯人は露珠を生かしておくつもりらしい。そして彼は、露珠には毒殺しの血があることを知らない。これを利用せずして、いったい何を利用しようか？

朝日が昇りきる頃、透雅は錦衣衛《きんいえい》の兵士たちが慌ただしく回廊《かいろう》へ駆け出していくのを見た。

「廊橋《ろうきょう》で男女の遺体が見つかったそうです」

主に問われるまでもなく、側仕《そばづか》えが淡々と説明した。

「ご婦人は有昭儀だとか。邪恋の果てに男と心中したものと見て捜査しているらしいです」

「有昭儀が間男《まおとこ》と心中？」

不審に思い、現場を見にいく。廊橋には錦衣衛の武官たちが集まっており、関係者以外の通行を禁じていた。透雅は蛮述の名を出して、半ば無理やり彼らの中に入りこむ。

「二人とも廊橋の欄干《らんかん》で首を吊っていました。おそらく、欄干に縄をくくりつけた後、反対側の縄を首に巻きつけ、池のほうへ飛びおりたんでしょう」

どういう状況なのか尋ねると、錦衣衛の武官が迷惑そうに答えた。床に敷かれた布の上に、男性と女性の遺体が横たえられている。一人は確かに有昭儀だった。

「そばにあった遺書には、二人は不義の関係にあったと記されています。今生《こんじょう》で結ばれないなら来世で夫婦になろうと誓い合い、互いに死を決意したとか。とんだ醜聞《しゅうぶん》ですよ。主上が床に臥《ふ》せっていらっしゃるときに、妃嬪《ひひん》が密通の末に心中とは」

あけすけに有昭儀を非難する武官の横を通りすぎて、透雅は男性の遺体に歩み寄った。遺体を引っ張り上げる際にどこかに引っかけたのだろうか。衣の合わせ目が乱れている。

（胸に目玉がついていた……）

神宮監《しんきゅうかん》の宦官の供述が思考を貫き、透雅は立ち上がった。驚きはなかった。意外とも思わなかった。宮中では誰もが陰謀劇《いんぼうげき》の主役となりうる。今回はあの者だったというだけだ。

太上皇が崩御《ほうぎょ》した。不穏な噂《うわさ》がまことしやかに囁《ささや》かれ始めたのは、事件から三日後のことだった。ある者はうろたえ、ある者はほくそ笑み、ある者は涙を流した。その者は慎重な性質だったから、軽率に反応しなかった。人を使って噂が事実なのかどうか調べさせた。

果たして噂は事実であった。何事にも動じず、太上皇が倒れたと聞いたときでさえ祈禱《きとう》を続けた李皇貴太妃が身も世もなく哀泣している。それが何よりの証拠である。

その者は胸をなでおろした。太上皇を始末し、障害をひとつ排除できた。だが、これで終わりではない。皇帝にも鬼籍《きせき》に入ってもらわねばならないのだ。

皇帝は快方に向かっているらしい。こちらも人を使って確認させたので、残念ながら間違いない。なんとも迷惑な話だ。このままでは、入念に二重の仕掛けで毒を盛ったのが無駄になってしまう。快復後、皇帝は毒に対していっそう警戒を強めるだろうから、弑逆《しぎゃく》はいよいよ難しくなる。改めて策謀《さくぼう》を練《ね》っている暇はない。その者には時間がないのだ。

病状の進行具合から二年はもたないと医者に宣告された。自分の寿命が残り少ないと知り、その者は計画を早めた。名誉欲や権力欲のためではない。心から愛する人のためだ。

どれほど恋情に身を焦がしても、愛しいあの人と結ばれることはない。だから、こうするしかない。太上皇を弑《しい》し、皇帝の息の根を止めて、玉座を空にするしか。

その者は見舞いを口実に皇帝の寝間に入った。皇帝はちょうど眠っていた。この時間は寝入っていると知っていたからこそ、訪ねたのだ。紅豆の毒を仕込んだ毒針で殺す手はずである。毒の致死量はごく微量。血に混じれば命を奪う。その者は身内を案じるふりをしながら皇帝に近づき、そっと毒針を出した。致死毒を含んだ先端を耳に突き刺そうとする。

直後、物陰から錦衣衛の武官が飛び出してきてその者を拘束《こうそく》した。腕をねじり上げられ、いともたやすく毒針を奪い取られてしまう。

「父上は崩御《ほうぎょ》なさっていない」

聞き慣れた声が耳朶《じだ》を打つ。抑揚《よくよう》に乏《とぼ》しい低音は示験王・高透雅のものだ。

透雅は衝立の陰から姿を見せた。傍らにいるのは、西域から来た赤髪の娘。獄房《ごくぼう》で曼陀羅華を盛られたはずだ。乱心して泣き叫んでいると獄吏は報告してきた。しかし、みじんも取り乱している様子が見られない。獄吏が嘘をついたのか。錯乱自体が芝居だったのか。

「太上皇崩御の噂は真犯人をおびきよせるための罠だ」

その者は目を見開き、薄く苦笑をもらした。

『おまえみたいな役立たず、産まなければよかったわ』

耳にこびりついた母の声が鈍い痛みを伴《ともな》いながら反響した。まったく、母の言う通りだ。自分はなんて役立たずなのだろう。あと少しというところで、仕損じるとは。

「なぜこのようなことをなさったのですか、叔母上《おばうえ》」

「何のことかしら」

宝倫大長公主・高美蓮《みれん》は悪びれもせずに艶然《えんぜん》と微笑した。

「往生際《おうじょうぎわ》が悪いですね。毒針を持って主上の寝間にいらっしゃったくせに」

「あら、毒針は護身用よ。非力な女には、強力な武器が必要なの」

「それで主上を弑そうとなさっていたのでは？」

「まあ大変、そう見えた？　とんでもない誤解だわ。部屋に誰かがひそんでいる気配がするから、警戒して毒針を構えていただけよ。学律を害すつもりなんてないわ」

「ならばなぜ、あなたの男妾《だんしょう》が有昭儀と遺体で見つかったんでしょうか？」

廊橋の欄干からぶら下がっていた男性は、美蓮の男妾の一人だ。

「錦衣衛から聞いたわ。あの二人、恋仲だったんですってね。ばかな子。何も心中なんかしなくてもよかったのに。私に相談してくれたら、力になってあげた――」

「猿芝居はやめていただきたい。あれは心中事件じゃない。男妾の口を永遠に封じるために、有昭儀を使って心中事件に仕立て上げただけだ」

「どうして私が可愛《かわい》い恋人の口を封じなくちゃならないの？」

「彼が神宮監の宦官《かんがん》をそそのかし、夾竹桃《きょうちくとう》事件を起こすよう仕向けた人物だからですよ」

「証拠もないのに憶測でものを言わないで。だいたい、その神宮監の宦官とやらは阿芙蓉中毒者なんでしょ。中毒者の証言なんかあてになるの？　どうせでたらめに決まってるわ」

「確かにでたらめでした。彼によれば、胸に目玉のついた男が阿芙蓉を餌《えさ》に取引を持ちかけてきたそうです。しかし、現実には胸に目玉のついた男など存在しない」

当たり前よ、と美蓮はころころと笑った。

「胸に目玉？　妖怪じゃあるまいし。幻覚でも見たんでしょう」

「いいえ、彼が見たのは幻覚ではありません。並頭蓮《へいとうれん》です」

美蓮は笑い声を打ち切った。すっと表情が冷えていく。

「阿芙蓉をくれと詰め寄ったときに、衣の合わせ目がはだけてしまったんでしょうね。彼は男の胸元にあった並頭蓮の刺青を目玉と見間違えてしまった。刺青は蕾の並頭蓮だったからです。暗がりなら、赤い目玉が二つ並んでいるように見えたとしても不思議ではない」

一つの萼《がく》に二つの花がついた並蒂《へいてい》の蓮は、お気に入りの男妾の証だ。

「実は今朝方、あなたの男妾の一人が俺に助けを求めてきたんです。自分は有昭儀の心中事件にかかわっているから、遠からず宝倫大長公主に消されるに違いないと。命を助けてくれるなら主君の罪を告白すると言うので、洗いざらい話してもらいましたよ」

証拠を握った上で美蓮の逃げ口上《こうじょう》を聞いていたわけか。悪趣味なことだ。

「改めてお尋ねします。どうしてこんな事件を起こしたんですか？」

「あなたのためよ」

武官に腕をつかまれたまま、美蓮は透雅に微笑《ほほえ》みかけた。

「玉座にふさわしいのは、学律ではなく、あなた。けれど、太上皇さまは学律を後継に指名なさった。きっと呉家に力を持たせることに二の足を踏んだんでしょう」

「長幼の序に従えば、俺が指名されないのは道理です」

「長幼の序は関係ないわ。現に学律より早く生まれた垂峰《すいほう》は候補にすら挙がらなかったじゃないの。太上皇さまにとっては、生まれた順番も親王たちの才覚や人柄も重要じゃない。ご自分が操りやすい手駒《てごま》であること。それが後継者の第一条件よ」

玉座を退いてなお、崇成帝は若輩《じゃくはい》の皇帝に助言するという名目で朝廷を支配している。永乾帝は終始、太上皇の言いなりだったし、豊始帝も太上皇の意向を無視した政は行わない。太上皇が健勝である限り、皇帝は彼の傀儡にすぎないのだ。

「あなたは誰よりも太上皇さまに似ている。だからこそ、新帝候補から外されたんだわ。冷徹で狡猾《こうかつ》なあなたなら、太上皇さまの権力を削《そ》ぎ落としかねないから」

蛮族《ばんぞく》の姫を正妃として透雅に嫁《とつ》がせることで、太上皇は彼を完全に皇位継承者から外した。玉座への可能性さえつぶしたのは、それほど透雅を危険視しているがゆえだろう。

「あなたに帝位を渡したかった。そのためには太上皇さまと学律が邪魔だったのよ。特に太上皇さまがね。学律だけを消しても、太上皇さまがいらっしゃる限り、あなたが新帝に選ばれることはない。あなたを皇位にのぼらせるには、二人をまとめて始末する必要があった」

「俺は帝位など望んでいません」

「そうかしら。宗室に生まれた男子なら、一度は玉座を夢見るものよ。万乗《ばんじょう》の君と呼ばれて天下を睥睨《へいげい》してみたいってね。でも、あなたが望まなくても呉家は望んでいるわ。呉鋭桑《えいそう》はあなたを皇位につかせたくてたまらないのよ。呉家の権勢を再び頂《いただき》にのぼらせるために」

「どうして叔母上は俺を皇位につかせたいんです？」

「それは私が女だからよ。女は好きな男を出世させてあげたいと願う生きものだもの」

戻露珠が息をのんだ。渡しはしないと言うように、夫の腕にしがみつく。

「俺はあなたの甥《おい》ですよ」

「甥に恋をしてはいけないの？　血縁があるから？　年の差があるから？　くだらない。恋の前では血縁も年の差も無力よ。星の数ほど障害があろうと、恋心は抑えられない」

恋は甘い蜜。そして苦い毒。恋に溺《おぼ》れすぎたがゆえに、美蓮は後戻りできなくなった。

「黄金の龍衣をまとい、十二旒《りゅう》の冕冠《べんかん》をつけて玉座に君臨するあなたを見たかった。妻として隣に並ぶことができないならせめて、至尊《しそん》の位にのぼったあなたを振り仰ぎたかったの。自分の手を汚すことも厭《いと》わなかったわ。学律の子を一人残らず消して、あなたの登極《とうきょく》を邪魔する者は徹底的に排除してきた。謀略《ぼうりゃく》の妨げになる者は誰であろうと容赦なく殺した」

「そんなことをしてくれと頼んだ覚えはありません」

「ええ、その通り。すべては私が勝手にやったこと。感謝してくれなんて言わないわ。情けをかけてくれと泣きつくつもりもない。始めから分かっていたのよ。これは叶わない恋だと」

しかし、後悔はしていない。――高垂峰に恋をしたことは。

美蓮の母、班氏《はんし》は光順帝の妃嬪《ひひん》だった。班家は仁啓帝の生母、孝熙《こうき》皇后の実家。建国以来の名門宰《さい》家と並ぶ由緒《ゆいしょ》正しい家柄である。にもかかわらず、班氏の位は寧妃《ねいひ》だった。寧妃は十二妃の最下位。皇后になることを嘱望《しょくぼう》されて入宮した名家令嬢としては低すぎる位だ。

当時、光順帝は皇太子時代からの寵妃である栄皇貴妃《えいこうきひ》を深愛していた。彼女はすでに皇子を産んでおり、名実ともに第一の妃だった。片や班氏は六度懐妊《かいにん》し、六度流産した。七度目でやっと生まれた赤子は男女の双子。待望の皇子は母の腕に抱かれた時点で死んでいた。

まるで見てきたようにその顚末《てんまつ》を語ることができるのは、母から幾度も聞かされてきたからだろう。母はよく美蓮に言ったものだ。おまえが死ねばよかったのに、と。

母に罵倒《ばとう》されるたび、美蓮は涙ながらに謝罪の言葉を繰り返した。お母さま、ごめんなさい。弟を殺してごめんなさい。私なんかが生まれてきてごめんなさい。

『おまえを産んだせいで、わたくしは二度と身籠《みごも》れない体になってしまったのよ!!』

気位の高い母は、自分が寵愛《ちょうあい》を得られないことにも、皇子を産めずに位階を進められないことにも、懐妊が見込めず夜伽《よとぎ》さえできなくなったことにも、耐えられなかった。

幼い美蓮は母の機嫌を取ろうと奔走《ほんそう》した。花を摘《つ》んできて贈れば、笑ってくれるかもしれないと期待したけれど、無視されただけだった。舞や楽器の演奏が上手になれば、褒めてくれるかと思ったが、「宮妓《きゅうぎ》のようでみっともない」と叱られた。学問を頑張ろうと書物を読みふけっていると、「女の身で学問を修めても何の役にも立たないわ」と冷罵《れいば》された。

母の機嫌を取ろうとして男装をしたこともあった。母は皇子が欲しかったのだから、少年の恰好《かっこう》をすれば美蓮のことを少しは好きになってくれるかもしれないと考えた。

結果、かえって母を怒らせてしまった。

『外見を繕《つくろ》っても無意味なのよ！　おまえは皇子じゃない、役立たずの公主なんだから！』

皇子に生まれたかった。そうすれば、母は美蓮に愛情を注いでくれたはずだ。優しい声で美蓮の名を呼んでくれたはずだ。あなたが生まれてきてよかったと言ってくれたはずだ。

切なる願いとは裏腹に、美蓮の体は日に日に女性らしくなっていった。丸みを帯びた胸回りが不快だったから、いつも布を巻いて押さえつけていた。月の物が来るたびにひどく嘔吐《おうと》した。着飾るのが大嫌いだった。白粉《おしろい》の匂《にお》いには虫唾《むしず》が走り、美しい女物の衣装はズタズタに切り裂いてしまいたい衝動に駆られた。自分が女であることが我慢ならなかったのだ。

十六の元宵節《げんしょうせつ》。例年通り、皇帝は都の灯籠《とうろう》見物に出かけた。皇子たちや公主たちも色とりどりの灯籠が彩る都に繰り出した。美蓮は公主らしくない地味な衣装を着ていた。化粧《けしょう》もせず、宝飾品も身につけなかった。灯籠見物になど、少しも心躍らなかった。否《いな》、目に映るありとあらゆるものに、心躍ったためしがなかった。美蓮の心はとっくに死んでいた。

ぼんやり灯籠を眺めていると、一人の青年が話しかけてきた。どうやら彼は美蓮を皇宮の下女とでも思ったらしかった。青年に誘われるまま、あちこち歩き回った。見て面白いものなど何もなかったが、青年がやけに優しかったので悪い気はしなかった。美蓮は優しくされることに慣れていなかった。だから易々と応じてしまったのだろう。床をともにすることに。

事が済んだ後、美蓮は胃の腑《ふ》の中身を吐き尽くした。自分の体がますます穢《けが》らわしいものになった気がした。かすかに覚えていた青年への好意はとっくに吹き飛んでいた。

その夜を境に、美蓮は節操《せっそう》なく恋人を作るようになった。もっとも、恋をしていたのではないが。単に情事を繰り返していただけだ。しだいに身持ちの悪い公主だと後ろ指をさされるようになったが、かまわず淫奔《いんぽん》な生活を送った。結婚してからも不義密通を重ねた。気弱な夫は妻の不貞を黙認しており、寝取られ男に甘んじていた。

人は房事《ぼうじ》を楽しいものだと言うが、美蓮がそれを楽しんだことは一度もない。どんな甘い言葉を囁《ささや》かれても心が動かない。どんなふうに触れられても嫌悪しかない。閨事《ねやごと》なるものは美蓮に悪感情しかもたらさなかった。それなのに飽きもせず艶事《つやごと》を続けたのは、母への反抗心ゆえだ。美蓮の醜聞《しゅうぶん》を聞いて烈火のごとく激怒する母を見ると、なぜか溜飲《りゅういん》が下がった。

『なんて恥知らずなの⁉　天子の娘に生まれながら、ふしだらなまねばかりして‼』

美蓮はもはや泣きながら母の許しを請う稚《いとけな》い少女ではなかった。

『私は女だもの。殿方《とのがた》に抱かれるのが好きなのよ』

『穢らわしい‼　おまえのような娘を持って、わたくしは本当に恥ずかしいわ‼』

もっと恥じればいい。もっと怒りを滾《たぎ》らせればいい。血を吐くまで嘆けばいい。自分は淫乱な娘しか産めなかった、役立たずの皇妃だと思い知るがいい。

四度身籠り、四度堕胎《だたい》した。端《はな》から産むつもりはなかった。これは復讐だ。一度たりとも美蓮を抱きしめてくれなかった母を貶《おとし》めるためにやっていることなのだ。

四度目の堕胎の後、美蓮は宮中の牡丹宴《ぼたんえん》に出席した。堕胎から日が浅く、本調子ではない体を引きずりながらではあったが、空笑いは骨身に染みついていたので苦にならなかった。

宴も閨事と同じ。華やかな歌楽も、珍しい曲芸も、宮妓たちの雑劇《ざつげき》も、楽しいと思ったことなどない。何を見てもそうだ。美蓮は楽しめない。楽しんでいるふりをするだけだ。

『叔母上《おばうえ》は愛想笑いがお上手ですね』

話しかけてきたのは、兄帝の第三皇子である垂峰だった。彼は当時十六。前年、親王となって簡巡国《かんじゅんこく》を封土として賜《たまわ》ったばかりだった。

『愛想笑いなんてしたことないわよ』

艶《つや》っぽく微笑《ほほえ》みながら、内心ぎくりとしていた。今まで作り笑いを見抜かれたことはない。とりわけ男性には。過去の恋人たちはよく言ったものだ。あなたはいつも楽しそうだ、と。彼らは美蓮が房事を楽しんでいるふりをしていることにも、全然気づかなかった。

『俺が知る限り、いつも愛想笑いをしていらっしゃいますよ』

垂峰は乱暴な手つきで酒をあおった。

『別にいやみを言っているわけじゃない。愛想笑いがうまくてうらやましいと言ったんです』

『……うらやましい？』

『俺は感情がすぐ面《おもて》に出てしまう性質《たち》だから、宮中では損をするばかりだ。まともに腹芸ができるようになりたいですよ。そうすれば少しは……玉座に近づけるかもしれないのに』

『あなたは皇位が欲しいの？』

『皇子に生まれて皇位を望まないやつは、けた外れのばかか、意気地《いくじ》なしのどちらかですよ』

『ずいぶん野心家なのね』

『野心を抱いているつもりはありません。俺は自尊心が欲しいだけだ』

垂峰は睨《にら》むような目つきで大輪《たいりん》の紅牡丹を見ていた。

『皇子とは皇帝候補。もっと言えば皇帝の予備だ。どこの世界におまえは予備品だと言われて喜ぶやつがいるんです？　誰だって誰かの代わりに甘んじたくはないはずだ。自分自身でありたいと願うはずでしょう。それが野心だというなら、この世には野心家しかいない』

相槌《あいづち》を打つこともできず、美蓮はかすかに幼さを残した甥の横顔を見つめた。

『叔母上はご自分が嫌いでしょう』

『……どうしてそう思うの？』

『俺と同じだからですよ。自尊心を持たない人間の匂いがする』

崇成帝の第三皇子でありながら、高垂峰は皇太子候補に名が挙がらなかった。

理由はいくつもあるが、最たる原因は母妃の条氏が崇成帝に疎《うと》まれていることである。高飛《たかび》車《しゃ》な条氏は崇成帝の愛妃李氏をあからさまに敵視し、嫉妬心《しっとしん》に任せて数々の悶着《もんちゃく》を引き起こしてきた。あの母さえいなければ、垂峰は皇太子候補に名を連ねていたはずだ。彼も実の母に未来を踏みつぶされた人間なのだ。美蓮は待ち人に出会ったような心地になった。

数か月後、五度目の懐妊をした。覚えがあったので、夫の子だろうと思った。夫の子を身籠るのは初めてだった。それゆえではないが、今回は堕胎をためらった。

誰もが自尊心を求めている。誰だって自分が存在する理由を欲しがっている。母親になればその新しい役割から自尊心を得られるのではないだろうか。ただいたずらに命を浪費するのではなく、新たな命を育めば、自分の生に何らかの意味を見出《みいだ》せるのではないだろうか。

悶々と悩んでいるうちに流産した。偶然ではなかった。母が堕胎薬を盛ったのだ。

『どうせ不義の子だったんでしょう。父親が誰なのか分からない子は堕《おろ》してしまうのが一番よ。生まれてきたところで、ろくな人間にはならないんだから』

子を喪《うしな》い、床に臥せっていた美蓮に、母は冷酷な一瞥《いちべつ》をくれた。

その年の暮れのことだ。美蓮は雪見の宴で垂峰と会った。

『叔母上、なぜ泣いていらっしゃるんですか？』

愉快な管弦の調べが響き渡る金殿《きんでん》で、垂峰が怪訝《けげん》そうに尋ねてきた。

『泣いてなんかないわよ。今日はとても楽しい夜だもの』

美蓮は急ごしらえの笑顔を返した。卓の下で握りしめた両手が震えていた。

また母だ。また母が美蓮を否定した。美蓮の存在ごと踏みつぶした。もしかしたら、新しく生き直すことができたかもしれないのに。自分が生まれてきた意味を見つけられたかもしれないのに。これで何度目だろう。いったい幾度、母に心を引き裂かれてきたのだろう。

『全然楽しくないですよ』

垂峰は空の杯を荒っぽく卓に置いた。

『隣で叔母上が泣いていらっしゃるのに、能天気に楽しめるはずがない』

『……泣いて、ないと、言っているじゃないの……』

無理やり微笑みの形に歪めた唇から途切れ途切れの言葉がもれる。涙を堪え切れなくなり、美蓮は慌ただしく宴席を離れた。人前で泣くのはいやだった。余計にみじめになるから。

回廊《かいろう》に出ると、雪まじりの風が頰《ほお》を切りつけた。外衣も羽織らずに出てきてしまったので、体はたちまち凍えたが、かまわず回廊に立ち続けた。あえて冷たい雪風に顔をさらした。次々にあふれてくる不様な涙が一瞬にして凍りつき、雪のしずくと混ざり合うように。

『まったく、うんざりだ』

軽い舌打ちとともに、美蓮の肩にふわりと黒貂《くろてん》の外套《がいとう》がかけられた。

『どうして宮中というのは無駄に宴ばかりやるんでしょうね。牡丹の宴だろうと蛍狩りの宴だろうと紅葉の宴だろうと雪見の宴だろうと、毎度毎度同じことの繰り返しなのに』

回廊の欄干《らんかん》に寄りかかっていた美蓮の隣に並び、垂峰は億劫《おっくう》そうに煙管《きせる》をくわえた。

『俺が皇位についたら、くだらない宴どもを片っ端から廃止してやりますよ。雪見の宴は真っ先に廃止です。こんなくそ寒い夜にわざわざ皇宮に集まるなんてばかばかしい』

文句を言う垂峰の声を聞いていると、いつの間にか涙がおさまっていた。

『あなたが皇帝になったら、宮中は火が消えたようになりそうね』

『その分、泣きたいときに無理して笑う機会は減りますよ』

紫煙《しえん》の香りが甘く胸に満ちた。ばらばらになった心の破片を優しく包むように。

『もし……私に皇帝を選ぶ権限があるなら、きっとあなたを選ぶわ』

外套《がいとう》の襟《えり》をかき合わせ、美蓮は垂峰に微笑みかけた。さんざん振りまいてきた作り笑いとはまるで違う、他の誰にも見せたことのない笑顔が雪明かりに濡れた。

生まれて初めて恋をした。相手は実の甥であり、二回りも年下の青年である。決して報われぬ片恋だった。口に出すことすら憚《はばか》られる邪恋であった。ずっと秘密にしてきた。皇宮の者たちには悟られないよう努めたし、垂峰自身にも気づかれないよう細心の注意を払った。

それでもやはり、せっかく芽生《めば》えた恋を形にしたいという気持ちには逆らえなかった。

（あなたに玉座を贈りたかったのに……）

透雅に話した犯行の動機はほとんど真実だ。〈透雅〉の部分を〈垂峰〉に置きかえれば。

垂峰を皇位にのぼらせる。そのためにまず消さなければならないのは、太上皇である。当初は太上皇を始末してから数年後に豊始帝を暗殺する計画を立てていた。しかしのちに、その計画では間に合わないことが分かった。美蓮の寿命が残り少ないことが発覚したからだ。

四十路《よそじ》を越えてから、重い婦人病を患《わずら》っていた。でたらめに堕胎を繰り返したことが災いしたのかもしれない。余命二年と宣告され、美蓮は陰謀《いんぼう》を練《ね》り直した。太上皇と豊始帝はまとめて始末することにした。別々に暗殺する余裕はない。豊始帝の子を生まれる前に消しておいた。そのほうが生まれてから殺すより簡単だ。残る難問は示験王・高透雅である。

太上皇と豊始帝が崩御《ほうぎょ》すれば、新帝候補の最上位に名が挙がるのは透雅だ。虎視眈々《こしたんたん》と権力の頂《いただき》を狙う呉家が、千載一遇の好機を見逃すはずはない。透雅を殺すことも考えたが、彼を殺しても呉家は残る。垂峰が即位した後で呉家が障害になるのは目に見えている。

そこで妙策を思いついた。

透雅を新帝に担ぐふりをして、呉家を太上皇と豊始帝の弑逆《しぎゃく》に関与させることだ。呉鋭桑に嫁《とつ》がせた母方の従姪《じゅうてつ》は、当初の計画で太上皇を暗殺する際に呉家を内側から操る手駒《てごま》だったが、新しい陰謀にも役立ってくれた。従姪は弾けんばかりの若さと色香で鋭桑をそそのかし、万乗の君を二人まとめて始末する計略に参加させた。

戻露珠に濡れ衣を着せることを提案したのは鋭桑だ。鋭桑は自分の娘を透雅に嫁がせ、ゆくゆくは皇后にしようともくろんでいた。美蓮としては、偽の犯人は誰でもよかった。大事なのは太上皇と豊始帝を呉家と協力して弑《しい》すことと、その証拠をあとで外にもらすことだ。

二人の天子の暗殺が呉家と美蓮による陰謀だという事実が明らかになれば、呉家は族滅される。その呉家が担いでいた親王なのだから、謀略《ぼうりゃく》とは無関係だった透雅も同罪となり、新帝候補から外される。透雅がいなくなれば、玉座に最も近いのは垂峰を置いて他にはいない。

（ごめんなさいね……。あなたの夢を叶えてあげられなくて）

垂峰を皇位につかせてあげたかった。彼は予備品などではないと示したかった。それが美蓮の恋が結んだ果実であれば、この上なく幸せな気持ちで死ねただろうに。

何もかも失敗した今となっては、その願いは永遠に叶わない。

（……最期に一目会いたかった）

垂峰は七月に帰京する予定だった。今はまだ五月末。獄中にいる美蓮は、彼の帰りを待つことができない。なぜなら――ここで死ぬつもりだからだ。

この恋は誰にも知られてはならない。美蓮が垂峰に邪な想いを抱いていたことが明らかになれば、垂峰は共犯と見なされてしまう。美蓮は彼の母親ではない。彼の未来をつぶすつもりは毛頭ない。だから獄中で死ぬのだ。美蓮が透雅に恋していたことを示す証拠と、呉家とつながっていたことを供述する証人たちを遺《のこ》して。

獄吏《ごくり》たちが獄房《ごくぼう》から目を離した隙《すき》を見計らい、美蓮は隠し持っていた薬包を取り出した。中身は粉末の冶葛《やかつ》だ。冶葛は断腸草《だんちょうそう》という別名を持つ猛毒であり、口にしてから一刻足らずで中毒症状が現れる。吐き気、嘔吐《おうと》、発熱、腹痛、呼吸麻痺《まひ》、痙攣《けいれん》など、ありとあらゆる苦しみを味わった末、呼吸が止まって死ぬ。冶葛なら確実に地獄へ逝《い》けるだろう。

毒を嚥下《えんげ》したのち、美蓮は藁《わら》敷きの床に横たわった。静かにまぶたをおろす。

生まれ変わることができるなら花になりたい。牡丹や薔薇ではなく、雪のように真っ白な桃の花になって、愛しい人の肩にはらはらと舞い降りたい。

そして彼《か》の男《ひと》を甘い腕《かいな》で抱《いだ》くのだ。花びらの最後の一枚が散り落ちるまで。

太上皇と皇帝は奇跡的に一命をとりとめた。呉鋭桑は宝倫大長公主と結んで弑逆を企《くわだ》てた咎《とが》で投獄《とうごく》され、呉家の族滅が決まった。これが豊始四年の大事件――断腸の案《あん》の顚末《てんまつ》である。

涙雨が見渡す限りの龍爪花《りゅうそうか》をしとしとと濡らしている。死人花や地獄花という異名を持つ紅《ぐ》蓮《れん》の花が視界を埋め尽くす様は、さながら黄泉《よみ》の入り口のようだ。

(……殿下は、御心を痛めていらっしゃるであろうな)

露珠は油紙《ゆし》傘の柄を握りしめてうつむいた。

八月初めの午後。示験王は冷宮《れいきゅう》に幽閉《ゆうへい》されている呉荘太妃と話をしている。先ほどまで露珠も一緒にいたが、彼が義母と二人きりで話したいと言うので席を外して園林《ていえん》に出た。

死の淵から生還した太上皇は呉一族を根絶やしにしろと命じているそうだ。罪の重さを考えれば、呉氏一門の族滅は避けられない。成人男子はもとより極刑だが、歴史に残る重大な弑逆未遂《みすい》事件なので、成年に達しない男子や婦女子も刑場へ駆り出される恐れがある。皇子の養母として死罪を免ぜられるはずの呉荘太妃も、幽閉で済むとは言い切れない。

呉荘太妃と示験王は親密な母子とは言いがたいが、長い年月をともにしてきた分、親族の情はあるはずだ。罪人たちがどのような結末を迎えるにせよ、複雑な思いは残るだろう。

「緋色《ひいろ》の湖の中を歩いているような心地がするね」

物思いにふけりながら小道を歩いていると、松月王に出会った。この二月、体調を崩して寝込んでいたと聞いたが、今日は顔色がいいようだった。

「ほんに綺麗《きれい》じゃ。でも、どこか物憂《ものう》い」

宝倫大長公主が事件の首謀者《しゅぼうしゃ》だと示験王から聞かされたとき、露珠は愕然《がくぜん》とした。奔放《ほんぽう》な婦人ではあったが、露珠にはとても親切にしてくれた。そのせいだろうか。偽の犯人に仕立て上げられ、投獄されたにもかかわらず、憎しみがわいてこない。彼女が獄中で自死してからおよそ二月経った今となっては、痛ましさしか感じなかった。

（報われぬ恋と思えばこそ、想い人のために行動せずにはいられなかったのであろう）

露珠にも覚えがある感情だから、一方的に彼女を責め立てることはできない。露珠だって同じ立場に立てば、同様のことをしたかもしれない。しかし、事件の犠牲者が少なくないことも事実である。非業の死を遂《と》げたすべての人たちに思いを馳せ、露珠は黙とうを捧げた。

「あなたに贈りたいものがあるんだ」

松月王に誘われ、紅蓮の小道を通って水辺の四阿《あずまや》に向かう。

「まあ、こなたの姿絵かえ」

松月王が円卓に広げて見せたのは、梔子《くちなし》を手折っている露珠の絵だった。今より幼い頃のようである。永乾帝の侍妾《じしょう》だった頃の露珠だろうか。

「四年前、後宮で初めてあなたを見かけた。……一目惚《ひとめぼ》れだったよ」

松月王は気恥ずかしげに苦笑した。

「あなたは梔子《くちなし》の間を行ったり来たりして……まるで花の精だった。いや、『まるで』じゃないな。花の精そのものだと思ったんだよ。あなたが善契兄上の侍妾だとは知らなくて」

のちに事実を知り、松月王は落胆《らくたん》した。

「先帝が崩御なさって、夜伽《よとぎ》をしていない妃嬪《ひひん》侍妾が皇族に下賜《かし》されると聞いたときには、天にも昇る心地だったよ。あなたが僕に嫁いできてくれるんじゃないかと期待したんだ」

またしても彼は落胆することになった。

「でも、あなたを娶《めと》ったのは僕じゃなかった……。正直言って、透雅兄上を恨んだよ。うらやましかったんだ。花のようなあなたを妃にできるなんて。しかも、透雅兄上はあなたを望んで娶ったわけじゃないとおっしゃっていた。妬《ねた》ましかったし、憎らしかった」

だけど、と松月王は短く言葉を切った。

「獄舎であなたと話をして……分かったんだ。僕ではだめなんだと」

軒端《のきば》から滴《したた》り落ちる無数の雨粒が庭石をひたひたと叩いている。

「あのとき、あなたは言ったね。透雅兄上が無実を証明してくれることを信じているって。だから逃げ出さずに獄房で待つんだと。……敵わないと思ったよ。僕はあなたを獄房から逃がすことしか考えていなかった。濡れ衣を着たままで逃亡すれば、なおさら罪が重くなるだけなのに……。片や、透雅兄上はあなたの無実を証明するために捜査に立ち会っていた。僕も透雅兄上も、あなたを救いたいという気持ちは同じだった。だけど、行動が全然違ったんだ」

松月王は軽く目を細めて、姿絵の中の露珠を見やった。

「悩んでいたけど、やっと気持ちに区切りがついた。その証《あかし》として、僕が描いた姿絵を贈るよ。これは僕の手元にあってはいけない絵だ。……僕がこの絵を眺めていると、微氏が悲しそうな顔をするんだよ。彼女を傷つけたくないから、手放す決心をした」

「……そうおっしゃるからには、微妃を離縁なさらないのじゃな？」

「実を言えば、彼女が僕から離れたいなら引きとめるつもりはなかったんだ。僕は病弱な男だし、余命も限られている。微氏は若くて美しくて、未来があるんだ。僕なんかに縛られるより、頑健で愛情深い男と再婚したほうが末永く幸せに暮らせるんじゃないかと思った」

微妃は離縁されたら自害すると言ったそうだ。

「松月王のことを慕っていらっしゃるからじゃ」

「……彼女にそう言われたけど、いまだに信じられない。僕には女性を惹《ひ》きつける魅力なんかないから。なのに、微氏は僕に尽くしてくれるんだ。僕が臥せっている間、そばにいてくれて、看病してくれた。彼女は本当に優しい。婚儀を挙げてからずっと、僕は彼女を気遣いもせずに自分のことで手いっぱいだったというのに……。僕にはもったいないような女性だよ」

微妃の姿を思い描いているのか、松月王は照れくさそうに表情を緩《ゆる》めた。

「先帝陛下に賜《たまわ》った縁だ。大切にしなければ天にそむくことになる。病がちな体ではあるけど、できるだけ長生きしたいと思う。一日でも長く微氏と一緒にいられるように」


「ずいぶん描きためていたんだな」

冷宮から出てきた示験王は、四阿の円卓に積まれた掛け軸《じく》を見て感心したふうにつぶやいた。

松月王が露珠に渡した姿絵は一幅ではない。ざっと数えて三十はゆうに超えている。

「どれもよく描けている。君にそっくりだ」

一通り眺めた後、示験王は掛け軸の山を側仕《そばづか》えに持たせた。

「王府の書斎に飾ろう。部屋中が君でいっぱいになれば、気分よく政務ができる」

「ま、まさか全部、書斎に飾るおつもりかえ?」

「いけないかい?」

「こなたが松月王からいただいたものなのに、こなたの分がないではないかえ」

「君には必要ないだろう。赤髪の美人を見たくなったら、鏡をのぞきこめばいいんだからね」

言い返そうとしたら口づけでごまかされた。

「殿下の書斎いっぱいにこなたの姿絵が飾られていたら……恥ずかしいの」

「恥ずかしがらなくてもいいじゃないか。どの姿絵もちゃんと服を着ているんだから」

「そ、そういう問題ではございませぬ！」

露珠がまなじりをつり上げると、示験王は愉快そうに肩を揺らした。

「一幅くらいは、あられもない姿の君を描いたものがあってもいいな。書斎には飾らず、秘密の場所に隠しておくんだ。君の色香が恋しくなったとき、一人きりで眺めるために」

「あっ、あられもない姿の絵など、絶対にだめじゃ……！」

「どうして？　俺しか見ないよ？」

「殿下しかご覧にならなくても、恥ずかしいことに変わりはありませぬ！」

露珠はポカポカと示験王の胸を叩いた。示験王は笑って、露珠の手を握った。

「分かったよ。君の色香は閨《ねや》の中だけで楽しむことにしよう」

指先に唇を押し当てられると、怖いくらいに鼓動が乱れる。

「……殿下の口づけは毒入りじゃ。口づけされるたびに心臓が壊れそうになるもの」

「君には毒殺しの血があるから平気だろう？」

「毒殺しの血でも……殿下の毒には太刀《たち》打ちできぬ」

二人でひとつの傘に入り、四阿をあとにする。

(呉荘太妃さまとどんなお話をなさったのだろうか)

気になったが、無理やり聞き出すのはやめた。時機が来れば、彼が話してくれるだろう。

「ずっと呉家を憎んできた」

龍爪花の湖を眺めながら、示験王は独り言のように言った。

「母を殺した怨敵《おんてき》だと……。呉家が滅びればいいと願ったことさえある。この日を待ちわびていたはずなのに……いざ現実になると、少しも心が晴れない」

紅蓮の小道は気が遠くなるほど先まで続いている。

「毒のような苦みしか感じない。虚しさだけが、胸に残っている」

呉家亡き後は、貞和徳妃の実家である普家が示験王の後ろ盾となる。今までは呉家に配慮《はいりょ》して普氏一門との昵懇《じっこん》な付き合いを避けていたらしいので、これを機に亡母ゆかりの人々と誰に憚《はばか》ることなく親交を深められるようになるのだ。

本来の家族を取り戻したと言ってもいい状況なのに、彼の心は重く沈んでいる。

（恨みがあるとはいえ、仮にも養母でいらっしゃった方の不幸を喜べるはずはない）

隆盛を極めた栄氏一門が族滅されたとき同様、今回の事件は尾を引くだろう。

一族に連なる人々はあまりにも多く、彼らと親交のある人たちは数知れない。仮に呉家とまったくかかわりを持たないとしても他人事《ひとごと》ではない。呉家の末路を嘲笑《あざわら》う者たちでさえ、いつ自分たちが彼らのあとに続くことになるか、分からないのだから。

宮中では、誰もが薄氷の上に立っている。永遠の栄華はなく、権力は移ろいやすく、人の命は一日花のように儚《はかな》い。皇宮で生きていく限り、何かを失い続けなければならない。誰かと別れ続けなければならない。本心を押し殺し、涙を隠して戦い続けなければならない。

なればこそ、露珠は示験王に寄り添っていきたい。長く険しい道のりを二人で歩いていきたい。どちらかがつまずいたときは、どちらかが手を差し伸べながら、一歩ずつ前へ。

「殿下、屈んでくりゃれ」

立ち止まって示験王を見上げる。示験王は不思議そうにしながらも屈んでくれた。

「こうかい？」

「うん。目を閉じて、じっとしていてくりゃれ」

示験王がまぶたをおろす。露珠は彼の唇にそっと口づけした。

「殿下を苦しめる毒は、こなたが殺して差し上げる」

耳まで真っ赤になりながら、驚きに見開かれた黒く美しい瞳を見つめた。

呉荘太妃の代わりにはなれない。露珠は露珠のやり方で彼を愛そう。この命が尽きるまで、彼の心を蝕《むしば》む毒を殺めていくのだ。

「もっと殺してほしいな」

示験王はふっと目元を緩《ゆる》めた。赤くなった露珠の耳をくすぐるように指先でなぞる。

露珠は再び自分から唇を重ねた。口づけされるのも恥ずかしくてたまらないけれど、自分から口づけするのも、体中が燃えてしまいそうになるほど恥ずかしい。

「もうおしまいかい？」

示験王に求められて三度目の口づけをした。両頰は龍爪花色に染まっている。

「たった三回の口づけでは、解毒には到底足りないよ」

「……こ、これ以上は控えよう。中腰の姿勢でいらっしゃる殿下がお疲れになるゆえ」

露珠は思わず後ずさった。皇宮の園林で自分から口づけするなんて、大胆《だいたん》なことをしてしまった。人に見られてはいないだろうか。どぎまぎしながら視線をめぐらす。

「よそ見しないで」

示験王は姿勢を元に戻して露珠を抱き寄せた。

「しっかり解毒しないと、俺が死んでしまうよ？」

言い返そうとしたときには、唇をふさがれていた。胸が高鳴り、雨音が遠ざかる。

（殿下よりも先に……こなたが死んでしまいそうじゃ）

示験王は阿朱里《あしゅり》をしのぐほど苛烈《かれつ》な毒を持っているに違いない。

だからこんなにも溺《おぼ》れてしまうのだ。甘くて甘い――口づけの雨に。


八月末、ついにそれが示験王府に届けられた。透雅は一日千秋《いちじつせんしゅう》の思いでこの日を待ちわびていた。さっそく露珠の部屋に行き、見事な彫刻で彩られた長櫃《ながびつ》を渡す。

「君の新しい衣装だよ」

「まあ、またくださるのかえ。衣装なら、つい先日いただいたばかりなのに」

太医《たいい》の診察を受けてひと休みしていた露珠は、翡翠《ひすい》色の瞳を真ん丸にした。

「これは特別な衣装なんだ。着てみてくれないかな」

「特別な衣装？　どのような服であろう？」

可愛《かわい》らしく小首をかしげ、あっと声を上げる。

「ま、まさか……あられもない姿絵を描くための衣装ではありませぬかえ？」

よほど破廉恥《はれんち》な衣を想像しているのか、頬が牡丹《ぼたん》色になった。

「……で、殿下がお望みになるなら、着てもよいが……でも、まだ昼間ゆえ……」

「期待を裏切るようで悪いけれど、違うよ」

透雅は噴き出した。露珠はほっとしたふうに眉尻を下げる。

あられもない衣装は次回の楽しみに取っておこう。

「さて、どんな衣装かの」

わくわくした様子で長櫃のふたを開けようとする。透雅は慌てて彼女を止めた。

「俺が部屋を出ていくまで、中身は見ないでくれ」

「なぜじゃ？」

「君を驚かせたいからだよ。着替えが済んだら、内院《なかにわ》の薔薇棚《しょうびだな》においで」

待っているよ、と言い置いて足早に部屋を出る。急いで回廊《かいろう》を渡り、自室に戻った。侍従を呼んで着替えを済ませ、秋の日差しに濡れる内院で露珠を待つ。

薔薇棚には蔓性の月季花《げつきか》（庚申薔薇《こうしん》）が咲いている。桃色の花が絡みついた薔薇棚の下に立っていると、春爛漫《らんまん》の最中にいるような錯覚に陥《おちい》った。

「……殿下」

可憐《かれん》な声音《こわね》に耳朶《じだ》を打たれ、透雅は弾かれたように振り向いた。

丹桂の絨毯《きんもくせいじゅうたん》が敷かれた小道を、麗《うるわ》しい赤髪の花嫁が歩いてくる。

身にまとうは純白の華麗な衣装。袖《そで》はほっそりとした腕の形に添い、丸くなった襟《えり》ぐりには豪華な金刺繍《きんししゅう》がきらめく。翡翠の玉帯《ぎょくたい》で強調された柳腰はなよやかで、百花文様が咲き乱れる裾《すそ》はまぶしい陽光を弾きながら足元に流れ落ちている。深紅の髪は無数の三つ編みにして垂らされていた。金の頭飾りをつけ、細やかな花模様が散った真珠《しんじゅ》色の薄絹をかぶっている。

これは泥蟬の花嫁衣装である。泥蟬人の職人に作らせたものだ。

『こなたの花嫁衣装が仕立てられるのがとても楽しみだった』

初めて共寝《ともね》した夜、露珠は祖国の花嫁衣装について話してくれた。年頃の娘なら誰でもそうであるように、彼女も婚礼の晴れ着に憧れていたのだろう。しかし、露珠は凱の花嫁衣装で透雅に嫁《とつ》いだ。紅の婚礼衣装に身を包んだ露珠は時間を忘れて見惚れるほど艶やかで美しかったが、一度くらいは彼女が憧れていた祖国の花嫁衣装を着せてやりたいと思った。

ひそかに泥蟬人の職人を探して純白の晴れ着を仕立てさせ、西域の装いに詳しい婦人を雇って王府の侍女に泥蟬式の化粧や髪結いを学ばせた。彼らは素晴らしい仕事をしてくれた。そのおかげで今、透雅の眼前には、西の異国からやってきた赤髪の美姫がいる。

「とても似合っているよ、露珠」

透雅は引き寄せられるように露珠に歩み寄った。

「雪の女神みたいだね」

銀色の爪化粧がほどこされた小さな手を取り、心ゆくまで泥蟬の花嫁に見惚《みと》れる。

「殿下もお似合いじゃ」

露珠は牡丹の蕾《つぼみ》に似た唇から笑みをこぼした。

「こなたがいつも見ていた絵の中の戊流弩さまにそっくりだもの」

透雅が着ているのは、泥蟬式の花婿衣装だ。純白の長衣《ちょうい》は立ち襟で、前身頃《まえみごろ》や袖口などに華やかな金刺繡がほどこされている。頭には吉祥文様が織り出された布を巻き、幾重にもなった首飾りをつけて、黒天鵞絨《ビロード》の肩掛けを片方の肩にかけていた。すべて泥蟬の職人に用意させた品だ。泥蟬風の男性の装い方も学んだので、完璧《かんぺき》に再現できているはずだ。

「俺も泥蟬の婚礼衣装を着てみたかったんだよ。君と釣り合うようにね」

「本当に素敵じゃ。ここに来る途中で遠目から見たとき、本物の戊流弩さまかもしれぬと思って、お声をおかけするのをためらったもの」

「戊流弩じゃなくてがっかりしたかな？」

ううん、と露珠は首を左右に振る。

「こなたがお会いしたいのは、いつだって殿下じゃ」

見つめ合えば愛《いと》しさがあふれてくる。透雅は彼女を抱き寄せ、口づけを交わした。

「君の可愛い声で〈殿下〉と呼ばれるのは好きなんだけど、たまには名を呼んで欲しいな」

「透雅さま……？」

「〈さま〉はいらないよ。俺が露珠と呼ぶみたいに、君も気安く俺を呼んでくれればいい」

翡翠色の瞳をのぞきこむと、露珠は花がほころぶように唇を開いた。

「……透雅」

愛らしい声音が胸にしみこんでいく。自分の名はこれほどにも特別なものだったのだろうか。生まれて初めて味わう情感に酔いながら、透雅は赤髪の花嫁を抱きしめた。

どうして露珠を愛せるはずがないと思いこんでいたのだろう。そのときにはすでに、後戻りできないほど彼女に惹《ひ》かれていたくせに。

「素敵な贈り物のお礼に、こなたから吉報をお伝えしたい」

露珠が耳を貸してほしいと言うので、透雅は彼女のほうへ頭を傾けた。やわらかな声が耳朶を撫《な》でるなり、経験したことのない喜びが胸を貫く。

「本当かい？」

うん、と露珠は晴れやかな笑顔でうなずいた。

「先ほど太医に診《み》ていただいたゆえ、間違いございませぬ」

ここ数日、露珠は体調を崩していた。悪い病気ではないだろうかと心配して、太医を呼んでおいたのだ。まさか不調の原因が懐妊《かいにん》だったとは……禍《わざわい》が転じて福となった。

「ありがとう、露珠……ありがとう……」

透雅は焼けるような胸に露珠を閉じこめ、甘やかに香る赤髪に鼻先を埋めた。

「最高の贈り物だ」

夢を見ているとしか思えない。傀儡《くぐつ》として生まれた自分がこんな幸運に恵まれるなんて。

「お礼を申し上げたいのはこなたのほうじゃ」

露珠は透雅の背中に腕を回した。目いっぱい抱きしめてくれるのが愛おしくてたまらない。

「ありがとう存じます、殿下。こなたに御子を授けてくださって」

「殿下じゃないだろう？」

笑いまじりに彼女の頰《ほお》をつねり、低く囁《ささや》いた。

「名を呼んでくれ」

露珠が面映《おもは》ゆそうに透雅と口にすれば、滾《たぎ》る恋情を堪えられなくなる。

情動に身を任せ、薔薇棚の下で幾度も唇を重ねた。

月季花の花語は〈二人の愛情が永遠に続く〉。まさしく今日のこの日にふさわしい花だ。

あとがき

こんにちは。はるおかりのです。後宮シリーズ八巻目のテーマは「花」です。

中国の花言葉については中村公一《なかむらこういち》著『中国の愛の花ことば』を主に参考にしています。第一話で露珠《ろしゅ》が使っていた花を早く咲かせる方法は、佐藤武敏《さとうたけとし》編訳『中国の花譜』の「花鏡《かきょう》（課花十八法）」から取りました。『花鏡』は清《しん》時代の園芸書です。第二話に出た花の九品九命《きゅうひんきゅうめい》は同じく『中国の花譜』、中田勇次郎《なかだゆうじろう》著『文房清玩』を参考にしました。

今回はじめて纏足《てんそく》について書きました。個人的に纏足は苦手なのでずっと避けてきたんですが、一度くらいは書いてみようと思い立ち、本作ができました。本文ではだいぶソフトに書いていますが、本物はもっとおぞましいです。ご興味がある方は、高洪興著『図説　纏足の歴史』や岡本隆三《おかもとりゅうぞう》著『纏足物語』をご覧くださいませ。とても読みやすくて助かりました。

さて、本作は前作『後宮刷華伝』の六年後が舞台です。ヒーローの高透雅《こうとうが》は前作で名前だけの登場でした。妓女の向嬌月《しょうきょうげつ》も前作に名前だけ出ています。宦官の角蛮述《かくばんじゅつ》は番外編『免罪の杯』で初登場し、今回再登場しました。透雅と露珠と同じ国際結婚カップルの登原王《とうげんおう》夫妻

(『後宮饗華伝』で登場)も出てくるかなと思いましたが、ページ数の関係で出せませんでした。念貴太妃《ねんきたいひ》は息子である永乾帝《えいけんてい》の崩御《ほうぎょ》後、出家してかなり高齢ですが、今でも仲良し夫婦です。道観《どうかん》に入りました。福祉活動に励《はげ》んで充実した日々を送っています。

今回はヒロインにいろんな衣装を着せてみました。どの衣装が好きでしたか？　私のお気に入りはラストシーンの衣装です。妓女の髪型として出した両把頭《りょうはとう》や架子頭《かしとう》は清時代の髪型です。花街の女性には一般女性とは違う髪型をさせたかったので使いました。余談ですが、凱《がい》の三賢帝（仁啓帝《じんけいてい》、光順帝《こうじゅん》、崇成帝《すうせい》）は清の康熙帝《こうき》、雍正帝《ようせい》、乾隆帝《けんりゅう》をイメージしています。崇成帝まではスムーズに皇位継承できましたが、その後はごたごたします。

由利子《ゆりこ》先生のイラストが眼福《がんぷく》に次ぐ眼福で見惚《みと》れてしまいます。さまざまなタイプの美人や華やかな衣装が見られて幸せです。作者の細かすぎるお願いにもこたえてくださり、想像以上の素晴らしさでした。本当にありがとうございました。

担当さまには大変お世話になりました。まさか初《しょ》っ端《ぱな》からルビを間違えてしまっているとは……！　即座に対応してくださり、本当にありがとうございました。

最後になりましたが、読者の皆さまに心から感謝いたします。今回も好きなものを目いっぱい詰めこみました。少しでも楽しんでいただければ嬉しいです。

はるおかりの

はるおか・りの

７月２日生まれ。熊本県出身。蟹座。ＡＢ型。『三千寵愛在一身』で、2010年度ロマン大賞受賞。コバルト文庫に『三千寵愛在一身』シリーズ、『A collection of love stories』シリーズ、禁断の花嫁三部作、『後宮』シリーズがある。趣味は懸賞に応募すること、チラシ集め、祖母と電話で話すこと。わけもなくよく転ぶので、階段が怖い。

後宮麗華伝
毒殺《どくごろ》しの花嫁の謎咲き初める箱庭

COBALT-SERIES

2018年２月10日　第１刷発行

★定価はカバーに表示してあります

著　者　はるおかりの
発行者　北畠輝幸
発行所　株式会社　集英社
〒101－8050
東京都千代田区一ツ橋２―５―10
電話　【編集部】03-3230-6268
【読者係】03-3230-6080
【販売部】03-3230-6393（書店専用）
印刷所　株式会社美松堂
中央精版印刷株式会社

ISBN978-4-08-608063-7 C0193